Published by
DREAMSPINNER PRESS

5032 Capital Circle SW, Suite 2, PMB# 279, Tallahassee, FL 32305-7886 USA
http://www.dreamspinnerpress.com/

Dies ist eine erfundene Geschichte. Namen, Figuren, Plätze, und Vorfälle entstammen entweder der Fantasie des Autors oder werden fiktiv verwendet. Ähnlichkeiten mit lebenden oder verstorbenen Personen, Firmen, Ereignissen oder Schauplätzen sind vollkommen zufällig.

Deutsche ISBN. 978-1-63476-505-3
Deutsche Erstausgabe. April 2016
Deutsche eBook Ausgabe. 978-1-61372-819-2
Deutsche Erstausgabe. Mai 2014
v 1.1

Gedruckt in den Vereinigten Staaten von Amerika.

ROYAL FLUSH MIT HERZ

Rhianne Aile
Madeleine Urban

Mit aller Liebe unseren Familien gewidmet –
denen, in die wir hineingeboren wurden, und
denen, die wir uns aufgebaut haben.

1

DAVID CARMICHAEL war auf dem Weg von seinem Büro zum Parkhaus des *Mirror*. Er musste stöhnen, als ihm die Sonne grell in seine hellbauen Augen schien. Sie waren sehr lichtempfindlich, und ausgerechnet heute hatte er auch noch seine Sonnenbrille zu Hause auf dem Küchentisch liegen lassen. Schon während der Redaktionssitzung am Vormittag hatte er Kopfschmerzen und Fieber bekommen. Als sie mit den Nachrichten und Reportagen endlich durch waren, hatte er sich kaum noch konzentrieren können. Es war sein erster Migräneanfall seit fast einem Jahr, aber die Symptome waren unverkennbar. David hatte nach der Sitzung seinen Assistenten darüber informiert, dass er den Rest des Tages nicht mehr in seinem Büro sein würde. Dann hatte er sich seine Schlüssel und die Arbeitstasche geschnappt, und sich auf den Weg nach Hause gemacht.

David parkte in seiner Einfahrt, stieg aus und klammerte sich an die Wagentür. Ihm war schwindelig. Auf der Herfahrt war ihm bereits zweimal schlecht geworden, so dass er anhalten und sich am Straßenrand übergeben musste. Jetzt wollte er es nur noch bis in sein dunkles, kühles Zimmer schaffen, bevor er umkippte. Mit etwas Glück hatte er noch einige abgelaufene Medikamente von seinem letzten Anfall irgendwo im Schrank. Für heute war sein Arbeitstag jedenfalls gelaufen. Also ließ David sein Handy und die Arbeitstasche im Auto liegen; dann tastete er sich schwankend ins Haus und den Flur entlang zum Schlafzimmer.

Zehn Minuten später trug er nur noch seine Boxershorts. Er fuhr sich frustriert mit der Hand durch die Haare, bis sie in alle Richtungen abstanden. Dann öffnete er die Nachttischschublade und durchwühlte sie nach Tabletten. Nichts. Nur Kondome, Zigaretten und anderer Plunder kamen zum Vorschein. Ungeduldig ließ er alles auf den Boden fallen. „Scheiße", fluchte er. Auch wenn er jetzt den Arzt anrief, um sich neue Tabletten verschreiben zu lassen – er war auf keinen Fall in der Lage, selbst zur Apotheke zu fahren und sie abzuholen.

Das Bett rief nach ihm, und er ließ sich rückwärts auf die Matratze fallen. Dann griff er nach dem Telefon und rief in der Praxis seines Hausarztes an. Die

1

Arzthelferin versprach ihm, ein neues Rezept ausstellen zu lassen. Nach einigem Nachdenken rief er Trace an. Trace war sein bester Freund, und wen sollte er sonst bitten, die Tabletten für ihn abzuholen?

Trace war mit seinem Cabrio gerade auf dem Seaside Drive unterwegs, als das Telefon klingelte. Er aktivierte die Freisprechanlage. „Trace Jackson", meldete er sich.

„Trace", krächzte David in den Hörer und legte ihn neben seinem Kopf auf das Kissen. Er war zu erschöpft, um ihn noch ans Ohr halten zu können. „Ich brauche deine Hilfe, Trace."

„David? Du hörst dich nicht gut an", antwortete Trace mit besorgter Stimme.

„Ja, weil ..." Als David den Kopf zum Hörer drehte, wurde ihm wieder übel. „Ich habe einen Migräneanfall, es ist ziemlich schlimm."

„Verdammt, du hast doch so lange keinen mehr gehabt. Hast du deine Tabletten? Und wo bist du?"

„Nein, keine Tabletten. Ich habe sie verlegt oder weggeworfen. Es ist schon so lange her ... Der Arzt stellt mir ein neues Rezept aus." David unterbrach sich, um Luft zu holen. Selbst seine eigene Stimme war so laut, dass sie schmerzte.

„Mann, David. Geh ins Bett und leg dir ein feuchtes Tuch auf die Augen. Ich besorge das Rezept und die Tabletten. Brauchst du sonst noch was? Ein Gatorade oder so?" Trace fuhr auf einen Parkplatz, wendete den Wagen und machte sich auf den Rückweg in die Stadt.

„Ich liege schon im Bett, aber das Mistding scheint sich im Kreis zu drehen. Bring mir einfach die Tabletten."

„Alles klar, ich beeile mich", versprach ihm Trace. Dann beendete er das Gespräch und konzentrierte sich auf den Verkehr. Er wollte keine Zeit verlieren. Davids letzte Migräne lag schon lange zurück. Aber wenn er einen Anfall hatte, dann war damit nicht zu spaßen.

Eine halbe Stunde später erreichte Trace Davids Haus. Er parkte seinen kobaltblauen Mustang hinter dem sportlichen Sedan seines Freundes und machte sich auf den Weg zur Hintertür. Trace öffnete die Tür mit seinem Hausschlüssel und ging direkt in die Küche, wo er die Tabletten auf den Tisch warf und ein Glas mit kaltem Wasser füllte. Als er die Packung mit den Tabletten öffnen wollte, fluchte er laut, weil er beinahe an der Kindersicherung gescheitert wäre. Aber schließlich gelang es ihm doch, und er machte sich mit den Tabletten und dem Glas Wasser auf den Weg in Davids Schlafzimmer.

Die tiefgrünen Vorhänge waren zugezogen und es drang fast kein Licht ins Zimmer. David lag zusammengerollt auf seinem Bett. „David?", rief Trace leise. Dann ging er zu David hinüber und setzte sich vorsichtig auf die Bettkante.

David stöhnte, als die Matratze sich unter dem Gewicht seines Freundes bewegte. Er öffnete vorsichtig ein Auge und sah den großen Mann mit den breiten Schultern an, der ihn besorgt anblickte. „Ich sterbe schon nicht", krächzte er. „Obwohl ich mir im Moment nichts sehnlicher wünsche."

2

Trace zuckte zusammen, als er Davids schmerzverzerrtes Gesicht und die eingefallenen Augen sah. Sogar die Lachfalten um den Mund und an den Augenwinkeln waren tiefer als sonst. „Hier", sagte er leise. „Deine Schmerztabletten."

„Mein Held", murmelte David und stützte sich auf den Ellbogen. Dann nahm er die Tabletten und spülte sie mit einem Schluck Wasser hinunter.

Trace nickte ihm zu und nahm ihm das Glas Wasser wieder ab, um es auf den Nachttisch zu stellen. Er legte die Hand auf Davids Stirn. „Du hast Fieber." Mit dieser Bemerkung stand er auf und ging ins Badezimmer, wo er einen Waschlappen mit kaltem Wasser befeuchtete. Dann kam er zurück ins Schlafzimmer und legte David das kühle Tuch auf die Augen.

David zischte leise, als der kalte Lappen seine überhitzte Haut berührte. Er zitterte am ganzen Körper. „Bettdecke", nuschelte er und versuchte, sich aufzusetzen und unter die Decke zu kriechen.

Stirnrunzelnd zog Trace den Lappen von Davids Kopf und schlug die beiden Decken zurück, während David versuchte, sich unbeholfen unter die Bettdecke zu schieben. Dann deckte Trace ihn zu und zog ihm die Decke bis über die Schultern. „Es tut mir so leid", flüsterte er voller Mitgefühl. David war wirklich ein Bild des Jammers.

„Danke für deine Botendienste. Entschuldige, dass ich dich damit belästigt habe. Fahr jetzt wieder zurück an die Arbeit, ich werde es schon überleben. Ich bin viel zu dickköpfig, um an einer Migräne zu sterben." Als David über seinen eigenen Witz kichern musste, fuhr ihm ein stechender Schmerz durch den Kopf und er schnappte nach Luft. „Verdammter Mist", keuchte er. Dann verstummte er und blieb still liegen.

„Ich bleibe besser noch einige Zeit hier. Nur sicherheitshalber. Ich habe dich schon lange nicht mehr in einem so schlimmen Zustand gesehen." Trace legte den Waschlappen wieder auf Davids Stirn. „Kein Widerspruch, ja?"

David wollte ihm einen wütenden Blick zuwerfen, aber ihm tat jeder Muskel im Gesicht weh. Also beließ er es dabei, sein Missfallen mit einem kaum wahrnehmbaren Stirnrunzeln kundzutun. Vorsichtig streckte er den Arm aus und griff nach dem dunkelbraunen Pferdeschwanz, der über der Schulter seines Freundes lag. Dann zog er ihn an den Haaren. „Wann warst du das letzte Mal beim Friseur, Jackson?" Es mochte kleinlich sein, über die langen Haare von Trace zu meckern. Aber es gab David ein Gefühl der Normalität zurück und er fühlte sich sofort etwas besser. Er hatte Trace schon so oft wegen seiner Haare aufgezogen, dass der gar nicht mehr darauf einging. Mit einem kleinen Lächeln auf den Lippen schlief David schließlich ein.

Auch Trace musste über Davids Scherz lächeln. Er hielt den feuchten Lappen noch einige Minuten an Davids Kopf gepresst, dann legte er ihn zur Seite und dachte nach. Eigentlich konnte er an seinem derzeitigen Projekt genauso gut hier arbeiten. Kurzentschlossen ging er zum Auto und holte sich den Laptop und seine Unterlagen. Dann ging er zurück ins Haus und in Davids Schlafzimmer. Er wollte in der Nähe sein, falls sein Freund ihn brauchte.

Trace zog sein Jackett und die schwarzen Lederschuhe aus. Er löste seine Krawatte und warf sie auf Davids Kommode. Nachdem er die kleine Nachttischlampe angeschaltet hatte, setzte sich Trace auf die freie Seite des großen Bettes. Dann fuhr er den Laptop hoch, setzte seine Hornbrille auf und begann mit der Arbeit.

DAVID SASS zurückgelehnt in seinem Bürostuhl, die Füße vor sich auf dem Schreibtisch liegend. Er war kurz vorm Einschlafen, hörte aber noch leise das Tippen seiner Assistentin. David beschloss, besser aufzustehen und sich etwas zu bewegen, bevor er von seiner schiefen Haltung Rückenschmerzen bekam. Aber seine Füße hatten sich im Telefonkabel verheddert und er fiel …

Erschrocken kam er zu sich und öffnete die Augen. Sein Kopf schmerzte. Mit einem Aufschrei versuchte er, sich aufzurichten, und trat dabei gegen die Bettdecke, die ihn fest einhüllte.

Trace legte den Stift zur Seite und drehte sich um, als er Davids wilde Bewegungen wahrnahm. „Hey, David, ist alles in Ordnung?", fragte er und half David mit einer Hand, sich aus der Umhüllung der Bettdecke zu befreien. Mit der anderen Hand hielt er seinen Laptop fest, der auf den Boden zu fallen drohte.

Trace? Wieso ist Trace in meinem Büro? Obwohl die beiden Männer schon seit vielen Jahren Freunde waren, besuchten sie sich nicht gegenseitig in ihren Büros. Sie arbeiteten bei konkurrierenden Zeitungen. „Trace? Warum … was ist los?"

„David", sagte Trace beruhigend und legte ihm die Hand auf die Schulter. „Wach auf, komm. Du hast Schmerztabletten genommen und bist benommen."

David blinzelte einige Male, bis er schließlich die Konturen des dämmrigen Zimmers erkennen konnte. Trace hatte sich über ihn gebeugt. „Mann, was würde der *Mirror* wohl für dieses Bild geben! *Journalisten von Konkurrenzblättern zusammen im Bett erwischt.* Ich sehe die Schlagzeile schon vor mir. Katherine würde vor Schreck in die Hose pinkeln", lallte David. „Verdammt, ich hab` Durst. Mein Mund fühlt sich an, als wäre ein ganzer Zirkus durchmarschiert." Sein Kopf fiel zur Seite und landete anstatt auf seinem flauschigen Kopfkissen auf Trace' hartem Oberschenkel. Sofort zog er den Kopf zurück, bekam aber von der plötzlichen Bewegung wieder Schmerzen und Schwindelgefühle.

„Immer langsam", mahnte Trace und hielt ihn im Gleichgewicht. „Du bist immer noch ziemlich fertig. Warte, ich hole dir etwas zu trinken." Dann stellte er den Laptop aufs Bett und stand vorsichtig auf, um die Matratze nicht unnötig zu bewegen. „Du bleibst hier liegen!", befahl er David mit erhobenem Zeigefinger und verließ das Zimmer.

4

„Als ob ich eine Wahl hätte", murmelte David und legte sich wieder aufs Bett zurück. Er schaute kurz auf den Wecker, der auf der Kommode am Fußende des Bettes stand. Dann rechnete er nach. Eigentlich sollten die Tabletten noch wirken, aber er hatte schon wieder Kopfschmerzen. Sie waren zwar nicht mehr so schlimm, aber immer noch sehr stark. Es war kein gutes Zeichen, denn er konnte die nächste Dosis erst nach sechs Stunden nehmen. Bis jetzt waren erst gut zwei Stunden vergangen, und er hatte immer noch starke Symptome. In zwei weiteren Stunden würde die Migräne mit voller Wucht zurückkehren. Bevor das passierte, musste er unbedingt etwas essen. Und sich hoffentlich nicht gleich wieder übergeben. Außerdem wollte er duschen, auch wenn es wahrscheinlich keine sehr gute Idee war, sein Gleichgewichtsgefühl auf diese Weise auf die Probe zu stellen.

TRACE KAM mit einem großen Glas koffeinfreien Eistees, den er in Davids Kühlschrank gefunden hatte, zurück ins Schlafzimmer. „Hier, versuche etwas zu trinken", sagte er und setzte sich wieder aufs Bett. Er hatte das Band um seinen Pferdeschwanz abgenommen und trug die Haare offen. Außerdem hatte er seine Brille aufgesetzt, was er in der Öffentlichkeit normalerweise vermied. David war einer der wenigen Menschen, die ihn mit Brille kannten.

Mit seinem typischen schrägen Grinsen sah David ihn an. Trace wusste sofort, dass ihm wieder ein Seitenhieb wegen seines unordentlichen Aussehens bevorstand. Normalerweise war Trace ein Mensch, der sehr auf Stil und ein gepflegtes Äußeres achtete, und diesem Ruf wurde er im Moment ganz und gar nicht gerecht. Aber in Davids Gegenwart konnte er sich die Freiheit erlauben, auch mal schludrig zu wirken. Das machte ihre Freundschaft aus.

David nahm das Glas und trank es gierig bis zur Hälfte aus. Dann rebellierte sein Magen, und er stellte es vorsichtig auf dem Nachttisch ab. „Danke!"

Trace nickte nur und stützte sich mit einer Hand aufs Bett. „Helfen die Tabletten nicht?", fragte er und folgte Davids Blick, der auf den Wandspiegel gerichtet war. David hatte sich sehr verändert. Der blonde, fitte Mann hatte eine ungesunde, graue Gesichtsfarbe und sein Blick wirkte unstet.

David schloss erschöpft die Augen. „Oh doch, sie helfen. Aber wenn ich einen so starken Anfall habe wie diesen, können sie die Schmerzen nur eindämmen, nicht vertreiben."

„Gibt es etwas anderes, das die helfen kann?", fragte Trace. Dann sah er auf den Boden, weil er auf etwas Glattem ausgerutscht war, das neben dem Bett lag. Er schob seine Brille hoch und betrachtete die Unordnung rund um den Nachttisch. „Du hast offensichtlich ziemlich wild in der Schublade gewühlt, als du nach den Tabletten gesucht hast." Er bückte sich und hob die Zeitschrift auf, die er mit dem Fuß berührt hatte.

„Kannst du mir die Schultern und den Kopf massieren, ohne dass ich dafür den Rest meines Lebens in deiner Schuld stehe?"

Trace wandte sich stirnrunzelnd zu David, dann warf er einen Blick auf den Titel der Zeitschrift. „Du hast Schmerzen. Natürlich helfe ich dir."

David schob das Kissen zu Seite und legte sich flach auf den Bauch. „Danke, Trace. Obwohl ich im Moment sogar in Kauf nehme würde, dass du mich bis ans Ende meiner Tage damit aufziehst."

Trace legte die Zeitschrift – eine Ausgabe des *American Journalism Review* – in die Schublade zurück, und beseitigte auch das restliche Chaos auf dem Boden vor Davids Bett. Hier und da zog er verwundert die Augenbrauen in die Höhe. Stifte und Notizblöcke – die hatte jeder. Kondome und Gleitgel – auch nicht überraschend. Eine angebrochene Tüte mit Süßigkeiten, ein Feuerzeug und eine halbleere Packung Zigaretten. Trace runzelte die Stirn. Hatte David nicht mit dem Rauchen aufgehört? Er räumte alles zurück in die Schublade. Dann fiel ihm etwas auf, das halb unters Bett gefallen war. Er bückte sich tiefer, um danach zu greifen.

Seine Finger berührten einen kalten Gegenstand, der sich wie weicher Gummi anfühlte. Er war länglich, rund und … Trace blinzelte überrascht, als er einen Dildo unter dem Bett hervorzog. Erstaunt sah er David an, aber der lag mit geschlossen Augen auf dem Bett und hatte von dem Geschehen nichts mitbekommen. Trace war versucht – *sehr* versucht –, David damit aufzuziehen. Er besah sich das Fundstück. Der Dildo war ungefähr zwanzig Zentimeter lang, schwer und dick. Nach einem kurzen Augenblick legte Trace ihn wortlos in die Schublade zurück und schloss sie wieder.

Danach hockte er sich seitlich aufs Bett und wandte sich David zu. Er strich mit den Fingern durch Davids Haare und begann eine sanfte Kopfmassage. Mit der anderen Hand massierte er seine Schultern. Dabei dachte er über seinen unerwarteten Fund nach. Wahrscheinlich gab es eine ganz einfache Erklärung dafür. Andererseits – nach allem, was er über David wusste, kamen auch wesentlich interessantere Erklärungen in Betracht. Nein, er konnte David nicht damit aufziehen. Zumindest nicht in diesem Moment. Also behielt er seine Kommentare für sich und lächelte nur amüsiert über seine eigenen Gedankensprünge.

„Gott, tut das gut! Ein kleines bisschen stärker vielleicht." David stöhnte leise. Das erste Mal seit dem Beginn seines Migräneanfalls klang sein Stöhnen nicht schmerzhaft, sondern erleichtert und genussvoll.

Jedenfalls interpretierte Trace es so, denn seine Gedanken waren immer noch bei den erotischen Implikationen seines Fundes. Während er seine Massage verstärkte, musste er ein Lachen unterdrücken. Er hatte nie daran gezweifelt, dass David ein gesundes Sexualleben führte. Aber sie hatten in all den Jahren nie wirklich darüber gesprochen. Vor allem deshalb nicht, weil sie doch sehr unterschiedliche Interessen hatten. Die Beziehungen von Trace waren ein ständiger Gesprächsstoff und der Gegenstand vieler Gerüchte in der Öffentlichkeit. Es war keine Überraschung, dass auch David darüber genau informiert war. Und umgekehrt hatte Trace immer vorausgesetzt, dass David seine Beziehungen nicht an die große Glocke hängen wollte. Es war schließlich auch kein Fehler, sie diskret zu behandeln.

Die Laute, die David jetzt von sich gab, hörten sich allerdings wirklich gut an. Nicht, dass Trace jemals einen anderen Mann beim Sex zugehört hätte – wenn man von vereinzelten Filmszenen absah. Er ließ seine Finger über Davids Schädel wandern, strich ihm durch das goldbraune Haar und massierte ihm mit der anderen Hand den Nacken.

Mit einem leisen Brummen kam David der Berührung von Trace' Händen entgegen. Nach den Tabletten und der Massage fühlte er sich so gut wie seit Stunden nicht mehr. „Du hast wunderbare Hände."

„Das höre ich öfter", meinte Trace und fuhr mit seiner Nackenmassage fort.

David atmete tief durch und entspannte sich. Er genoss die Zuwendung und die Ruhe, die sich in ihm ausbreitete. Je länger die Massage dauerte, umso mehr linderte sie seine Schmerzen. Er fühlte sich so wohl, dass sein Körper jetzt auch wieder auf eine andere Art reagierte. Eingezwängt zwischen seinem Unterleib und der Matratze erwachte sein Schwanz zum Leben. Es war David peinlich und er verspannte sich, die Schmerzen kamen zurück und sein Glied verlor wieder das Interesse. Und das war auch besser so. Es war nicht leicht, einen guten Freund zu finden. Und Trace war der beste, den man sich nur wünschen konnte. Ihre jahrelange Freundschaft hatte nie sexuelle Untertöne gehabt. Sie waren einfach gute Kumpel, und David war sich absolut sicher, dass Trace kein Interesse an Männern hatte. Ihre Themen waren Politik und Sport, nicht Sex. Außerdem sprach der Ruf, den Trace hatte, für sich selbst. Wie man es auch betrachtete, David wollte ihre Freundschaft nicht wegen eines kurzen Intermezzos verlieren. „Ich glaube, ich sollte eine Dusche nehmen, so lange ich mich noch halbwegs gut fühle", murmelte er in die Matratze.

Trace unterbrach seine Massage. „Wieso sagst du ‚noch'?", fragte er und runzelte die Stirn. „Meinst du, es wird wieder schlimmer?" Seine Stimme klang besorgt und er nahm die Massage wieder auf, weil er David nicht leiden sehen konnte.

„Ja. Manchmal reicht eine Dosis, um die Schmerzen zu vertreiben. Dann ist innerhalb einer Stunde alles vorbei. Aber wenn es so schlimm ist wie heute, dauert es mindestens vierundzwanzig Stunden. Das Problem ist aber, dass ich die Tabletten nur alle sechs Stunden nehmen darf, obwohl sie nur vier Stunden wirksam sind." David wollte eigentlich aufstehen und ins Badezimmer gehen. Aber konnte sich nicht dazu überwinden, denn Trace' Hände fühlten sich so gut an.

„Das ist doch bescheuert, was sind denn das für Tabletten?", fragte Trace aufgebracht. „Na gut. Du gehst jetzt duschen. Soll ich dir nicht doch etwas zu essen machen?" Er nahm vorsichtig die Hand von Davids Kopf, weil er ihn nicht versehentlich an den Haaren ziehen und ihm neue Schmerzen verursachen wollte.

„Ja. Ich sollte versuchen, eine Kleinigkeit zu essen. Schau mal nach, im Schrank ist vielleicht noch Dosensuppe. Aber nimm eine Brühe, nichts mit Creme." David verzog schmerzlich das Gesicht, als er sich vom Bett erhob. „Ich lasse sicherheitshalber die Badezimmertür offen, weil ich etwas wackelig auf den Beinen bin."

„Sei bitte vorsichtig, David. Du kannst jetzt nicht auch noch einen gebrochenen Arm oder so was gebrauchen." Trace stand auf und sah David nach, um sicherzugehen, dass der sein Ziel heil erreichte.

David betrat das Badezimmer mit seiner beruhigenden hellgrünen und sandsteinfarbenen Einrichtung. Er zog seine Boxershorts aus und setzte sich vorsichtshalber auf den Rand der Badewanne, um etwas Halt zu haben. Dann drehte er die Dusche auf und stellte sich unter den Wasserstrahl. Er stützte sich an der kühlen Wand der Duschkabine ab und genoss das warme Wasser, das ihm über den Körper lief. Dank der Kombination aus Tabletten, Massage und Dusche fühlte er sich fast wieder normal.

Als David sich nach einigen Minuten wieder wackelig auf den Beinen fühlte, stellte er die Dusche ab, griff sich ein Handtuch und fing an, sich den Oberkörper abzutrocknen. Jedes Ziehen, wenn das Handtuch sich in den feuchten Haaren auf seiner Brust und auf dem Bauch verfing, bereitete ihm Schmerzen. Es war unfassbar, wie empfindlich man durch die Migräne wurde.

Als David sich bückte, um auch die Beine abzutrocknen, fing der Raum sich unvermutet zu drehen an. „Mist!", war das einzige, was er noch sagen konnte. Dann verschwamm alles um ihn herum und ihm wurde schwarz vor Augen.

Trace, der in der Küche gerade die Suppe aufwärmte, hörte plötzlich einen lauten Schlag. Er riss erschrocken die Augen auf, ließ den Löffel fallen und lief los. Er rannte um die Ecke, durch Flur und Schlafzimmer und bis zur Badezimmertür. Dann sah er David auf dem Boden liegen. „Scheiße!", fluchte Trace und kniete sich neben seinen Freund, um ihn hochzuziehen. Vorsichtig tastete er Davids Hinterkopf ab und war erleichtert, kein Blut an seinen Fingern zu finden.

Trace lehnte David an seine Brust. Das Herz pochte ihm wie wild vor Schreck. „David? David!" Weil ihm nichts Besseres einfiel, gab er David einige leichte Schläge auf die Wange.

„Trace?", murmelte David schließlich.

Hinter Davids geschlossenen Lidern explodierten Hunderte kleiner Wunderkerzen, so wie sie Kinder zu Sylvester abbrennen. Sein Kopf tat höllisch weh, und auch mit der Schulter stimmte etwas nicht. Trace' Stimme war nur undeutlich zu hören, ganz so, als käme sie aus weiter Entfernung. „Trace?"

„David? Komm schon, Junge. Mach die Augen auf. Bitte! Mein Gott, mach mir doch nicht solche Angst."

„Es geht mir gut. Denke ich", antwortete David mit krächzender Stimme. „Aber mein Kopf tut höllisch weh. Ich kann mich nur noch daran erinnern, dass ich unter der Dusche gestanden habe."

Trace sah ihm besorgt ins Gesicht. „Und jetzt liegst du auf dem Boden. Bist du verletzt? Hast du dir den Kopf angeschlagen?"

8

„Keine Ahnung." David öffnete die Augen. Dann stöhnte er auf und schloss sie sofort wieder. „Meine Schulter tut auch weh."

Davids Augenlider flatterten. Trace war sich nicht recht sicher, in welcher Verfassung David sich wirklich befand. „Welche Schulter? Die, auf die du gefallen bist?" Er ließ die Hand über Davids rechten Arm gleiten und drückte an der Schulter leicht zu.

„Autsch! Ja, verdammt. Genau da. Mach bitte das Licht aus, ich gehe zurück ins Bett."

„Dieses Mal wirst du dir helfen lassen. Mensch, David! Du hättest dir was brechen oder dich noch schlimmer verletzen können." Die Sorge in Trace' Stimme war nicht zu überhören. Vorsichtig half er David auf die Beine. Glücklicherweise war er einige Zentimeter größer als David mit seinen gut eins achtzig. Erst, als er den Arm um Davids Hüfte legte und seine Hand bloße Haut berührte, fiel ihm auf, dass David noch vollkommen nackt war. *Ist doch egal. Er liegt ja gleich wieder im Bett.*

David war für die Hilfe dankbar und lehnte sich Halt suchend an Trace' Körper. Als er die Kleidung seines Freundes an der nackten Haut spürte, wurde auch ihm bewusst, dass er nichts an hatte. „Verdammt", murmelte er und betete im Stillen, dass dieser Tag nicht das Ende ihrer Freundschaft sein würde.

„Was ist denn los?", fragte Trace mitfühlend, während sie über den dunkelgrünen Teppich zum Bett humpelten. „Alles in Ordnung? Tut dir noch mehr weh?"

„Nein. Aber mir ist gerade aufgefallen, dass ich splitternackt bin. Du hast für deine Hilfe langsam eine Gefahrenzulage verdient." Als David wieder auf dem Bett saß, deutete er auf die Kommode. „Kannst du mir eine Unterhose dort rausholen, damit ich deine empfindlichen Gefühle nicht länger verletze?"

Trace lachte schnaubend. „Jetzt weiß ich endgültig, dass die Tabletten dich total high gemacht haben. Ich und empfindlich? So sehr unterscheiden wir uns da unten wirklich nicht. Ich glaube nicht, dass ich bleibende Schäden davontragen werde." Er zog die Bettdecke zurück und wartete darauf, dass David sich wieder hinlegte. Dann nahm er einige Kissen und schob sie David unter den Kopf, damit er bequemer lag.

Erst als David wieder sicher verpackt war, gab Trace sich zufrieden. „Ich hole jetzt die Suppe. Hoffentlich ist sie nicht angebrannt. Ich habe vorhin alles fallen lassen und bin losgerannt."

„Gut", antwortete David mit erschöpfter Stimme, während Trace schon wieder auf dem Weg in die Küche war.

Die Suppe war wirklich nicht mehr genießbar. Trace kippte sie weg und fing mit einer neuen Dose von vorne an. Nach zehn Minuten machte er sich mit zwei Tellern Suppe und einer Tüte Cracker auf den Rückweg ins Schlafzimmer. „Bitte sehr, der Herr. Es ist angerichtet", sagte er scherzhaft und stellte einen Teller auf dem Nachttisch ab. Er hatte sich bisher nie als Florence Nightingale gesehen,

9

aber er fand, dass er seinen Job recht gut machte. *Wenn man von der Episode im Badezimmer absieht.*

Trace ging auf die andere Seite des Bettes, wo er sich hinsetzte und die Cracker zwischen ihnen auf die Matratze legte.

„Es ist nicht zu glauben. Lassen dich deine Freundinnen wirklich im Bett essen?", fragte David erstaunt, während er die heiße Suppe pustete.

Trace zuckte mit den Schultern und biss in einen Cracker. „Normalerweise ist es mein eigenes Bett, und da mache ich, was ich will." Er probierte etwas Suppe, dann bot er David einen Cracker an. „Außerdem zählt es nicht, weil du nicht mein Geliebter bist. Wieso sollte ich dich mit meinen Bettmanieren beeindrucken, wenn ich sowieso nicht bei dir landen kann?" Für einen kurzen Moment sah er ein Bild vor seinem geistigen Auge. Es zeigte ihn und David nackt im Bett. Aber in diesem Bild war keiner von ihnen krank, und es war auch nicht Freundschaft, sondern etwas Intimeres, das sie verband. Trace schmunzelte, weil er bei dieser Vorstellung beinahe mit vollem Mund gelacht und die Suppe über das Bett geprustet hätte.

David verspürte bei Trace' Worten ein kurzes Stechen in der Brust, das er aber als Nebenwirkung der Migräne abtat. „Nein. Nein, ich bin nicht dein Geliebter. Und wenn ich bedenke, auf welchen Typ du normalerweise stehst, wird sich daran auch so bald nichts ändern", sagte er schwach.

Trace sah David kurz an, dann nahm er sich noch einen Cracker. „Also gut. In drei Stunden kannst du die nächste Tablette nehmen. Du solltest versuchen, so lange zu schlafen. Ich wecke dich dann rechtzeitig", schlug er vor. Er selbst konnte in der Zwischenzeit an seinem Artikel über das neue Kunstzentrum arbeiten. Mal sehen, wie weit er damit kam.

David stellte den noch halb vollen Teller zur Seite und rutschte etwas nach unten, um bequemer zu liegen. Dann deckte er sich zu. „Ja, das sollte ich wirklich tun. Aber Jackson, ob Geliebter oder nicht, du wirst nicht in mein Bett krümeln!"

Trace sah zu, wie David es sich gemütlich machte. Dann löffelte er weiter seine Suppe, ohne Davids Bemerkung eines Kommentars zu würdigen. Kurz darauf war David eingeschlafen. Trace stellte den Teller ab und beobachtete seinen Freund noch einige Minuten lang. Er machte sich noch immer Sorgen um ihn. Schließlich nahm er aber doch seinen Laptop und widmete sich der Arbeit an seinem Artikel.

Das nächste, was Trace bewusst wahrnahm, war ein leises Piepsen, das an sein Ohr drang und ihn aufweckte. Stirnrunzelnd fragte er sich, woher das Geräusch kam, und warum er so unbequem lag. Er liebte sein weiches, gemütliches Bett. Als er die Augen öffnete, konnte er nur verschwommen sehen, weil ihm die Brille von der Nase gerutscht war. Er setzte sie wieder auf und sah sich um.

„Ach so", murmelte er. Er war bei David. Genauer gesagt, er war in Davids Bett. Komplett angekleidet und ziemlich zerknittert war er, an Kopfende des Bettes gelehnt, eingeschlafen. Die Lampe auf dem Nachttisch tauchte den Raum in ein schwaches Dämmerlicht, und das Piepsen kam von seinem Laptop, der offensichtlich kaum noch Strom hatte. Er war ihm von den Beinen gerutscht und lag halb auf dem Bett. Trace richtete sich auf und warf einen Blick auf seinen Patienten.

David lag zusammenroll auf der Seite, sein blonder Schopf war auf Trace' Oberschenkel gebettet. Trace hatte den Arm um ihn geschlungen und ihm die Hand auf den Rücken gelegt, um ihn festzuhalten.

Trace war etwas überrascht darüber, wie sein Körper auf Davids Kopf in seinem Schoß reagierte. Aber er ignorierte diese Gefühle. Er war schon immer ein sehr taktiler Mensch gewesen und führte ein aktives Sexualleben. Es war seine Art, Stress abzubauen, und er hatte Spaß daran. Und er liebte es, zu berühren und berührt zu werden, so war es schon immer gewesen.

Immer noch etwas amüsiert über seine Lage holte Trace tief Luft und versuchte, endlich richtig wach zu werden. Er gähnte und warf einen Blick auf die Zeitanzeige des Laptops. Es war früher Abend. Trace war offensichtlich beim Schreiben eingenickt. Genervt durch das ständige Piepsen des Laptops, speicherte er seinen Artikel ab und schaltete das Gerät aus. Er wollte den Laptop eigentlich auf den Nachttisch stellen, aber dazu hätte er David loslassen müssen. Also stellte er ihn nur sicher an seiner Seite auf der Matratze ab, und wandte sich wieder seinem Patienten zu.

David wirkte entspannter und sein Gesicht hatte wieder eine gesunde Farbe angenommen. Die Spuren der Migräne waren aus den Lachfalten in seinem Gesicht verschwunden. Davids sonst so harte Züge wirkten im Schlaf entspannter, und Trace streichelte ihm gedankenverloren über den Rücken. Er musste wieder gähnen und beschloss deshalb, noch etwas zu schlafen. Vorsichtig rutschte er in eine etwas bequemere Position und dachte noch kurz über das angenehme Gefühl nach, Davids warmen Körper an seiner Seite zu spüren. Dann schlief er wieder ein.

2

DAVID KAM nur langsam zu sich und überlegte noch im Halbschlaf, ob er die Wirkung der Tabletten ausnutzen und weiterschlafen sollte. Er konnte sich daran erinnern, vor einigen Stunden schon einmal aufgewacht zu sein, als der Schmerz zurückgekommen war. Trace hatte ihm Tabletten und ein Glas Wasser gebracht. Dann hatte er David gestützt, damit der die Tabletten schlucken konnte. Nach der zweiten Dosis war David schnell wieder eingeschlafen, und jetzt schmerzte ihn seine rechte Schulter mehr als sein Kopf. Er drehte sich um, weil er die Schulter entlasten wollte, als ...

David wurde schlagartig wach, als er unter seinem Kopf etwas Festes, Warmes spürte, bei dem es sich definitiv nicht um sein gewohntes Kissen handelte. Er öffnete vorsichtig die Augen. *Mist! Trace' Bein.* Er überlegte gerade, wie er unauffällig eine neue Lage einnehmen konnte, als er Trace' Blick auf sich gerichtet sah.

„Hallo", begrüßte Trace ihn flüsternd. „Wie geht's?"

„Äh, ... hallo", antwortete David. Die Tabletten gaben seiner Stimme einen rauen, kratzigen Klang. „Jetzt missbrauche ich dich schon als Kissen. Das hat gerade noch gefehlt." Er stützte sich auf die Arme und hob den Kopf.

Trace lächelte ihn an. „Schon gut", sagte er, ohne sich von der Stelle zu rühren. „Du siehst schon viel besser aus."

„Es geht mir auch besser. Ich glaube, ich habe sogar Hunger", erwiderte David lächelnd. „Außerdem kann ich das Bett nicht mehr sehen. Glaubst du, dass du mir etwas Suppe aufwärmen kannst, falls ich es bis in die Küche schaffe?"

„Sicher. Aber keine unbeaufsichtigten Besuche im Badezimmer, ja?", stimmte Trace ihm gutgelaunt zu. Er musste seinen Laptop aufladen und wollte deshalb die Gelegenheit nutzen, schnell den Akku aus dem Auto zu holen. „Wäre das dann alles, Euer Majestät?", frotzelte er, während er aufstand und sich streckte.

David wollte es ihm gerade mit gleicher Münze heimzahlen, als sein Blick auf seinen Freund fiel und ihm die Stimme versagte. Wie Trace mit seinen breiten Schultern und seinen schmalen Hüften so ausgestreckt vor dem Bett stand, schien sein schlanker Körper nicht mehr enden zu wollen. Das hellgraue Hemd war ihm aus der Hose gerutscht und einige Knöpfe hatten sich geöffnet. Sie gaben den Blick frei auf ein gebräuntes Dreieck, das von einer Linie dunkler Haare durchzogen wurde. David schluckte schwer. Die Trockenheit in seinem Mund lag definitiv nicht nur an den Tabletten.

Trace gähnte, streckte sich und legte den Kopf auf die Seite. Seine Halswirbel knackten. Dann ließ er die Arme fallen und rieb sich mit der Hand den Nacken. „Im Sitzen zu schlafen ist einfach Mist", knurrte er, trat auf eine Socke und zog sie sich vom Fuß. Nachdem er auf diese Weise auch die zweite Socke losgeworden war, schnappte er sich seinen Laptop und verließ barfuß das Schlafzimmer.

David sah ihm schweigend nach. Er musste Trace irgendwie loswerden. Er hätte die letzten acht Stunden ohne ihn zwar nicht überstanden, aber jetzt war die ungewohnte Nähe beunruhigend und brachte David auf falsche Gedanken. Er schwang die Beine zur Seite, um aufzustehen. Als ein plötzlicher Schmerz durch seine Schulter zuckte, zog er scharf die Luft ein. Er wartete ab, bis der Schmerz etwas nachließ und zog sich dann seine Boxershorts an. Auf wackeligen Beinen folgte er Trace schließlich in die Küche.

Trace spülte den Kochtopf, stellte ihn wieder auf den Herd und suchte im Vorratsschrank nach einer neuen Suppe. Er hatte die Auswahl zwischen Hühnersuppe, Tomatensuppe, Brokkolisuppe mit Käse und Gemüsesuppe. *Lecker.* Trace schob eine Dose zur Seite, um zu sehen, was dahinter noch alles zu finden war.

David betrat die Küche und war froh, es bis hier geschafft zu haben. Seine Küche war in dunklem Weinrot mit einer weißen Borte gestrichen. Auch die Hängeschränke, die sich an drei Wänden befanden, waren weiß. „Trace", begann er, um gleich darauf wieder zu verstummen.

Trace hat einen umwerfenden Hintern. Sein Freund stand, auf einem Fuß balancierend und leicht vornüber gebeugt, vor dem Schrank und durchstöberte den Dosenvorrat. Sein Hemd war hochgerutscht und gab den Blick auf den muskulösen Rücken frei. David hätte schon ein heterosexueller Heiliger sein müssen, um von diesem Anblick nicht berührt zu werden. Dummerweise war er weder das Eine, noch das Andere. Er wurde steif und seine Hose fühlte sich plötzlich sehr eng an. *Scheiße!*

„Was ist?", fragte Trace, stellte sich wieder gerade hin und schob sich die Haare hinters Ohr. Er hatte zwei Dosen in der Hand. „Willst du Gemüsesuppe oder Pilzsuppe?", wollte er wissen, während er die Dosen abstellte und die Schranktür schloss.

David schluckte. Seine Kehle fühlte sich an wie zugeschnürt. Er war sich nicht sicher, ob dafür der Gedanke an das Essen verantwortlich war oder die unerwartete und plötzliche Anziehung, die Trace auf ihn ausübte. Sein Blick wurde auf die langen, dunklen Haare gelenkt und er fragte sich, wie sie sich wohl anfühlen mochten. Waren sie weich oder eher kräftig? Und warum konnte er sich nicht daran erinnern, obwohl er schon so oft im Scherz daran gezogen hatte?

David ging zu dem kleinen Küchentisch, der am Fenster stand. Dort ließ er sich auf einen Stuhl sinken und hoffte, dass der Tisch alles verbarg, was unterhalb seiner Gürtellinie vor sich ging. „Igitt ... nur keine Pilze. Die Dose hat meine Mutter mitgebracht, als sie mich vor drei Jahren besucht hat. Seitdem steht sie im Schrank. Mutter benutzt Pilzsuppe für ihre Bratensoße. Die Gemüsesuppe, bitte."

Trace drehte sich nickend zum Herd um. David blieb erneut nichts anderes übrig, als ihm auf den Rücken und das Hinterteil zu starren.

Er seufzte. *Es ist wirklich keine gute Idee, über Trace Hintern nachzudenken.* David suchte verzweifelt nach einem Gesprächsstoff, der ihn daran erinnerte, dass Trace *nicht* schwul war. „Wie geht es eigentlich, äh ... Anne-Marie? Seht ihr euch noch?"

Trace drehte sich zu David um. „Das war keine ernste Sache", sagte er. „Sie ... nein, *ich* wollte keine feste Beziehung. Es ist einfach nicht mein Ding", fuhr er mit reuelosem Grinsen fort.

David musste lachen. „Jede Woche eine Neue. Du bist ein solcher Playboy!", feixte er.

Trace zuckte mit den Schultern. „Warum auch nicht. Ich habe schließlich noch keiner mehr versprochen."

David versuchte, sich an seine letzte Beziehung zu erinnern. Es wollte ihm nicht so recht gelingen. „Ich glaube, ich werde langsam alt. Das mit dem Ausgehen und Kennenlernen wird mir zu mühsam. Und Gelegenheitssex war noch nie meine Sache."

Trace klopfte den Löffel am Topfrand ab und ließ ihn mit einem leisen Scheppern in die leere Dose fallen. Dann drehte er sich zu David um und warf ihm einen ungläubigen Blick zu. „Zu alt? David, du bist ... zweiundvierzig? Dreiundvierzig? Das ist noch ein ganzes Stück entfernt vom Altsein. Und so schlimm ist ein gelegentlicher One-Night-Stand auch nicht." Er lehnte sich mit verschränkten Armen an die Arbeitsplatte. „Jedenfalls dann, wenn beide Seiten sich darüber einig sind."

„Ich sage ja nicht, dass ich grundsätzlich etwas dagegen habe. Und eigentlich hast du auch recht, aber ... na ja ...", David verstummte. Wie sollte er seinem Freund erklären, dass ihm bei dem Gedanken an AIDS jede Lust auf Sex verging? In seiner Jugend, in den Zeiten *vor* AIDS ... ja, damals war alles noch anders gewesen, und er hatte nie lange nach einem neuen Partner suchen müssen. Aber David hatte mehr als einen Freund durch die Krankheit verloren, und er wollte für sich selbst kein Risiko mehr eingehen. Er war gesund und er wusste, dass er das nur seinem Glück zu verdanken hatte. Er hatte zwar auch in den letzten Jahrzehnten beileibe nicht wie ein Mönch gelebt, aber er hatte immer Kondome benutzt. Außerdem wollte er einen Mann erst besser kennenlernen, bevor er mit ihm ins Bett ging. David sah Trace wortlos an und wusste nicht, was er sagen sollte.

Als Trace merkte, dass David nichts mehr zu sagen hatte, nickte er nur leicht und widmete sich wieder der Suppe.

David legte die Stirn in Falten und starrte wieder auf Trace' Rücken. Er war sich ziemlich sicher, dass es Trace nicht entgangen war, dass er schwul war. Sie hatten oft mit ihren jeweiligen Partnern gemeinsam Partys besucht. Aber über Sex hatten sie nie miteinander geredet. David fragte sich, woran das eigentlich lag. Schwul oder nicht – das war schon ein Thema, das unter Männern angesprochen wurde. Sie verglichen ihre Erfahrung, sprachen über ihre Lieblingspraktiken und wer gut im Bett war, oder? Jedenfalls war das so, wenn David und seine anderen Freunde sich trafen. Also musste es doch bei Trace und dessen Freunden genauso sein, nicht wahr? Nur wenn sie beide zusammen waren, war Sex kein Thema. David dachte darüber nach, während er Trace dabei zusah, wie der die Suppe umrührte. Die Stille zwischen ihnen war mit Händen greifbar. Es stimmte, sie hatten nie darüber gesprochen. Und es kam David plötzlich so vor, als hätte er seinem besten Freund etwas verheimlicht.

„Ich bin schwul", platzte es aus ihm heraus, bevor er sich wirklich darüber Gedanken machen konnte, ob er es Trace überhaupt sagen wollte. „Ich habe zu viele Freunde erlebt, die AIDS hatten und nicht wiederzuerkennen waren. Sie waren nur noch ein Schatten ihrer selbst, und dann sind sie gestorben. Deshalb bin ich wahrscheinlich so übermäßig vorsichtig." Seine Augen waren immer noch auf Trace' Rücken gerichtet, während er dessen Reaktion auf sein Bekenntnis abwartete.

Trace' Hand hielt für einen kurzen Augenblick in ihrer Rührbewegung inne, dann war wieder das Geräusch des Löffels zu hören, der über den Topfboden glitt. David versuchte, sich in Trace' Gedanken zu versetzen. *Schwul? David?* Sie kannten sich schon seit mehr als fünf Jahren, und David wünschte sich, dieses Thema früher angesprochen zu haben. Dann hätte er diesen Schwebezustand, dieses Abwarten, jetzt hinter sich. Trotzdem war es gut, es unmissverständlich ausgesprochen zu haben.

David biss sich auf die Zunge und hielt die Luft an. Er musste sich vor niemandem rechtfertigen. Sicher, er wäre wütend und traurig, wenn Trace ein Problem mit ihm hätte. Aber es wäre auch nicht das erste Mal, dass ihn jemand für sein Schwulsein verurteilte.

Trace sah für einen Augenblick wie gebannt auf den Kochtopf. Dann neigte er leicht den Kopf, um David zu antworten. Es freute ihn, dass David ihrer Freundschaft genug vertraute, um ihm das zu erzählen. „Meiner Meinung nach zeigt das nur, dass du ein sehr vernünftiger Mensch bist", meinte er nachdenklich. „Man kann heutzutage nicht vorsichtig genug sein."

Mit einem tiefen Seufzer ließ David die Luft wieder aus seinen Lungen entweichen. „Danke", sagte er leise und lehnte sich erleichtert zurück. Sie würden Freunde bleiben. *Gott sei Dank!* Er hätte es sich eigentlich denken können, schließlich kannte er Trace gut genug.

Trace hörte jetzt auf zu rühren und nahm den Topf in die Hand. Mit seiner freien Hand holte er zwei Teller aus dem Hängeschrank und kam damit zum Tisch. „Gern geschehen", sagte er mit ruhiger Stimme und verteilte die Suppe auf die beiden Teller.

Sie aßen schweigend. David fühlte sich so ruhig und zufrieden wie seit langer Zeit nicht mehr.

Nach dem Essen brachte Trace das Geschirr zum Spülbecken. Dann ging er ins Schlafzimmer und holte die beiden anderen Teller, die sie dort vergessen hatten.

David sah Trace nach, der die Küche verließ und im Flur verschwand. Er stand seufzend auf, um beim Abwasch behilflich zu sein. David fühlte sich zwar noch recht schwach und erschöpft, aber zumindest die Schwindelgefühle hatten sich mittlerweile gelegt. Er ließ etwas Wasser in den Kochtopf laufen und stellte ihn in das zweite Becken, um ihn dort einweichen zu lassen. Danach wollte er die Teller spülen. „Autsch! Verdammte Scheiße", fluchte er, als ihm ein stechender Schmerz durch Schulter und Arm fuhr. Mit einem lauten Scheppern fiel der Topf in das Becken und Spülwasser spritzte durch die Küche. David lehnte sich an die Spüle und hoffte, dass der Schmerz bald nachlassen würde.

Trace kam mit den beiden Suppentellern in der Hand zurück in die Küche gerannt. Der Krach hatte ihm einen Heidenschreck eingejagt. „David? Was ist denn jetzt passiert?" Er stellte die Teller mit einem Knall ab und kalte Nudelreste verteilten sich auf der Arbeitsplatte. Dann hielt er David die Hand hin, wollte ihm irgendwie helfen.

David hatte die Augen geschlossen und ließ den Kopf hängen. Er atmete einige Male tief durch, bevor er Trace antworten konnte. „Verdammt, das hat wehgetan", fluchte er. Dann setzte er sich wieder an den Küchentisch. Trace beobachtete ihn besorgt. Er traute sich nicht, David anzufassen, weil er ihm keine zusätzlichen Schmerzen bereiten wollte.

„Ich habe nur den Topf mit dem Wasser hochgehoben, da hat meine Schulter … Mist, Mist, Mist. Ich glaube, ich habe mich bei dem Sturz ernsthaft verletzt. Wenn ich den Arm nicht bewege, spüre ich es kaum. Aber eben … es war so schlimm, dass mir die Tränen gekommen sind."

„Verdammt, das musste einfach passieren. Warum musstest du auch unbedingt duschen. Also gut. Wir ziehen dir jetzt etwas an, und dann fahre ich dich zur Notaufnahme", sagte Trace. „Vielleicht hast du dir etwas gebrochen."

David versuchte nicht mehr, Trace zu widersprechen. Es wäre ganz offensichtlich sinnlos gewesen. Er stand einfach nur da und stützte sich den Arm mit seiner gesunden Hand ab. „Nach so einem beschissenen Tag … mein Gott, ich habe schon Angst davor, auch nur ins Auto zu steigen. Ich bin mir nicht sicher, ob wir heil im Krankenhaus ankommen …" Ihm war nicht nach Scherzen zumute und sein Kichern wirkte frustriert. Erschöpft schlurfte er durch den Flur zum Schlafzimmer, griff sich dort eine alte Jeans, ein T-Shirt und seine Sportschuhe.

Er hatte schon mit den Jeans Probleme, gab schließlich auf und rief, seinen Stolz vergessend, Trace zur Hilfe.

„Entschuldige. Ich hätte mir denken können, dass du Hilfe brauchst", meinte Trace, als er ins Schlafzimmer kam. Er nahm David die Jeans aus der Hand, kniet sich vor ihm auf den Boden und hielt ihm die Hose so hin, dass David sie halbwegs bequem anziehen konnte. Dann zog er sie ihm über den Hintern, knöpfte sie zu und zog den Reißverschluss hoch. Danach griff er sich das T-Shirt.

Davids musste sich so fest auf die Unterlippe beißen, dass sie fast blutete. Er hatte Probleme, denn sein Körper reagiert auf jede noch so unschuldige Berührung von Trace. Wo immer er die Hand seines Freundes spürte, fing seine Haut an zu prickeln. Als Trace ihm das T-Shirt über den Kopf zog und ihm dabei mit der Hand über die Brustwarze streifte, konnte David ein Stöhnen nur mit Mühe unterdrücken. Er atmete schwer und Trace verzog bedauernd das Gesicht, weil er glaubte, David weh getan zu haben.

„Tut mir leid, David", murmelte Trace. Vielleicht hatte er zu fest an dem T-Shirt gezogen. „Hast du nicht ein Paar Sandalen, die sich besser anziehen lassen als diese Sportschuhe?" Trace ging zum Schrank und bückte sich, um geeignete Schuhe zu finden.

David wünschte sich in diesem Moment nur eines – dass Trace endlich aufhören würde, ihm ständig das Hinterteil zu präsentieren. Er schloss frustriert die Augen, weil er den Anblick von Trace' knackigem Hintern in der eng anliegenden Anzugshose nicht mehr ertragen konnte. „Ja, hinten in der Ecke stehen Sandalen."

Als Trace ihm die Sandalen hinhielt, musste David sich auf den Schultern seines Freundes abstützen, um nicht das Gleichgewicht zu verlieren. „Los jetzt, ich will es hinter mich bringen", krächzte er frustriert.

„Sechs Stunden. Sechs verdammte Stunden! Nur gut, dass es keine ernsthafte Verletzung war", beschwerte David sich, als sie endlich wieder vor seinem Haus parkten und er aus dem Wagen stieg.

Trace brummte nur zustimmend und verkniff sich jeden weiteren Kommentar. Er hatte sich vor einigen Jahren selbst den Arm gebrochen, und damals mehr als doppelt so lange warten müssen, bevor sich in der Notaufnahme jemand um ihn gekümmert hatte. „Die nehme ich", sagte er und griff nach der Tüte mit den Medikamenten und dem Verbandsmaterial, bevor David eine Chance hatte, ihm zuvorzukommen. „Du darfst dich nicht unnötig bewegen. Kein Bücken und Beugen mehr."

„Und wie genau willst du das durchsetzen?", fragte David scherzhaft und lehnte sich an den Wagen. Sein rechter Arm und die Schulter waren mit einem Verband ruhig gestellt. „Ein bisschen Bücken und Beugen gehört nun mal zum Leben", fügte er grinsend hinzu, als Trace die Autotür abschloss. Er war leicht benebelt von den Schmerzmitteln und musste über seine zweideutigen Formulierungen selbst lachen.

Kopfschüttelnd kam Trace um den Wagen herum auf David zu und grinste ihn an. „Du bist zugedröhnt. Komm jetzt, rein in die Bude. Und dann hast du einige Tage Bettruhe vor dir." Er nahm David an dessen gesundem Arm und half ihm die Treppe hinauf zur Hintertür. Dann führte er ihn durch die Küche, am Esszimmer mit dem großen, runden Marmortisch vorbei ins Wohnzimmer, und von dort durch den Flur zum Schlafzimmer.

„Es ist eine erfreuliche Abwechslung, von einem Mann ins Bett gebracht zu werden, für den ich mich nicht bücken soll." David kicherte immer noch über seine Witzchen, als er die Sandalen von den Füssen kickte. Dann legte er sich seufzend aufs Bett. „Ah, … gut. Bin ich müde …"

Lächelnd schob Trace Davids Beine unter die Decke und deckte ihn dann ganz zu. „Pass auf, dass du nicht auf die rechte Seite rollst, ja? Ich will nicht durch lautes Heulen geweckt werden", feixte er.

David murmelte etwas Unverständliches vor sich hin und war eingeschlafen, noch bevor Trace das Zimmer verlassen hatte. Der zog lächelnd die Tür hinter sich zu und ging in die Küche. Dort machte er sich Notizen. Er musste morgen Davids Chef anrufen und ihm erzählen, was passiert war. Außerdem wollte er mit seinem eigenen Chef reden. Vielleicht konnte er ja in der nächsten Woche einige seiner vielen Überstunden abfeiern und nur halbtags arbeiten. Dann konnte er sich um David kümmern. Aber dieses Gespräch musste auch bis morgen – vielmehr heute, es war schon drei Uhr früh – warten, wenn er ins Büro fuhr, um den Hauptartikel für die Sonntagsausgabe druckreif zu machen.

Müde und erschöpft beschloss Trace, noch einige Stunden zu schlafen. Er schaltete das Licht aus, öffnete den Hosenbund und legte sich auf das Ledersofa im Wohnzimmer.

Als er schon zum zweiten Mal in dieser Nacht fast vom Sofa gefallen wäre, stand er fluchend auf und ging zum Schlafzimmer. Wenn er nicht noch einige Stunden schlief, hätte er morgen nur Watte im Kopf und könnte keinen klaren Gedanken fassen. Vorsichtig öffnete er die Schlafzimmertür. David hatte das Bett ganz für sich, und es war groß genug für zwei Personen. Es war sogar so verdammt groß, dass Trace quer darauf liegen konnte, ohne David auch nur zu berühren. „Wofür, zum Teufel, braucht er nur so ein großes Bett?", murmelte Trace und betrat das Zimmer.

Er zog das Hemd und die Hose aus und kroch, nur mit seiner schwarzen Unterhose und dem weißen Unterhemd bekleidet, unter die Decke. Noch während er sich hinlegte, fragte er sich, wie viele Männer wohl schon in diesem Bett geschlafen hatten. Aber bevor er weiter darüber nachdenken konnte, war er auch schon eingeschlafen.

18

DAVID WOLLTE sich gerade auf den Rücken drehen, als ihn ein stechender Schmerz in seiner Schulter weckte. Er stöhnte und fluchte leise vor sich hin. Der Arzt hatte gesagt, es würde mindestens sechs, vielleicht sogar acht bis neun Wochen dauern, bis alles verheilt wäre. Und er müsse mindestens eine Woche im Bett liegen, um den Arm zu schonen. *Verdammt!* Wie sollte er das nur durchhalten? Außerdem war sein Bein eingeschlafen, weil irgendetwas schwer auf ihm lag und die Durchblutung abgeschnitten hatte. Als er sich umdrehte, um das Gewicht loszuwerden, stieß er gegen etwas Festes, Warmes an seiner Seite. Müde blinzelnd sah er über seine rechte Schulter und erkannte einen verstrubbelten Kopf mit dunklen Haaren. Für einen kurzen Augenblick war er überrascht, dann fiel es ihm wieder ein. *Trace, natürlich.* Trace lag auf dem Rücken. Er war offensichtlich im Laufe der Nacht näher gerückt und an Davids Rücken zu liegen gekommen. *Prima, dann kann ich wenigstens nicht mehr auf die rechte Schulter rollen.*

Eigentlich hätte David von Trace wegrücken sollen. Aber es war bequem, sich an ihn zu lehnen, und seine Nähe hatte eine beruhigende Wirkung auf David. Also schloss er einfach die Augen und war kurz darauf wieder eingeschlafen.

David wachte in dieser Nacht noch mehrmals auf, aber der warme Körper an seiner Seite half ihm dabei, schnell wieder Ruhe zu finden. Deshalb fiel ihm dieses Mal sofort auf, dass Trace fehlte. Er lag nicht mehr im Bett. David setzte sich auf und hörte Trace im Nebenzimmer reden, konnte aber nicht verstehen, worum es dabei ging. Er setzte sich auf die Bettkante, hielt sich mit der linken Hand am Fußteil des Bettes fest und stand langsam auf. Dann folgte er dem Duft nach frischem Kaffee und der gedämpften Stimme seines Freundes in die Küche.

„... ja, sechs bis acht Wochen. Vielleicht auch länger. Der Arzt will die Unterlagen und die Krankmeldung per Fax schicken. Sicher. Doch, ein ... ein Freund ist bei ihm. Der kann ihm im Haus helfen und sich um ihn kümmern. Ja, ich richte es aus. Selbstverständlich!" Trace saß, in Hose und Unterhemd gekleidet, am Küchentisch. Er klappte das Handy zu und sah David in der Tür stehen. „Hallo, mein Hübscher. Wie geht's dir heute?", fragte er mit einem warmen Lächeln auf den Lippen.

David war von dieser Begrüßung so überrascht, dass er einen Augenblick brauchte, bevor er Trace' Worte und das mitgehörte Telefongespräch verarbeitet hatte. Da er nicht sicher war, mit wem Trace am Telefon geredet hatte, fragte er sicherheitshalber nach. „Hast du gerade mit Lloyd gesprochen?"

„Ja. Er lässt dir ausrichten, du sollst dich ausruhen und wieder gesund werden. Wenn du wieder halbwegs fit bist, kannst du das Korrekturlesen für die Leitartikel übernehmen und wieder an deiner Kolumne schreiben. Aber er will dich frühestens in acht Wochen wieder im Büro sehen, und wenn du vorher auftauchst, wird er üble und unaussprechliche Dinge mit deiner Leiche anstellen", antwortete Trace mit einem breiten Lächeln. „Setz dich, David. Du solltest eigentlich im Bett liegen und hast in der Küche nichts zu suchen."

Bei dem Gedanken an Lloyds Drohung lief David ein kalter Schauer über den Rücken. „Alter Fiesling! Es ist doch nur die Schulter. Wenn ich deswegen zwei Monate im Bett liegen soll, könnt ihr mich anschließend in die Klappse bringen."

„Du sollst lediglich eine Woche liegen, bis sich deine Schulter wieder stabilisiert hat. Deshalb bist du eingewickelt worden wie eine Weihnachtsgans. Setzt dich jetzt hin, du Idiot!" Trace stand auf und schenkte David eine Tasse Feinkost-Kaffee ein, den er mit Zucker und Sahne verfeinerte, um Davids Geschmack zu treffen. Als er mit der Tasse an den Tisch zurückkam, fiel ihm Davids blasses Gesicht auf. „Willst du nicht etwas essen? Du solltest die Schmerztabletten nicht auf nüchternen Magen nehmen."

„Ich frage mich, was die Dinger wohl einbringen, wenn ich sie verkaufe", sinnierte David, während er sich vorsichtig auf einen Stuhl setzte. „Ich könnte einen neuen Laptop gebrauchen", erwiderte Trace lachend. David griff schmunzelnd mit seiner gesunden Hand nach der Tasse und betrachtete ihren Inhalt. Dann trank er einen kleinen Schluck und nickte anerkennend. Trace wusste einfach, wie ein guter Kaffee schmecken musste.

Als Trace den Kühlschrank öffnete und nach den Zutaten für ein Sandwich suchte, wurde David daran erinnert, dass er dringend neue Lebensmittel brauchte. Er konnte nicht nur von den ungesunden Angeboten leben, die nach Hause geliefert wurden. Das würde Trace niemals erlauben. David sah auf und beobachtete, wie Trace ein Glas mit einem blau-roten Etikett aus dem Kühlschrank nahm und misstrauisch den weißen Inhalt betrachtete.

„Wieso hast du Miracle Whip im Kühlschrank? Ich dachte, du isst nur echte Mayonnaise?", fragte er David, während er eine Packung Käse zu den anderen Zutaten auf der Arbeitsplatte legte. „Und Tomaten? Du hast mir doch gesagt, du magst keine Tomaten zu deinem Hamburger. Oder war das Tomatensoße?" Mit gerunzelter Stirn legte er den Wurstaufschnitt neben das Vollkornbrot.

David wusste mit diesen Fragen erst nichts anzufangen. Aber dann fiel ihm ein, dass er und Trace vor einiger Zeit als Vertreter ihrer Zeitungen an einem Empfang teilgenommen hatten, der nach einem Poloturnier im Williston Hills Country Club stattfand. Sie hatten es sich unter einer großen Eiche gemütlich gemacht, und David hatte sich bei Trace darüber beschwert, dass der Hühnersalat mit Miracle Whip zubereitet war. In Davids Augen kam das einem Verbrechen gleich, obwohl es wahrscheinlich wegen der Hitze sicherer war, als echte Mayonnaise zu benutzen. Trace hatte sich offensichtlich daran erinnert.

„Du vergisst aber auch nichts, Jackson", sagte David kopfschüttelnd. „Die echte Mayonnaise steht in der Tür. Das Miracle Whip war ... also das war für einen Typen, mit dem ich mich vor einiger Zeit öfter getroffen habe. Als er mir gesagt hat, dass er nur Miracle Whip isst, hätte ich mir gleich denken können, dass er ein Idiot ist. Und Tomaten mag ich zwar nicht auf dem Sandwich, aber ich esse sie als Salat mit Pfeffer, Salz und Balsamico."

Trace zuckte mit den Schultern und warf das Glas Miracle Whip in den Mülleimer. Dann nahm er sich die Mayonnaise und eine Tomate. David musste lachen, als das Glas durch die Luft flog.

„Es ist mir einfach in Erinnerung geblieben", meinte Trace. „Du beschwerst dich nur selten über etwas, deshalb blieb es hängen", fuhr er abwesend fort und nahm ein Messer aus dem Block, um die Tomate in Scheiben zu schneiden.

David grinste ihn an. „Danke! Du hättest dabei sein sollen, als ich den Typ damals rausgeworfen habe. Bei dir sieht das so einfach aus und ich hätte deine Hilfe brauchen können."

Trace zog fragend die Augenbrauen hoch. „Das hört sich unerfreulich an. Du musstest ihn rauswerfen?" Er widmete sich dem nächsten Sandwich. „Aber ich hätte dir sicher gerne dabei geholfen."

„Ja, das denke ich auch. Ich glaube, es gefällt mir, meinen eigenen Chauffeur, Koch und Butler zu haben. Meinst du, ich kann mir dich auf Dauer leisten?"

„Keine Ahnung ...", meinte Trace mit nachdenklicher Stimme. „Mein hoher Lebensstandard würde dich einiges kosten." Augenzwinkernd holte er die Teller aus dem Schrank. David musste kichern. Trace lebte in einer einfachen Zweizimmer-Wohnung. Sie lag zwar in einer guten Wohngegend, aber es war nicht gerade das, was man einen ‚hohen Lebensstandard' nennen konnte.

„Was gibt es denn zu essen?", fragte David und verteilte das Besteck und die Servietten auf dem Tisch.

„Truthahn und Käse", antwortete Trace. Er nahm eine Flasche Balsamico aus dem Schrank und stellte sie auf den Tisch zu dem Teller mit den Tomatenscheiben. Dann platzierte er Salz und Pfeffer in Davids Reichweite und ging wieder zum Kühlschrank. „Was willst du trinken?"

David wurde unvermittelt bewusst, wie wohl er sich fühlte. Es war angenehm, mit Trace zusammen zu sein. Sie hatten auch früher schon oft den Samstag zusammen verbracht und in Davids Garten Steaks oder Hamburger gegrillt. Oder sie hatten sich zusammen einen Film angesehen und einfach nur geredet. Es sollte eigentlich alles so wie immer sein.

David unterbrach seine Überlegungen, um Trace' Frage zu beantworten. „Am liebsten wäre mir ein Bier. Aber das ist wahrscheinlich wegen der Schmerzmittel keine allzu gute Idee. Pepsi ist in Ordnung." David fing an zu essen. Er merkte erst jetzt, wie hungrig er war. Ehe er sich versah, war das Sandwich bis auf einen kleinen Rest vertilgt. Während er sich einige Tomatenscheiben nahm und auf seinen fast leeren Teller legte, sah er zu Trace hinüber. „Wann musst du wieder gehen? Dein liebenswerter Chef wird wahrscheinlich denken, dass du dich mit dem Feind verbrüdert hast." George Hardin, der Chefredakteur des *Sun Herald*, bei dem Trace arbeitete, war bekannt dafür, die Konkurrenz zwischen seiner Zeitung und dem *Mirror* mit dessen Chefredakteur, Lloyd Morton, sehr ernst zu nehmen. David war dem Himmel dafür dankbar, dass er für Lloyd arbeitete, der viel umgänglicher war als Hardin.

21

Trace sah von seinem Teller auf und schluckte erst, bevor er auf Davids Frage antwortete. „Ich muss ihm ja nicht sagen, wem ich aushelfe", meinte er schulterzuckend. „So lange du keinen Ersatz für mich findest, wirst du mich jedenfalls nicht los."

„Ich habe sehr wohl noch einige andere Freunde, Jackson. Ich könnte wahrscheinlich einen Dienstplan für euch erstellen, und ihr könnt euch abwechselnd um mich kümmern", überlegte David. Allerdings musste er zugeben, dass die meisten seiner Freunde keine sehr häuslichen Typen waren. Trace hatte ihn mit seiner fürsorglichen Art und seiner Hilfsbereitschaft mehr als überrascht.

„Das hört sich nicht schlecht an. Aber jetzt solltest du dich wieder ins Bett legen, David", meinte Trace besorgt. „Wenn du die Schulter zu sehr belastest und sie dir auskugelst, musst du vielleicht operiert werden. Das sollten wir nicht riskieren. Ich bleibe jedenfalls sicherheitshalber noch hier."

„Ich mache dir einen Vorschlag", erwiderte David darauf. „Ich lege mich wieder ins Bett und du darfst mir sogar eine Schmerztablette geben. Dann kann ich einige Stunden schlafen. In der Zwischenzeit fährst du bei deinem Chef vorbei, damit er keine Vermisstenanzeige aufgibt. Und auf dem Rückweg besorgst du einige Filme und etwas zum Abendessen. Du kannst von *Huwan Cho* irgendwas Chinesisches mitbringen."

„Gute Idee. Und jetzt iss den Teller leer!" Grinsend schob Trace David den Teller mit den restlichen Tomaten vor die Nase. Dann stand er auf, um die Tabletten zu holen. Das würde David einige Stunden im Bett halten. „Willst Du Rindfleisch mit Sesamsoße oder Schweinefleisch süß-sauer?", fragte er, weil er Davids Lieblingsgerichte kannte. „Ich glaube, ich habe Appetit auf gebratenen Reis oder Saté."

„Warum bringst du nicht von allem etwas mit, wir können es uns dann teilen", schlug David vor. Er wusste, wie gerne Trace von fremden Tellern naschte. Nachdem er sein Sandwich und die letzten Tomaten aufgegessen hatte, nahm David seine Tabletten ein. Dann stand er auf und blieb einen Moment unschlüssig stehen. Offensichtlich hatte er etwas auf dem Herzen.

Trace spülte die Teller ab und stellte sie zur Seite. Als er sich umdrehte, sah er David, der auf ihn wartete. „Was brauchst du noch?" Fragend neigte Trace den Kopf auf die Seite und seine langen Haare glitten ihm von der Schulter. David sah zwar schon besser aus, als vor einigen Stunden, aber er war noch weit davon entfernt, wirklich wieder einen erholten Eindruck zu machen.

„Könntest du vielleicht, äh, ... also, ich bräuchte ...", stotterte David verlegen, dann brach es aus ihm heraus: „Also gut. Kannst du mir dabei helfen, die Hose auszuziehen?" Mit einer Hand war es so gut wie unmöglich, den Knopf der eng sitzenden Jeans zu öffnen.

Grinsend stütze Trace die Hände auf die Hüften. „Ich hätte von dir wirklich etwas mehr Eloquenz und Stil erwartet", neckte er David. „Dieser Spruch war unter deinem Niveau." Dann ging er zu David und öffnete ihm den Hosenknopf. „Ich hätte nie gedacht, dass Männer so viel leichter zu haben sind", feixte er und zog den Reißverschluss auf.

David sah Trace zu, der ihm mit seinen schlanken, eleganten Fingern die Hose öffnete. Ihm blieb fast die Luft weg und es wurde ihm schwindelig. Trace' Finger waren nur wenige Zentimeter von seinem Schwanz entfernt, der bereits auf die Nähe reagierte. *Verdammt!* David zwang sich, tief durchzuatmen und warf Trace einen schuldbewussten Blick zu. Doch Trace grinste ihn nur leicht amüsiert und vollkommen entspannt an. Er hatte offensichtlich keine Ahnung, welche Wirkung er auf David ausübte. *Gott sei Dank!* „Dann kennst du uns Männer aber schlecht. Wir sind immer leicht zu haben, wenn es um Sex geht."

Trace lachte und fasste David an den Gürtelschlaufen seiner Jeans, um ihn Richtung Schlafzimmer zu ziehen. „Tja, ich hätte es mir eigentlich denken sollen. Schließlich bin ich ja auch ein Mann, und deshalb nicht viel besser. Aber ich behalte es zur Sicherheit gut in Erinnerung – für den Fall, dass ich jemals meinen Horizont erweitern möchte …"

David verspürte ein Flattern in der Magengrube. Es trug nicht gerade zu seiner Gelassenheit bei, dass Trace darüber Scherze machte, sich für Männer interessieren zu können. Hoffentlich wirkten die Tabletten bald, dann konnte er einschlafen und das alles vergessen.

Gehorsam folgte er Trace durch den Flur und ins Schlafzimmer, wo er aus seinen Jeans stieg und sich sofort ins Bett verkroch. Er brachte dabei kein Wort über die Lippen, weil er Angst hatte, sich in seinem verwirrten Zustand zu verplappern und etwas zu sagen, das ihm später Leid tun würde.

Trace richtete die Bettdecke und deckte David damit zu. Dann setzte er sich neben ihn auf die Bettkante, schüttelte ein Kissen auf und schob es ihm vorsichtig unter die verletzte Schulter. „So, das ist schon besser", sagte er. Er zog das Kissen noch etwas gerade und sah David an. „Glaubst du, du kommst jetzt alleine klar? Ich werde einige Stunden weg sein."

David fühlte die Wärme, die Trace' Körper an seiner Seite ausstrahlte. Er konnte nur mit Mühe der Versuchung widerstehen, näher an seinen Freund heranzurücken. „Ja, ich komme schon klar. Verschwinde jetzt, bevor Hardin deinen lahmen Hintern vor die Tür setzt. Sonst ziehst du noch bei mir ein, wenn du dir deine Luxusbleibe nicht mehr leisten kannst."

Trace lachte leise. „Schon gut, ich gehe ja. Wenn etwas passieren sollte, kannst du mich jederzeit anrufen." Er beugte sich über David und knipste die Nachttischlampe aus. Dann schaltete er im Badezimmer das Licht an und ließ die Tür angelehnt. Er seufzte zufrieden – mehr konnte er im Moment nicht für David tun. Mit einem Lächeln auf den Lippen verließ er das Zimmer und überließ David seiner dringend benötigten Ruhe.

3

NACH FÜNF Tagen hatten David und Trace ihren Rhythmus gefunden und eine Routine entwickelt. Trace ging vormittags, manchmal auch zusätzlich nachmittags, für einige Stunden ins Büro. Aber er nahm sich immer Zeit, die Mahlzeiten vorzubereiten und mit David gemeinsam zu essen. An den Abenden arbeiteten sie sich durch die unzähligen DVDs, die Trace am zweiten Tag aus seiner Wohnung mitgebracht hatte. Jetzt, nach fast einer Woche, hatte Trace sich schon daran gewöhnt, in Davids Haus zurückzukehren und seine Zeit hier mit ihm zu verbringen. Es fühlte sich irgendwie normal an - alltäglich und selbstverständlich.

„Ist das Popcorn bald fertig oder soll ich den Film kurz anhalten?", rief David aus dem Wohnzimmer.

„Anhalten, bitte!", schallte es aus der Küche zurück. Trace stand gelangweilt vor der Mikrowelle und beobachtete auf der Zeitanzeige, wie die Sekunden langsam verstrichen. Er war mit seinen Gedanken im Büro, und nur hier und da schweifte er ab und musste an David denken. Trace bezweifelte sehr, sich auf den Film konzentrieren zu können, den sie zusammen sehen wollten. Und es amüsierte ihn manchmal, wieviel Mühe David sich gab, ihm nicht übermäßig zur Last zu fallen.

Trace blinzelte erschrocken, als das laute ‚Bing' der Mikrowelle ihn aus seinen Gedanken riss und er merkte, dass er vor sich hin lächelte. Schulterzuckend holte er die heiße, dampfende Tüte mit dem Popcorn aus der Mikrowelle. Er warf sie einige Male von der einen Hand in die andere, bis sie etwas abgekühlt war und er sie öffnen konnte. Dann füllte er das Popcorn in eine Plastikschüssel.

Es war irgendwie *anders*, hier bei David zu sein. Bisher waren sie in dem kleinen Haus recht gut miteinander ausgekommen. Es fühlte sich fast so an, als würden sie schon viel länger zusammenleben. Trace mochte Davids Gesellschaft, selbst wenn es eine für ihn ungewohnt ruhige Gesellschaft war. Aber es war besser, als nach der Arbeit in seine leere Zweizimmerwohnung zurückzukehren. Trace war ein sehr sozialer Mensch, und er hatte immer vermutet, dass David genauso wäre. Jetzt war er sich dem nicht mehr so sicher. Obwohl sie sich gut verstanden, hatten sie keinen gemeinsamen Freundeskreis. Jeder von ihnen hatte seine eigenen Freunde – er zumindest, bei David wusste Trace es nicht so genau. Bisher hatten sie kaum Besucher gehabt. David hatte ihm nur von einigen Kollegen erzählt, die in besucht hatten, während Trace im Büro war. Auf jeden Fall schien David keinen festen Freund zu haben, sonst wäre er nicht auf die Hilfe von Trace angewiesen. Auch wenn David nichts von Gelegenheitssex hielt – er hatte bestimmt auch ab und zu einen Partner, mit dem er die Nacht verbrachte und der ihm im Bett Gesellschaft leistete.

Mehr Gesellschaft als Trace jedenfalls, der im gleichen Bett nur eine Armlänge von ihm entfernt schlief.

Trace ging zum Kühlschrank und holte Getränke. *Hm, ich muss Einkaufen gehen.* Das durfte er morgen nicht vergessen. Außerdem musste er nach Hause fahren, um Wäsche zu waschen und das Katzenklo zu reinigen. Seine Katze war schon ziemlich ungehalten, dass er kaum noch zu Hause war und nur zum Füttern vorbei kam. Mabel konnte ziemlich zickig sein, wenn sie ihre Launen hatte. Oder nannte man das bei einer Katze anders? Es kam ihm irgendwie falsch vor, sie als Zicke zu bezeichnen. Aber es passte zu Mabel. Dann musste er noch seine Anzüge aus der Reinigung holen, ins Kunstzentrum fahren und dort einige Leute zu den gerade abgeschlossenen Umbaumaßnahmen interviewen, die aktuellen Musikkritiken einreichen, eine Vorschlagsliste für neue Restaurantkritiken erstellen, neue DVDs besorgen …

Er machte sich mit dem Popcorn und den Getränken auf den Weg ins Wohnzimmer, so abgelenkt durch seine Planungen, dass er nicht mehr an den Couchtisch dachte und ihn umrannte. Er fiel nach hinten und schlug mit seinem Allerwertesten hart auf dem Teppichboden auf. Die Getränkedosen und das Popcorn flogen ihm aus den Händen und in hohem Bogen durchs Zimmer. Es war eine Szene, die an eine Screwball- Komödie erinnerte.

David sah erschrocken auf, als Trace zu Boden fiel. Ohne lange zu zögern sprang er auf und streckte den Arm aus, um ihm zu helfen. Sofort zuckte ihm ein stechender Schmerz durch die Schulter und sein Arm wurde taub. Er fluchte. „Verdammter Mist!", zischte er und sank zurück aufs Sofa.

Trace ließ sich stöhnend auf den Rücken fallen und starrte an die Decke. „Autsch", sagte er beiläufig.

„In der Tat", stimmte David ihm mit zitternder Stimme zu. „Und wen sollen wir bitten, hier einzuziehen und uns zu pflegen, wenn wir beide verletzt sind?"

Trace hob den Kopf und sah David an. Vor fünf Minuten war es ihm noch gut gegangen, aber jetzt hörte es sich an, als ob David wieder Schmerzen hätte. „Ist alles in Ordnung?", fragte Trace ihn besorgt.

„Nein. Es tut höllisch weh", schluckte David. „Ich bin spontan aufgesprungen und wollte dir helfen. Das war ein Fehler." Er konnte sein eigenes Jammern nicht mehr ertragen. Deshalb hielt er Trace seine gesunde Hand hin und half ihm, wieder

25

aufzustehen. Dann warf er einen abschätzenden Blick auf die Dosen. Limonade. „Ich glaube, wir können jetzt etwas Stärkeres vertragen."

„Ja, das glaube ich auch", erwiderte Trace und verzog schmerzlich das Gesicht, als David ihm auf die Beine half. Das Popcorn war überall im Zimmer verteil. Nur gut, dass er die Getränkedosen noch nicht geöffnet hatte. „Ich räume kurz auf, dann fahre ich zum Getränkemarkt und besorge uns etwas Besseres. Aber du darfst keine Tabletten nehmen, wenn du Alkohol trinken willst", ergänzte er mahnend. Dann hob er die Schüssel auf und sammelte das Popcorn ein.

„Ich werde es überleben. Aber die Fahrt kannst du dir ersparen. Unter der Musikanlage ist eine gut gefüllte Bar. Mein Pokerclub ist da anspruchsvoll." David deutete auf eine Tür unter dem Musikregal. „Natürlich hätte ich vollstes Verständnis, wenn du einen kurzen Ausflug machen willst, um hier rauszukommen", fügte er nach kurzem Nachdenken noch hinzu.

Trace sammelte gerade das letzte Popcorn ein und stellte die Schüssel weg, so dass ihm diese letzte Bemerkung entging. „Pokerclub?", fragte er und ging auf die Musikanlage zu, die ihm im Laufe der Jahre so vertraut geworden war wie seine eigene. „Ich wusste gar nicht, dass du Poker spielst. Und ihr habt einen Club?" Er kniete sich vor dem Regal auf den Boden und öffnete die Tür zur Bar. „Ach du heilige Scheiße! Um was spielt ihr eigentlich?", fragte er überrascht beim Anblick der Flaschen in Davids Bar. Das war kein billiger Fusel, nicht mal Schnaps der Standardmarken. Es waren richtig edle Raritäten, die da im Schrank standen. „Mein Gott", murmelte er ehrfurchtsvoll.

David zuckte unbeholfen mit den Schultern. „Es sind alles alte Freunde. Wir sind zusammen aufgewachsen. Es stimmt schon, wir spielen um hohe Einsätze. Und im Laufe der Jahre haben sich die Gewinne und Verluste einigermaßen ausgeglichen. Momentan hat Jared gerade eine Glückssträhne. Aber das ist in Ordnung, weil er das Geld gebrauchen kann. Seine Ex hat ihn nach der Scheidung im vergangenen Jahr ziemlich ausgenommen."

Trace warf über die Schulter einen nachdenklichen Blick auf seinen Freund. Einerseits freute er sich über diese Bestätigung, dass David auch noch andere Freunde hatte. Andererseits verspürte er auch eine gewisse Eifersucht bei dem Gedanken, nicht selbst ein Teil dieser Gruppe zu sein. Er nahm eine Flasche aus dem Regal und hielt sie David fragend hin. „Was willst du trinken? Für mich ist das meiste hier neu. Mehr als Kentucky Bourbon gibt mein Gehalt nicht her."

„Die zweite Flasche von rechts, die mit dem schwarzen Etikett", empfahl David. „Das ist ein Whisky, den du unbedingt probieren solltest. Wir sammeln seltene Single Malts. Es ist ein Hobby, das sich im Laufe der Jahre eingebürgert hat. Immer, wenn einer von uns verreist, muss er für jeden in der Gruppe eine Flasche mitbringen."

Trace zog überrascht die Augenbrauen hoch. „Eine Flasche für jeden von euch?", fragte er ungläubig und nahm die Flasche mit dem schwarzen Etikett aus dem Regal. „Mein Gott, … da kannst du wirklich nur hoffen, dass du oft genug gewinnst." Er stand auf und holte zwei Gläser. „Eis?", wollte er wissen.

„Eis?", wiederholte David schockiert. „Sakrileg! Wenn du deinen Scotch wirklich verwässern willst, kannst du den billigen aus dem Supermarkt trinken, der hinten in der Ecke steht."

„Schon gut, schon gut", meinte Trace und stellte die Flasche auf den Tisch. „Sei nachsichtig mit einem Anfänger. Ich hatte in meiner Jugend kein Geld für Poker und starke Getränke, es ist eine Bildungslücke." Er öffnete die Flasche und reichte sie David. „Ich habe eigentlich immer noch kein Geld dafür. Deshalb schreibe ich fürs Feuilleton. So kann ich die teuren Partys vom Spesenkonto absetzen."

„Was meinst du wohl, warum wir jetzt das Geld dafür haben?", fragte David lachend. „Wir haben uns unsere Ausbildung an der Universität durch Pokern und Billard finanziert."

Trace sah grinsend zu, wie David die Gläser füllte. „So viel Abgebrühtheit hätte ich dir nie zugetraut, David. Interessant, oder?" Er setze sich zu David aufs Sofa und legte die Füße auf den Tisch.

„In einigen Wochen spielen wir wieder. Wenn du dann noch hier bist …" David verstummte. Er war sich nicht sicher, ob Trace die Einladung annehmen würde. Er hatte ihn schon oft fragen wollen, es aber immer wieder gelassen. Warum eigentlich?

Soll das eine Einladung sein? „Ich denke schon. Außer, es passiert ein Wunder und du bist bis dahin wieder gesund. Aber ich wäre wahrscheinlich nur das fünfte Rad am Wagen. Ich habe keine Ahnung von Poker. Aber ich weiß, was ein Full House ist." Trace dachte kurz nach. „Jedenfalls vermute ich das."

Als Trace das Grinsen in Davids Gesicht sah, war er froh, die Einladung akzeptiert zu haben. Bisher war er sehr zurückhaltend gewesen, hatte sich David nie aufdrängen wollen. Sein Eindruck war immer gewesen, dass David viel Wert auf seine Privatsphäre legte. Jetzt verspürte er eine gewisse Erleichterung darüber, sich getäuscht zu haben, denn offensichtlich war David froh über seine Anwesenheit.

„In der Schublade dort ist ein Kartenspiel", sagte David und deutete auf einen kleinen Tisch neben dem Sofa. „Das Mischen musst du übernehmen, aber ich kann dir einen kurzen Grundkurs geben. Dann kannst du mithalten." Er empfand eine fast kindliche Freude darüber, dass Trace seine Einladung angenommen hatte. Er war gerne mit Trace zusammen, und sie hatten so viel Spaß, dass er fast schon süchtig nach seiner Gesellschaft war.

Trace beugte sich über die Sofalehne und holte das Kartenspiel aus der Schublade. „Na gut. Aber wehe, du lachst über mich. Ich habe mehr Zeit mit Murmeln und Mädchen verbracht, als mit Spielkarten", meinte er warnend. Er setzte sich auf der anderen Seite des Couchtischs auf den Boden und nahm einen kleinen Schluck aus seinem Glas. Mit einem genießerischen Stöhnen schloss er die Augen. „Mein Gott! Ich glaube, ich bin für den Rest meines Lebens ruiniert."

Davids Mundwinkel zuckten verdächtig. „Guter Scotch und guter Sex ruinieren jeden", murmelte er und verteilte die Karten auf zwei Stapel. Seinem Arm ging es zwar schon wieder besser, aber er schmerzte immer noch etwas von dem unüberlegten Versuch, Trace' Sturz zu verhindern.

Trace musste grinsen. David hatte Recht. Zumindest, was den zweiten Teil seiner Bemerkung anging. „Ich mische und teile aus. Wir sollten deine Schulter nicht noch mehr strapazieren", sagte er. Dann wischte er sich mit der Hand über die Lippen und nahm die Karten auf.

„Wir fangen einfach an. Five Card Stud, wir spielen offen", entschied David.

„Gehe ich recht in der Annahme, dass jeder fünf Karten bekommt?", fragte Trace scherzhaft. „Und was ist unser Einsatz?"

„Popcorn?" David griff nach der Schüssel mit dem geretteten Popcorn und teilte es in zwei Hälften, die er vor ihnen auf den Tisch legte. Dann warf er drei Stück von seiner Hälfte als Einsatz in die Tischmitte und schob sich einige in den Mund. „Du musst mithalten, wenn du im Spiel bleiben willst."

Trace legte ebenfalls drei Popcorn in die Tischmitte und aß dann einige auf. „Also dann. Five Card Stud, offenes Spiel. Ha!" Seine Augen blitzten schalkhaft. Er beschloss, die lockere Stimmung zu nutzen, etwas mehr über David zu erfahren. „Deine Pokerfreunde ... sind die auch sonst so unternehmungslustig?"

David nahm seine Karten auf und fächerte sich grinsend Luft zu, bevor er sie sich genauer betrachtete. „Waren sie vielleicht mal, aber das ist schon einige Zeit her. Die meisten von ihnen sind verheiratet – zumindest waren sie es. Jared ist von seiner Scheidung immer noch so mitgenommen, dass er derzeit kein Interesse an einer neuen Beziehung hat."

„Für dich gilt das nicht", meinte Trace, während er seine Karten sortierte.

„Du siehst ja die Warteschlange vor meiner Schlafzimmertür. Warum sollte ich da mein Leben ändern wollen?" David warf vier Popcorn in die Mitte. „Ich erhöhe."

Sie unterbrachen ihr Spiel, weil Trace seine Brille brauchte. Nachdem er sie geholt hatte, gab David ihm einen kurzen Überblick über die verschiedenen Kartenbilder und erklärte ihm, wie man seine Einsätze machte. Trace fand es nicht allzu kompliziert, war sich aber sicher, dass David es ihm mit Vergnügen wieder und wieder erklären würde. Sein Freund ließ sich keine Gelegenheit entgehen, ihn wegen seiner Vergesslichkeit aufzuziehen.

Danach nahmen sie ihr Spiel wieder auf. Trace sah seine Karten unsicher an, legte aber trotzdem vier Popcorn zu dem Häufchen in der Tischmitte. Er nahm einen Schluck Whisky. „Ich glaube, mir ist schon einige Male aufgefallen, wenn du dich für einen Mann interessiert hast", sagte er beiläufig.

„Meinst du wirklich?", fragte David nachdenklich.

Trace sah schulterzuckend von seinem Blatt auf. „Ab und zu schon. Du hast dann bessere Laune. Oder du sagst ab, wenn wir am uns am Wochenende zum

Ballspielen verabredet haben. Ich habe nur immer gedacht, es wäre eine Frau", sagte er grinsend. „Kommt aber aufs Gleiche raus."

„Hmm", überlegte David. „Ich kann mich an Tage erinnern, da hast du beim Golfspiel einen Ball nach dem anderen verschlagen, und dabei trotzdem gegrinst wie ein Idiot. Soll das heißen, dass du dann in der Nacht vorher …"

„Durchaus möglich", gab Trace mit blitzenden Augen zu. „An manchen Tagen hat man sein Pensum beim Lochen schon erfüllt, bevor man einen Ball versenkt." Er nahm sein Glas vom Tisch und lehnte sich mit zufriedenem Gesichtsausdruck zurück.

David hätte sich fast an seinem Scotch verschluckt. Hustend hielt er sich die Hand vor den Mund. „Oh Mann, Jackson. Das war selbst für dein Niveau unter aller Sau. Leg die Karten auf den Tisch!"

Zwanzig Minuten und etliche Spiele später kratzte David die letzten Reste des Popcorns zusammen und schob sie sich in den Mund. „Uns gehen die Mittel aus", sagte er mit einem lakonischen Blick auf die fast leere Schüssel.

Trace trank den letzten Schluck seinen Whiskys und kicherte, als er in die Schüssel sah. „Wir könnten ja Strip-Poker spielen", feixte er und nahm sich das letzte Popcorn. Sein offenes Haar hing ihm locker über den Schultern.

David lehnte den Kopf zurück und schlürfte genießerisch den letzten Rest Scotch aus seinem Glas. Bei dem Gedanken an einen nackten Trace fing sein Puls an, schneller zu schlagen. *Warum auch nicht?* dachte er und beschloss, auf den Bluff seines Freundes einzugehen. „Von mir aus. Aber wir lassen das Vorspiel aus und kommen gleich zum Haupteinsatz. Wer die Runde verliert, zieht ein Kleidungsstück aus. In Ordnung?"

Trace griff nonchalant nach der Flasche und füllte ihnen Whisky nach. „Sicher, warum nicht. Du bist doch der Profi", neckte er. Dann mischte er die Karten und teilte neu aus. Bevor er seine Karten betrachtete, nahm er sicherheitshalber noch einen Schluck. Der Whisky stieg ihm zu Kopf, als hätte er schon drei oder vier Bier getrunken. Aber es machte einfach Spaß. Erwartungsvoll lachend sah er David an und wartete auf dessen Reaktion auf das Blatt.

Mit unbewegtem Gesichtsausdruck sah sich David zum ersten Mal an diesem Abend seine Karten ernsthaft an. Er hatte Trace zwar nicht vorsätzlich gewinnen lassen, aber trotzdem zurückhaltender gespielt, als es sonst seine Art war. Jetzt strich er nachdenklich über die Karten und legte sie dann verdeckt auf den Tisch. „Ich nehme noch zwei."

Trace gab ihm zwei Karten und besah sich erneut sein eigenes Blatt. *Strip-Poker mit David. Eine ziemlich dämliche Idee für einen Anfänger.* Er tauschte eine Karte aus und kicherte dabei vor sich hin. „Ich habe eine genommen."

David verkniff sich ein triumphierendes Lachen, als er seine Karten aufdeckte. „Asse und Neunen."

Trace sah kopfschüttelnd auf seine Karten und schnaubte. „Nur Achten." Er sah an sich herab und zog eine seiner schwarzen Socken aus.

„Oh nein!", wies David ihn zurecht. „Was zusammengehört, bleibt auch zusammen. Du musst beide Socken ausziehen."

Trace verdrehte die Augen und zog die andere Socke ebenfalls aus. Seine schlanken Zehen versanken im dichten Flies des Teppichbodens, als er ein Knie anzog und sich mit dem Arm darauf abstützte. „Mein Gott, bist du kleinlich! Ich werde dich zu gegebenem Zeitpunkt daran erinnern." Er nahm noch einen Schluck Scotch, dann mischte er wieder und verteilte die Karten.

Fünf Runden später sah David mit zusammengekniffen Augen über seine Karten auf Trace, der mittlerweile nicht nur seine Socken, sondern auch sein Hemd, den Gürtel und die Armbanduhr verloren hatte. Als nächstes wäre das dünne, weiße T-Shirt an der Reihe, das sich eng über seine muskulöse Brust spannte. David war sich nicht sicher, ob er das verkraften konnte. Er selbst hatte das Spiel nur mit der Jeans und dem T-Shirt begonnen, und das Shirt hatte er schon verloren. „Zum Sehen!"

„Na gut", sagte Trace. Dann leerte er sein Glas und stellte es vor sich auf den Tisch, bevor er seine Karten aufdeckte. „Ein Dreier!", rief er siegessicher.

„Gut. Wirklich gut", lobte David. Dann warf er mit ausholendem Schwung seine eigenen Karten auf den Tisch und grinste breit. „Aber nicht gut genug. Herz Flush!"

Trace sah ihn so ungläubig an, dass David fast in lautes Gelächter ausgebrochen wäre. „Ich war mir so sicher", schmollte Trace und schüttelte dabei so vehement mit dem Kopf, dass seine langen Haare hin und her flogen. Dann zog er das T-Shirt aus der Hose und über den Kopf, warf es über die Sofalehne und raffte die Karten zusammen, um sie wieder zu mischen.

David wusste, dass Trace kein Problem damit hatte, sich auszuziehen. Er trug zum Squash nur kurze Hosen und ein Unterhemd, und seine Badehose war so knapp und eng geschnitten, das sie kaum das Nötigste verbarg. *Nicht jetzt, Carmichael. Szenenwechsel!*

David rutschte unruhig auf dem Sofa hin und her. Er konnte die Augen nicht von Trace' glatter, gebräunter Brust lassen. Letzten Sommer hatte er noch nicht so durchtrainiert ausgesehen. Offensichtlich ging er jetzt öfters ins Fitness-Studio. David griff nach dem Scotch, aber sein Glas war leer. Er hatte nur zwei Optionen – sich zu betrinken oder das Zimmer zu verlassen. Und beides so schnell wie möglich. Da er den guten Scotch nicht verschwenden wollte, entschied er sich für die zweite Option. „Ich glaube, ich sollte ins Bett gehen. Der Alkohol setzt mir langsam zu, vor allem in Kombination mit den Tabletten", stammelte er und stand auf.

Trace sah ihn mit durchdringendem Blick an. Davids Gesicht war leicht gerötet, aber das lag vermutlich am Alkohol. „Na schön", erwiderte er mit besorgter Stimme. „Aber es geht dir doch gut, oder?"

„Äh, ja doch", antwortete David. Seine Stimme klang etwas belegt und er stand immer noch unentschlossen neben dem Sofa. Er brauchte Hilfe, wenn er nicht in seinen Jeans schlafen wollte. Aber die Vorstellung, dass diese Hilfe von Trace kam und er dazu seine Hand ... nein, es war keine gute Idee, darüber nachzudenken. Er räusperte sich und nahm sich fest vor, am nächsten Tag eine Jogginghose anzuziehen. „Vielleicht kannst du mir den Knopf aufmachen. Den Rest kann ich wahrscheinlich selbst erledigen", murmelte er resigniert und deutete auf seine Hose. Sein Schwanz war schon halb steif und er hoffte nur, dass Trace es nicht merken würde. Trace war nicht schwul, er hatte also keinen Grund, bei anderen Männern auf die Anzeichen von sexuellem Interesse zu achten. Oder?

„Sicher, gern", meinte Trace gespielt unbekümmert. Er wollte nicht den Eindruck erwecken, David ständig bemuttern zu müssen. Der Mann war schließlich nur müde, und das war nach diesem Tag nicht verwunderlich. Trace rutschte auf den Knien zu David hin und öffnete vorsichtig den Hosenknopf. *Mann, David hat einiges zu bieten!* dachte er, während er sich auf seine Aufgabe konzentrierte. Aber dann ließ er die Jeans wieder los, und der Gedanke verschwand schneller als er gekommen war. „Ich lege mich kurz hin und räume dann auf", sagte er und lächelte David träge an. „Danke für den Whisky."

David musste schlucken, als er Trace vor sich knien sah. Sein Freund hatte die Augen geschlossen und lächelte zufrieden. David verspürte bei dem Anblick ein kaum zu bändigendes Verlangen, sich zu ihm herabzubeugen und ihn zu küssen. Er ballte die Fäuste und zwang sich, sich abzuwenden und ins Schlafzimmer zu gehen. Sobald er Trace den Rücken zugedreht hatte, zog er diskret an seinem Hosenbund, um den Druck auf seinen Schwanz etwas zu mindern. Ohne den verletzten Arm hätte er sich jetzt im Badezimmer eingeschlossen und das Problem auf diese Weise in den Griff bekommen. Aber leider war er nicht beidhändig, und damit schied diese Lösung aus. Sobald er im Schlafzimmer ankam, ließ er die Hose zu Boden gleiten und zog sie aus. Er fluchte leise, als er versehentlich seinen steifen Schwanz berührte. Trotzdem konnte er es sich nicht verkneifen, seine Hand einige Sekunden dort verharren zu lassen und sich leicht zu streicheln. Es war die reinste Folter. „Mist, Mist, Mist!" Er ließ sich frustriert aufs Bett fallen.

Angenehm beschwipst und leise vor sich hin summend blieb Trace einige Minuten auf dem Sofa liegen, bevor er sich aufraffte und laut gähnend streckte. Er wollte nicht hier einschlafen. Von gelegentlichem Gähnen unterbrochen kroch er über den Fußboden und sammelte das restliche Popcorn ein. Dann stellte er den Whisky in die Bar zurück und hob seine Kleidung auf, die ebenfalls überall um den Tisch herum verstreut war. Er knipste das Licht aus und brachte sie durch den Flur zum Wäschekorb. Dann ging er ins Schlafzimmer und sah David unter der Decke liegen. Er seufzte leise und beobachtete ihn einige Sekunden lang. Das Licht aus dem Badezimmer fiel auf Davids blondes Haar. Er lag auf der linken Seite, um seine Schulter zu schonen, und weil es unbequem war, auf dem Rücken zu schlafen. Trace löschte das Badezimmerlicht und ging auf seine Seite des Bettes.

David hörte das leise Rascheln, mit dem Trace sich die Hose auszog. Sie fiel zu Boden, wo Trace sie liegen ließ und dann, nur mit seiner Unterhose bekleidet, ins Bett stieg. Er streckte sich aus, rollte auf den Bauch und zog sich das Kissen unter den Kopf.

Als die Matratze unter Trace' Gewicht leicht nachgab, bewegte David sich vorsichtig und versuchte, seine Atmung unter Kontrolle zu halten. Er wollte den Eindruck erwecken, schon eingeschlafen zu sein. David hatte die ganze Zeit im Dunkel gelegen und versucht, etwas Ordnung in seine chaotische Gefühlswelt zu bringen. Er und Trace waren schon seit Jahren befreundet, aber es hatte bisher nicht den geringsten Hinweis darauf gegeben, dass daraus mehr werden könnte. Und jetzt, ganz plötzlich, trifteten seine Gefühle mehr und mehr ins Erotische ab. Er wollte diesem wunderbaren Mann die Kleider vom Leib reißen und jeden Zentimeter seines Körpers erkunden. David biss sich auf die Lippen und schob sein Bein leicht nach oben, um jeden Hinweis auf seine streunenden Gedanken zu verbergen. Als er Trace leise seufzen hörte, öffnete er zaghaft die Augen.

Trace hatte sich im Schlaf David zugewandt und schien von der Wärme seines Körpers wie magisch angezogen zu werden. In den nächsten Minuten kam er David Zentimeter um Zentimeter näher. Dann schlang er einen Arm um David, der ein Stöhnen nur mühsam unterdrücken konnte. *Na wunderbar. Ein paar Gläser edlen Whiskys, und Trace fängt an zu schmusen.*

David versuchte, wieder etwas Abstand zu gewinnen und von Trace wegzurücken. Aber der schien davon nichts wissen zu wollen. Sein Arm klammerte sich fester um Davids Hüfte und zog ihn noch näher an sich heran. Seufzend ergab sich David seinem Schicksal. Es fühlte sich ja auch gut an, so gehalten zu werden. Und mit diesem Gedanken schlief er schließlich ein.

4

ALS TRACE am nächsten Morgen das erste Mal aufwachte, war es schon recht spät. Er drückte sich fester an den warmen Körper in seinen Armen, liebkoste leise schnurrend den Nacken, in den er sein Gesicht gepresst hatte, und schlief dann wieder ein, ohne auch nur einmal die Augen aufzuschlagen. Er glitt in einen entspannten Traumzustand, und als er kurz darauf wieder aufwachte, zog er den warmen Körper fester in seine Arme. Im Halbschlaf gab er ihm einen zärtlichen Kuss in den Nacken und summte dabei zufrieden vor sich hin.

Seufzend schmiegte Trace sich dann enger an den Körper und atmete tief seinen Duft ein. Er hatte sich noch nicht ganz aus seiner Traumwelt befreien können und war zu verschlafen, um auch nur die Augen zu öffnen. Aber er genoss das wohltuende Gefühl, einen Menschen an seiner Seite zu spüren, mit dem er offensichtlich die letzte Nacht verbracht hatte. Sanft streichelte er ihm über die warme Haut seiner Hüfte.

Plötzlich schwankte die Matratze unter ihm, und der Körper in seinen Armen bewegte sich. Trace wurde aus seinem Dämmerzustand gerissen und landete schlagartig wieder in der Wirklichkeit. Er setzte sich auf und öffnete blinzelnd die Augen. David hatte das Bett verlassen, und er selbst befand sich nicht mehr auf seiner angestammten Seite, sondern irgendwo in der Mitte. Er sah, wie sich die Badzimmertür hinter David schloss. Dann drehte er sich um, rutschte auf seine Seite des Bettes, wo die Laken noch frischer und einladender wirkten, und kuschelte sich in sein Kissen. Vielleicht konnte er ja wieder in seinen Traum zurückfinden. Trace konnte sich noch gut an den vertrauten Duft erinnern, den er gerochen hatte. Wahrscheinlich hatte er von einem Menschen geträumt, der ihm viel bedeutete. Aber noch bevor ihm einfiel, wer dieser Mensch gewesen sein könnte, war er wieder eingeschlafen. Mit einem glücklichen Seufzer überließ er sich wieder seinem Traum, den Armen, die ihn liebevoll umfangen hielten, und dem Duft, der ihm den Verstand benebelte. Er war wieder genau da, wo er sein wollte und wo er hingehörte.

DAVID STAND im Badezimmer und lehnte schwer atmend an der Tür. Verzweifelt versuchte er, wieder ruhiger zu atmen und das Pochen in seinem Unterleib unter Kotrolle zu bekommen. Schließlich ging er zur Dusche und drehte das Wasser auf. Er zog seine Unterhose aus und stellte sich unter den Wasserstrahl, ohne auf die Schlinge um seinen Arm Rücksicht zu nehmen. Die konnte er später wieder trocknen. Erschöpft schloss er die Augen und erinnerte sich.

Es war ein wunderbarer Traum gewesen. Trace hatte ihm den Kopf nach unten ins Kissen gedrückt. Er konnte noch das Gesicht seines Freundes fühlen, das sich zwischen seine Schultern und seinen Nacken presste. Die langen dunklen Haare mit ihrem süßen Duft umgaben sie wie ein dichter Vorhang. Trace' schlanker Körper bäumte sich auf, als sein Schwanz langsam in David eindrang und ihn in einem gleichmäßigen, bedächtigen Rhythmus fickte. David presste sich ihm entgegen und die Matratze verschluckte sein leises Bitten nach mehr, mehr ...

„Mmm, ja ... Trace", stöhnte David und bewegte sich im Takt des harten Schwanzes, der wieder und wieder in ihn eindrang.

Aber dann hatte David sich auf die rechte Seite gedreht, um Trace noch tiefer in sich spüren zu können. Dabei war seine verletzte Schulter in die Matratze gedrückt worden, und der stechende Schmerz, der ihn durchfuhr, hatte ihn aufgeweckt. Er schoss in die Höhe – nur weg von Trace! – und verdrehte sich dabei erneut die Schulter. David konnte gerade noch verhindern, vor Schmerz laut aufzuschreien. Mit zusammengebissenen Zähnen hatte er sich aus dem Bett und in die relative Sicherheit des Badezimmers gerettet.

Jetzt stand David unter der Dusche, das Wasser prasselte auf hin herab und sein Schwanz war immer noch halb hart. Leise stöhnend nahm er ihn in die Hand und drückte leicht zu. Aber er war sich nicht sicher, ob es eine gute Idee wäre, weiterzumachen. Wenn er jetzt zu seiner Fantasie von Trace unter der Dusche masturbierte ... so sehr er es sich auch wünschte, aber es wäre eine Grenzüberschreitung, zu der er noch nicht bereit war. Trace als Krankenpfleger im Haus zu haben war gleichzeitig das Beste und das Schlimmste, was David hatte passieren können.

David schloss die Augen und schäumte sich mit der linken Hand unbeholfen die Haare ein. Als er sie ausspülte, rieb er den Schaum über seine Brust und den Bauch bis zu seinem Schwanz, der sich immer noch nicht wieder beruhigt hatte. Diesmal gab David dem Verlangen nach, nahm ihn die schlüpfrige Hand und fing an, ihn auf und ab zu reiben. Er fühlte sich immer noch etwas unangenehm dabei, und die Tatsache, dass seine linke Hand nicht sehr geschickt war, machte es nicht besser. Aber gegen das eine half der Grad seiner Erregung, gegen das andere der Seifenschaum. Er lehnte sich mit der Stirn an die kalte Wand der Duschkabine. Seine Bewegungen wurden schneller, und die Erinnerung an seinen Traum brachte ihn mehr und mehr der Erlösung nah. Wimmernd rang er nach Luft, als sein Schwanz zu pulsieren begann. „Trace …", flüsterte er mit verzweifelter Stimme.

Der Orgasmus durchfuhr David mit aller Macht, und er lehnte sich schwer atmend mit der linken Schulter an die kalte Wand. Dann wartete er, bis das Wasser seinen Körper wieder etwas abgekühlt hatte. Er verließ die Duschkabine, trocknete sich behelfsmäßig ab und löste seinen Arm aus der nassen Schlinge, die mit einem lauten Platschen zu Boden fiel. *Mist!* dachte er. Er war vorhin so überstürzt ins Badezimmer gerannt, dass er nicht daran gedacht hatte, saubere Kleidung mitzunehmen. Er warf einen vorsichtigen Blick ins Schlafzimmer und sah, dass Trace noch schlief. Also schlich er leise durchs Zimmer und zog eine frische Unterhose und eine Jogginghose aus der Schublade seiner Kommode.

Trace wurde durch das Knirschen der Schublade geweckt und hob den Kopf. „David? Wassis?", fragte er verschlafen.

David zuckte erschrocken zusammen und sah Trace schuldbewusst an. Er war sich sicher, dass man seinem Gesicht alles ansehen konnte. Er hielt die beiden Hosen fest vor seinen Unterkörper gepresst und lief, immer mit dem Rücken zum Bett, ins Badezimmer zurück. „Äh, ja. Wollte mir nur schnell frische Klamotten holen. Schlaf weiter!"

„'s gut", murmelte Trace und vergrub sein Gesicht wieder im Kissen. Mit halbgeöffneten Augen dösend, verfolgte er Davids Rückzug ins Badezimmer. Der ließ die Tür einen Spalt offen und beobachtete noch einige Sekunden den Mann in seinem Bett. Dann schloss er sie mit einem leisen Seufzer. Wie konnte ein einzelner Mann nur gleichzeitig so verführerisch sexy und so liebenswert verschmust sein?

TRACE KAM erst zwei Stunden später, in seine Anzughose, dunkle Socken und ein Unterhemd gekleidet, in die Küche. Seine vom Duschen immer noch feuchten Haare hatte er im Nacken zu einem Pferdeschwanz gebunden. Er öffnete den Kühlschrank, um sich ein Glas Saft einzuschenken. „Morgen", murmelte er verschlafen und ungelaunt. Nein, ein Morgenmensch war Trace wirklich nicht.

David sah nachdenklich auf die Flasche Orangensaft, die neben Trace auf der Küchentheke stand. Er hatte noch nie Orangensaft im Haus gehabt, weil er ihn nicht mochte. Aber seit Trace sich um die Einkäufe kümmerte, hatte sich das geändert. Im Kühlschrank befand sich jetzt immer eine bunte Mischung ihrer Lieblingsgetränke und Lieblingsspeisen. Es war eigentlich ein angenehmes Gefühl, aber manchmal erschreckte es David auch.

„Guten Morgen, du Langschläfer", begrüßte David ihn scherzhaft und speicherte seine Datei auf dem Laptop ab. Da er nur mit der linken Hand tippen konnte, hatte sich sein Schreibtempo beträchtlich verlangsamt. Aber zumindest konnte er bei seinem Job zu Hause arbeiten. Dass er die Redaktionssitzungen am Montagvormittag verpasste, war eher eine angenehme Begleiterscheinung.

Trace riss den Blick vom Spülbecken los, das auf sein träges Gehirn eine unwiderstehliche Faszination auszuüben schien. Er stellte den Saft wieder in den Kühlschrank zurück und nahm sich einen Muffin aus dem Schrank, um ihn aufzuwärmen. „Willst du auch was?", fragte er, offensichtlich immer noch nicht ganz wach. Dann holte er sich ein Messer und die Butter.

„Ich habe schon ein Instant-Omelett gegessen, als ich vorhin aufgestanden bin", antwortete David und fixierte wieder den Bildschirm des Laptops. „Und du? Gehst du heute ins Büro?"

Trace ließ den warmen Muffin auf ein Küchentuch fallen, bestrich ihn mit Butter und murmelte dabei unverständlich vor sich hin. „Ja", fügte er etwas lauter hinzu. Dann machte er sich, mit dem Muffin und dem Saftglas, gähnend auf den Weg zum Tisch und setzte sich David gegenüber auf einen Stuhl. „Ich muss mich um die Tests für die Restaurant-Kritiken kümmern und bin zum Abendessen nicht zu Hause." Er biss in seinen Muffin und fing an zu kauen. Dabei stützte er den Kopf auf die Hand und schloss die Augen.

Er ist zum Abendessen nicht zu Hause. Zu Hause! Blinzelnd verdrängte David die mögliche Bedeutung dieser Worte. „Ich werde es vermutlich überleben. Welches Restaurant testest du denn heute Abend?" David holte ein Glas Erdbeermarmelade aus dem Kühlschrank und nahm einen kleinen Löffel aus der Schublade; dann brachte er beides zu Trace an den Tisch. Er kannte die Vorlieben seines Freundes schon fast so gut wie seine eigenen.

Trace öffnete die Augen, als er hörte, wie das Glas auf den Tisch gestellt wurde. Er sah die Marmelade, lächelte und schob die halben Muffins über den Tisch. „Das *Kabuki* am Stadtrand, *Raffi's* in der Highstreet und das *Delectable*, ein neues Restaurant, das auf Süßspeisen und Desserts spezialisiert ist. Wenn ich die alle hinter mir habe, komme ich mir wahrscheinlich vor wie eine Mastgans. Ich werde nie verstehen, warum sie die Termine nicht auf mehrere Tage verteilen können. Ich fange um fünf Uhr an und bin bis mindestens elf nur am Essen."

„Oh, du Armer, wie hart! Aber einer muss sich ja opfern und die ganzen Köstlichkeiten umsonst essen", bedauerte David ihn und verteilte mit der linken Hand vorsichtig die Erdbeermarmelade auf den beiden Hälften des Muffins.

„Ja", seufzte Trace. „Und danach muss ich Überstunden im Fitness-Studio machen, um die Kalorien wieder loszuwerden. Gott sei Dank, dass wir diese Tests nur einmal im Jahr machen."

Altbekannte Bilder von einem halbnackten, verschwitzten Trace erschienen vor Davids geistigem Auge. Aber sie hatten in den letzten Tagen eine neue Bedeutung gewonnen, waren nicht mehr so harmlos wie in den Jahren zuvor. David rief sich innerlich zur Ordnung und schob Trace die Muffins zu. Dann füllte er sich Kaffee nach und griff gedankenverloren mit der rechten Hand nach dem Zucker. Er kam nicht weit, als ... „Ahh ... Mist!"

„Mann, David", stöhnte Trace. „Kannst du nicht etwas Rücksicht auf deine Mitmenschen nehmen? Ich schlafe noch." Er richtete sich auf und sah sein Gegenüber misstrauisch an. „Wo hast du eigentlich die Schlinge gelassen?"

„Also ... ja. Die Schlinge ...", stammelte David nervös. „Die ist beim Duschen versehentlich nass geworden. Sie liegt noch im Badezimmer. Wenn ich gefrühstückt habe, stecke ich sie in den Wäschetrockner."

Trace sah ihn mit zusammengekniffenen Augen missbilligend an. „Sie, mein Herr, bleiben hier ganz ruhig sitzen", befal er. Dann stand er auf und machte sich auf den Weg ins Badezimmer. Er fand die Schlinge auf dem Boden vor dem Wäscheschrank. Sie war ihm dort gar nicht aufgefallen, als er vorhin selbst geduscht hatte. Er wrang sie aus und steckte sie direkt in den Trockner. Danach ging er in die Küche zurück und baute sich mit verschränkten Armen vor David auf.

David hätte sich beinahe für sein Verhalten entschuldigt, biss sich aber noch rechtzeitig auf die Zunge. Schließlich war er ein erwachsener Mann, er musste sich nicht rechtfertigen. Er konnte sehr gut für einen Tag auf die dämliche Schlinge verzichten, wenn er das wollte. *Verdammt!* David wusste nicht, ob Trace wütend oder nur enttäuscht war. Aber egal, er hatte eine Erklärung verdient. „Ich wollte sie wirklich trocken halten, aber dann ... die Seife ist mir aus der Hand gerutscht und ..." Er konnte Trace schlecht erzählen, warum das passiert war, und was er zu diesem Zeitpunkt gemacht hatte. Warum war er nur so ein schlechter Lügner? „Ehrlich, ich habe es versucht!"

Trace kam auf ihn zu. „Warum hast du mich nicht geweckt?", fragte er seufzend. „Ich hätte dir doch geholfen, David. Dafür bin ich schließlich hier. Du weißt, dass ich dich nicht bemuttern will, aber ich mache mir Sorgen. Es ist nicht einfach, alles mit der linken Hand zu erledigen."

David strich sich mit der Hand über den Kopf und massierte seine verspannte Nackenmuskulatur. „Ich komme mir so verdammt nutzlos vor. Ich brauche ja sogar Hilfe, um mir die Hose zuzuknöpfen! Natürlich bin ich dir dankbar, dass du für mich da bist. Wirklich, das bin ich. Aber ich fühle mich so unselbständig und abhängig."

„Na gut", meinte Trace beruhigend. Dann zog er Davids Hand zur Seite und begann damit, ihm den Nacken zu massieren. „Der Unfall ist erst eine Woche her. Es wird noch einige Zeit dauern, bis du deine Schulter wieder normal bewegen kannst. Aber wir werden alles tun, damit es dir bald wieder besser geht. Abgemacht?"

„Abgemacht", grummelte David. „Gott, fühlt sich das gut an." Er beugte sich vor und stützte sich mit der Stirn an Trace' Bauch ab. Starke Arme hielten ihn umfangen und sanfte Hände massierten seinen Nacken. Ja, David konnte seine Hilflosigkeit kaum ertragen. Aber er konnte sehr gut ertragen, Trace in seiner Nähe zu wissen. Und er gewöhnte sich daran. Wahrscheinlich sogar viel zu schnell.

„Dein Nacken ist total verspannt und steinhart. Wahrscheinlich durch die einseitige Belastung. Da ist es mit Sicherheit keine Hilfe, wenn du die Schlinge abnimmst", schalt er David. „Ich verstehe ja, dass sie dir lästig ist. Und deine

Ungeduld verstehe ich auch. Ich kann mich nicht erinnern, dich jemals für längere Zeit krank erlebt zu haben."

„Wahrscheinlich liegt es am Alter", sagte David lachend. Er lehnte sich näher an Trace und genoss die entspannende Wirkung der Massage. „Als ich noch jünger war, bin ich im Suff schon viel schwerer gestürzt, und habe mich dabei nicht einmal ernsthaft verletzt."

„Du bist nicht alt. Das habe ich dir doch kürzlich erst gesagt", widersprach ihm Trace. Die Muskeln unter seinen Händen lockerten sich langsam. „Warum machst du dich schlechter als du bist? Du bist doch sonst so selbstbewusst."

„Daran ist der letzte Geburtstag schuld, glaube ich", seufzte David. Trace hatte ihn zu einem Baseball-Turnier eingeladen und eigentlich hatte es auch Spaß gemacht. Aber der Anlass ...

„Dein letzter Geburtstag?", fragte Trace ungläubig. Er hatte es immer für ein gelungenes Wochenende gehalten.

„Normalerweise habe ich mit meinem Geburtstag keine Probleme. Aber es war der fünfundvierzigste ... In diesem Alter hatte mein Vater seinen ersten Herzinfarkt. Er hat nur noch zehn Jahre gelebt und war nie mehr der Alte ..."

Trace dachte einige Augenblicke über seine Antwort nach. „Das wird dir aber nicht passieren. Jedenfalls nicht, solange ich bei dir bin", sagte er dann entschieden. „Du wirst in Zukunft mit mir trainieren und dich besser ernähren." Er würde schon dafür sorgen, dass es so kam. „Schließlich muss ich mich doch um meinen besten Freund kümmern, oder?"

„Musst du, ja", erwiderte David mit einem breiten Grinsen. „In der Zwischenzeit musst du allerdings auch arbeiten, und ich muss Lloyd einen druckfertigen Artikel abliefern. Aber ich verspreche dir, brav zu sein und die Schlinge zu tragen", fügte er hinzu. Mit leichtem Bedauern setzte er sich wieder auf. Aber Trace' Nähe und seine Berührungen hatten ihre beruhigende Wirkung bereits entfaltet.

Trace trat einen Schritt zurück und lächelte David an. „Na gut. Vielleicht schaffe ich es ja, spätestens um zehn Uhr zu Hause zu sein. Wahrscheinlich musst du mich mit einem Lastkran aus dem Auto hieven lassen." Er verließ die Küche und ging in Davids Büro, wo er seine Kleidung untergebracht hatte. Er brachte sie alle paar Tage zur Wäscherei und David hatte ihm sogar einige Schrankfächer freigemacht, in denen er sie verstauen konnte.

David setzte sich wieder an den Tisch und wartete darauf, die Schlinge aus dem Trockner holen zu können. Er gönnte sich noch eine Tasse Kaffee und öffnete auf dem Laptop die Datei für seine Kolumne. Dann starrte er auf den Bildschirm und versuchte sich zu erinnern, was er eigentlich schreiben wollte.

Es WAR später geworden als ursprünglich beabsichtigt, als Trace endlich wieder in der Einfahrt zu Davids Haus parkte und sich schwerfällig aus dem Sitz schälte.

Mit dem Laptop und seiner Jacke über der Schulter hängend, sowie einem kleinen Karton in der Hand, lief er zum Haus. Er jonglierte etwas damit hin und her, bis es ihm endlich gelang, die Hintertür aufzuschließen. Dann betrat er leise das Haus. Falls David schon schlief, wollte er ihn nicht wecken. In der Küche war es dunkel. Er lud sein Gepäck ab und stellte den kleinen Karton in den Kühlschrank. Danach machte er sich auf den Weg ins Wohnzimmer. Dabei fuhr er sich mit der Hand durch die offenen Haare, die locker auf seinen Schultern hingen. Er hatte die Krawatte gelockert und die oberen Knöpfe des Hemdes geöffnet, um sich nicht mehr so beengt zu fühlen.

David saß noch mit seinem Laptop auf dem Sofa. „Hallo", begrüßte Trace ihn und lehnte sich an den Türrahmen.

David löste den Blick vom Bildschirm und sah ihn über die Schulter an. „Oh, hallo", antwortete er abwesend. „Wie war dein Essen?" Er rieb sich die Augen und sah auf die Uhr. „Mann, es ist spät geworden."

„Ganz gut. Und sehr reichlich. Ich bin zum Platzen voll", antwortete Trace und hielt sich den Bauch. „Ich habe dir ein Stück vom weltbesten Käsekuchen mitgebracht", fügte er noch hinzu. Käsekuchen war Davids Lieblingsdessert.

„Ja?" David wirkte plötzlich wieder hellwach. Er wäre fast eingeschlafen, wenn er nicht auf Trace gewartet ... nein, falsch: wenn er nicht gearbeitet hätte. Aber das Stichwort ‚Käsekuchen' tat seine Wirkung. „Ich koche uns noch einen Kaffee", sagte er lebhaft. „Zu gutem Käsekuchen gehört eine frische Tasse Kaffee."

Trace verzog das Gesicht. „Ich rühre in den nächsten zwölf Stunden nichts mehr zu essen oder zu trinken an", jammerte er, machte sich aber dennoch auf den Weg in die Küche, um den Kaffee aufzusetzen. Er hatte nicht lange gezögert, den Kuchen mitzubringen, weil er wusste, dass er David damit eine Freude machen würde. Es war nur eine kleine Aufmerksamkeit, und nicht zu vergleichen mit seinem vorübergehenden Einzug hier. Der hatte sein Leben wirklich auf den Kopf gestellt. Andererseits, wenn man darüber nachdachte, war es gar nicht so schlimm gewesen.

David sah seinem Freund schmunzelnd nach. Es waren diese kleinen Dinge, die Trace zu etwas Besonderem machten. Wenn er auf Geschäftsreisen war, brachte er David immer etwas mit – eine Flasche Wein oder eine lokale Spezialität. Und er rief ihn regelmäßig an, wenn sie zu beschäftig waren, um gemeinsam etwas zu unternehmen. Trace war ein wunderbarer Freund. Der beste, den man sich nur vorstellen konnte. *Und jetzt auch noch Käsekuchen!*

„Komm schon! Ich brauche Unterhaltung!", rief Trace aus der Küche. „Ich bin den ganzen Abend über nur von einem Heer Kellner angestarrt worden."

„Ich bin doch schon da", erwiderte David und betrat die Küche. Dann holte er einen Teller aus dem Schrank.

Trace sah ihn verblüfft an. Wozu sollte der Teller gut sein?

David schien seine Gedanken lesen zu können. „Was ist?", fragte er indigniert. „Du glaubst doch nicht etwa, dass ich diesen wunderbaren Kuchen von einem Pappteller esse? Das hat er nicht verdient."

Trace musste schallend lachen. „Ich habe heute nur von feinstem Porzellan gespeist. In manchen Fällen rettet das auch nichts mehr." Kopfschüttelnd schaltete er die Kaffeemaschine an. Dann kam er zum Tisch und ließ sich schwer in einen Stuhl fallen. „Gott, ich platze gleich."

„Brauchst du was für den Magen?"

„Da hilft nur noch Auspumpen", stöhnte Trace und ließ den Kopf an die Stuhllehne fallen. „Das Essen war wirklich recht gut, aber es war einfach zu viel."

„Weißt du, du musst nicht immer den Teller leer essen. Die meisten deiner Kollegen nehmen von jedem Gericht nur eine kleine Probe." David beobachtete ungeduldig die Kaffeemaschine. Der Käsekuchen sah so appetitlich aus. Und er war ziemlich ausgehungert, weil er heute Abend nicht ans Essen gedacht hatte.

„Mehr als einige Bissen esse ich auch nicht freiwillig. Aber du glaubst nicht, wie viele Gänge zu so einem Menü gehören. Ständig hat man einen neuen Teller vor sich stehen. Da reichen auch kleinste Mengen aus." Trace rutschte hin und her. „Ich platze am besten gleich hier in der Küche. Die Fliesen lassen sich leichter reinigen."

„Mir wäre es am liebsten, wenn du hier im Haus gar nicht platzt. Falls es dir keine Mühe macht." David seufzte erleichtert, als die Kaffeemaschine sich abschaltete. „Endlich!"

Trace warf ihm einen amüsierten Blick zu. Es hatte keine fünf Minuten gedauert, den Kaffee zu kochen. „Dir scheint der Kaffee wichtiger zu sein als der Käsekuchen."

David grinste zurück. „Die beiden haben eine sehr innige Beziehung zueinander. Der eine kann ohne den anderen nicht leben." Er schob sich ein Stück Käsekuchen in den Mund und schloss verzückt die Augen. „Mmm …"

„Ich weiß eben, wie man dich weich kriegt", meinte Trace schmunzelnd. „Aber ich verrate es nicht weiter."

„Wer weiß, es ist vielleicht besser als Sex", murmelte David und trank einen Schluck Kaffee. „Willst du mich heiraten?"

„Ich bin mir nicht sicher. Es ist ziemlich anstrengend, mit dir zusammenzuleben", erwiderte Trace augenzwinkernd. „Obwohl mir dein Haus besser gefällt als meine Wohnung." Er zog die Schuhe aus und ließ sie unter dem Tisch stehen, als er aufstand, um sich eine Flasche Wasser aus dem Kühlschrank zu holen.

„Wusstest du nicht, dass anspruchsvolle Menschen die besten Liebhaber sind?", frotzelte David.

Trace drehte sich um und grinste ihn anzüglich an. „Anspruchsvoll nennt man das also?", schnurrte er. „Mann, damit hast du dich aber offenbart. Aber ich kann dir schriftlich geben, dass sich bei mir auch noch niemand beschwert hat."

David ließ ein raues, verführerisches Lachen hören, für das Trace die Uhrzeit und den Käsekuchen verantwortlich machte. „Beim Poker würde ich dich jetzt auffordern, die Karten auf den Tisch zu legen."

Trace musste wieder grinsen. Davids Stimme hatte einen überraschend erotischen Klang. So hatte Trace seinen Freund noch nie erlebt. Noch mehr überraschten ihn aber das leichte Zittern und die Hitze, die er plötzlich zu spüren meinte. „Dann ist es nur gut, dass wir nicht spielen. Ich kann nämlich nicht bluffen", meinte er und nahm einen tiefen Schluck Wasser aus der Flasche. „Ich schwöre, vor morgen Nachmittag kann ich keinen Bissen mehr essen."

„Armer Junge", schnurrte David und lachte. „Wie viele Restaurants stehen morgen auf deiner Liste?"

Trace schlug stöhnend die Hände vors Gesicht. „Noch drei." Er gab einen übertrieben Schluchzer von sich, wurde aber für seine Bemühungen nicht belohnt. David war nicht das geringste Mitgefühl anzusehen; stattdessen verschlang er seinen Käsekuchen, als stünde er kurz vorm Hungertod. „Hallo, Mann. Ich verstehe ja, dass der Kuchen gut ist. Aber wenn du ihn so in dich hinein schlingst, geht es dir bald noch schlechter als mir."

„Ich habe das Abendessen übersprungen, glaube ich", gestand David und legte die Kuchengabel ab, um einen Schluck Kaffee zu trinken.

Trace sah ihn mit zusammengekniffenen Augen an. „Du glaubst? Ich bin mir sicher, du erinnerst dich sehr gut daran."

David senkte schuldbewusst die Augen. „Ich habe Mittags etwas gegessen", rechtfertigte er sich.

Trace warf einen Blick auf die Uhr und schloss für einen kurzen Moment fassungslos die Augen. *Warum kann David nicht besser auf sich aufpassen?* Trace stützte sich erschöpft mit beiden Händen auf die Küchentheke und versuchte, sich wieder zu fangen und nicht wütend zu werden. Dann fällte er eine Entscheidung. „In Ordnung. Damit hast du eines meiner Probleme gelöst", sagte er mit gepresster Stimme. Seine Haltung verriet jedoch, dass er alles andere als glücklich war.

David sah in mit fragendem Blick an. „Wie bitte?"

Trace richtete sich wieder auf und ging zu David an den Tisch zurück. Er stellte sich vor ihn, eine Hand auf der Tischplatte, die andere auf der Lehne von Davids Stuhl. Dann beugte er sich herab und sah ihm direkt in die Augen. „Morgen bist du zum Essen eingeladen."

David durchfuhr ein leichter Schauer bei diesen Worten, obwohl er natürlich wusste, wie sie gemeint waren. Trace wollte ihn nicht zu einer Verabredung einladen. Die Enttäuschung machte sich als dumpfes Unwohlsein in Davids Magengrube bemerkbar. „Meinst du wirklich, dass du dir das leisten kannst?", feixte er scheinbar gelassen.

„Oh, Geld ist nicht das Problem. Du kannst alles haben, was dein süßes Herz begehrt. Kaviar mit Champagner, Filet Mignon, australischen Barsch, Hummer, Salat mit Entenbrust, Jakobsmuscheln und Créme brûlée mit echter

Bourbonvanille ...", sagte Trace mit tiefer, samtweicher Stimme. Als David deutlich vernehmbar schluckte und dazu nickte, wusste Trace, dass er sein Ziel erreicht hatte.

David bebte innerlich. Die verführerische Kombination von Käsekuchen und Trace war mehr, als er im Moment ertragen konnte. Wie erstarrt waren seine Augen auf den Schokoladenüberzug des Kuchens gerichtet, als er stumm nickte. Er traute sich nicht zu, auch nur ein Wort sagen zu können.

Trace lehnte sich näher an ihn heran und seine Stimme klang verführerisch. „Oh ja, Baby. Wir werden die Restaurants gemeinsam besuchen. Und ich sorge dafür, dass du vernünftig isst. Du wirst jeden ... einzelnen ... saftigen ... Happen genießen."

„Schon gut, Trace. Es reicht jetzt. Ich komme ja mit. Und jetzt sei ein braver Hetero und setz dich wieder hin, sonst falle ich über dich her", warnte David ihn mit tiefer Stimme. Er hatte zu seinem scherzhaften Tonfall zurückgefunden.

Grinsend senkte Trace den Kopf und gab David einen Kuss auf die Nasenspitze. Dann richtete er sich auf und ging mit der Wasserflasche auf die andere Seite des Küchentischs. Mit einem befriedigten Lächeln setzte er sich auf seinen Stuhl. Er war zufrieden über seinen Erfolg. Nicht nur, dass er den morgigen Abend in Davids Gesellschaft genießen konnte, anstatt nur von nervösen Kellnern umgeben zu sein. Nein, er musste auch nur halb so viel essen. *Warum ist mir das eigentlich erst jetzt eingefallen?*

5

DAVID WARF einen Blick in den Spiegel. Er trug eine schwarze Leinenhose und hatte es auch geschafft, sein Unterhemd und das Hemd ohne allzu große Schwierigkeiten anzuziehen – wenn man von den lästigen Schmerzen in der Schulter absah. Das Problem war allerdings, dass er weder die Hose noch das Hemd zuknöpfen konnte. Wenn er das mit einer Hand – und noch dazu der linken – selbst versuchte, wäre er die nächsten Stunden gut beschäftigt. Und der rechte Arm schmerzte immer noch zu sehr, um ihn zur Hilfe zu nehmen. Deshalb war jetzt der Moment gekommen, wo er alleine nicht weiterkam und fremde Hilfe brauchte. Er holte tief Luft. „Trace! Ich brauche meinen Butler!", rief er dann.

Aus dem Badzimmer war lautes Gelächter zu hören. Mit blitzenden Augen sah er zur Tür, um Trace gebührend im Empfang zu nehmen, sobald der das Zimmer betrat. Aber sein Zorn verrauchte umgehend und ihm stockte fast der Atem, als Trace durch die Tür trat.

Verdammt! Trace sah schon unter normalen Umständen alles andere als schlecht aus, aber ausgehfertig … Er war wirklich ein atemberaubender Anblick. Wortlos sah David zu, wie Trace auf ihn zukam. Er fühlte sich an den gestrigen Abend erinnert, als sie am Küchentisch zusammengesessen hatten. Da hatte Trace' Stimme die gleiche Wirkung auf ihn gehabt.

Trace trug keinen seiner üblichen Anzüge, sondern einen silbergrauen Zweiteiler aus leichtem Stoff, der seinen schlanken Körper umfloss und optimal in Szene setzte. Das Haar hing ihm lose über die Schultern und war locker gestylt. Und sogar rasiert hatte er sich.

Mit hochgezogenen Augenbrauen sah er David an. „Ihr habt nach mir gerufen, mein Herr?", fragte er schmunzelnd.

Trace ließ sich von Davids wütendem Blick nicht aus der Ruhe bringen. Es war nicht das erste Mal, dass er seinen Freund so erlebte, und es würde auch nicht das letzte Mal sein. Er schlenderte zu David hinüber und blieb vor ihm stehen. Dann knöpfte er ihm das Hemd zu und zog es gerade. Dabei nahm er in stiller

Bewunderung Davids muskulösen Körper zur Kenntnis. Es kostete David viel Mühe und Zeit, so in Form zu bleiben, und Trace konnte ihm seine Anerkennung dafür nicht versagen.

Dann steckte Trace Davids Hemd in die Hose und strich ihm über die Hüften, um den Sitz zu prüfen. Er nahm die Hose am Bund, zog sie hoch und schloss den Knopf. Dabei sah er David an. „Was ist los mit dir?", fragte er. „Hast du was vergessen? Oder verloren?"

Ja, meinen Verstand. David fragte sich zum wiederholten Male, welcher Teufel ihn geritten hatte, für die Dauer seiner Genesung Trace bei sich wohnen zu lassen. Obwohl, eigentlich hatte Trace ihm gar keine Wahl gelassen. Sein Freund konnte ziemlich stur sein, wenn er sich etwas in den Kopf gesetzt hatte. Bei dem Gedanken musste David schmunzeln. Er biss sich in die Backe und zwang sich zur Gelassenheit, während Trace' Hände sanft über seine Kleidung strichen.

David brauchte einen Mann, und dazu musste er Trace für einen Abend loswerden. Aber er konnte sich nicht vorstellen, wie er das Thema ansprechen sollte. Nach allem, was Trace für ihn getan hatte, kam es ihm irgendwie undankbar vor. Andererseits war Trace nicht schwul und deshalb auch kein angemessener Ersatz.

Deshalb beantwortete er Trace' Frage nur mit einem stummen Kopfschütteln. Dann sah er zu, wie Trace den Reißverschluss hochzog und den Gürtel zuschnallte.

„Das wär's dann", meinte Trace und fuhr ein letztes Mal mit der Hand über Davids Bauch, um das Hemd glatt zu streichen.

David schluckte. Trace Berührungen wurden für ihn langsam zur Qual, und er war sich nicht sicher, wie er sie länger ertragen sollte.

Trace' Hände strichen jetzt über Davids Brust nach oben, um auch den letzten Hemdknopf zu schließen. „Willst du eine Krawatte?", fragte er. Seine eigene Krawatte harmonierte farblich perfekt mit dem silbergrauen Anzug. Sie reflektierte das Licht und glänzte bei jeder Bewegung in neuen Mustern.

„Wenn du mich schon bis zur Halskrause zuknöpfst, kann ich auch eine Krawatte tragen", gab David amüsiert nach.

Trace lachte. „Du musst nicht, es geht auch ohne. Aber es sieht besser aus, falls wir von unserer Klatschkolumnistin erwischt werden. Hast du schon gewusst, dass Matt die Edelrestaurants abklappert, um Fotos für Katherines Kolumne zu schießen? Er hat mich gestern schon erwischt, als ich mich mit der Bürgermeisterin und ihrem Mann unterhalten habe. Ich kann nur hoffen, dass er das Bild nicht veröffentlicht. Oder mich zumindest rausschneidet. Ich habe nach zwölf Stunden Arbeit wahrscheinlich absolut fürchterlich ausgesehen."

„Du siehst nie fürchterlich aus. Dazu bist du viel zu gut angezogen. Aber schön. Für dich werfe ich mich heute Abend auch in Schale", flachste David und sah Trace verlegen an. Ihm war nicht wirklich nach Scherzen zumute.

Trace trat einen Schritt zurück und betrachtete David abschätzend von oben bis unten. David war ohne Zweifel ein attraktiver Mann, der bestimmt keine

Probleme damit hatte, einen Partner zu finden. „Na ja, ich bin vielleicht kein Experte, wenn es um Männer geht. Aber ich finde, dass du fantastisch aussiehst", meinte er schließlich. Er nahm die Krawatte, die über Davids Schulter hing, und band sie ihm um.

Als er zur Seite trat und einen prüfenden Blick auf Davids Hintern warf, glänzten seine Augen übertrieben lüstern. Trace' Kommentar und sein scherzhaftes Verhalten waren genug, um Davids Libido wieder abzukühlen. Trace war nicht schwul und David hatte schon seit Jahrzehnten nicht mehr den Fehler gemacht, sich in einen heterosexuellen Mann zu verlieben. Es war einfach zu frustrieren. „Danke", erwiderte er steif und zog die Schlinge über den Anzug, um seinen Arm wieder abzustützen. Ungeschickt kämpfte er mit der Befestigung, die nicht so recht passen wollte. „Ich nehme nicht an, dass ich das Mistding heute zu Hause lassen darf, oder?", knurrte er übelgelaunt.

Trace steckte die Hand in die Hosentasche und trat einen Schritt zur Seite, um David mehr Platz zu geben. Ihm war Davids abweisende Reaktion auf seine Scherze nicht entgangen, und er merkte, dass er es wahrscheinlich etwas übertrieben hatte. Aber darüber konnte er sich später in aller Ruhe Gedanken machen, vielleicht würde ihm dann eine Erklärung dafür einfallen. Was nun die Schlinge anging … „Ich will dir damit wirklich nicht auf die Nerven fallen. Aber ich fürchte, dass es für deinen Arm zu anstrengend ist, wenn du sie nicht trägst", erwiderte er beruhigend.

Die Vorstellung, einige Stunden auf das Mistding verzichten zu können, entlockte David einen leisen Seufzer. „Was hältst du von einem Kompromiss? Wir nehmen die Schlinge mit, lassen sie aber im Auto liegen. Ich verspreche dir, mich zu melden, falls es mir zu anstrengend wird. Dann darfst du sie mir holen."

„Damit kann ich leben", sagte Trace leise lachend. Er zog sein Jackett an und sah auf die Uhr. „Bist du dann soweit? Wir müssen in einer halben Stunde im Restaurant sein."

David steckte seine Geldbörse und eine kleine Schachtel mit Pfefferminzbonbons in die Hosentasche. Dann nickte er Trace zu. „Alles bereit. Nach dir."

DAVID KNIRSCHTE mit den Zähnen. Seit sie das *San Angelo* betreten hatten, wieselte diese verdammte Kellnerin um ihren Tisch herum und hörte nicht auf, mit Trace zu flirten und ihn anzuhimmeln. Jetzt hatte sie ihre Hand auf Trace' Oberarm gelegt, als wolle sie den Umfang seines Bizeps unter der Jacke messen. Und ihrem Lächeln nach war sie mit dem Ergebnis zufrieden. David fragte sich langsam, ob dahinter eine ernstzunehmende Strategie steckte. Vielleicht glaubte sie, Sex gegen eine bessere Kritik im *Sun Herald* eintauschen zu können. Sein Unmut darüber lenkte David so sehr ab, dass er in Gedanken den rechten Arm ausstreckte, um den schweren Mahagoni-Stuhl vom Tisch zu ziehen. Als er den Schmerz spürte, zog er den Arm sofort wieder zurück, konnte einen leichten Aufschrei aber nicht mehr unterdrücken.

Trace sah David erschrocken an und war in Sekundenschnelle bei ihm. Die Kellnerin blickte ihm verblüfft nach. „David? Was ist passiert?", fragte er besorgt, während David sich mit schmerzverzerrtem Gesicht den Arm hielt.

David starrte angestrengt geradeaus und versuchte, sich wieder zu fangen. „Pure Dummheit. Sei ein Kavalier und rücke mir den Stuhl zurecht. Ich bin dazu im Moment offensichtlich selbst nicht in der Lage."

Trace konnte sich die schmerzhaften Folgen der unüberlegten Bewegung auf Davids Arm und Schulter nur zu gut vorstellen. Eilends zog er den schweren Holzstuhl zurück, wobei er die Kellnerin und den Rest der Belegschaft, die ihn mit offenem Mund anstarrten, vollkommen zu vergessen schien. Als David Platz genommen hatte, fragte er ihn besorgt: „Alles in Ordnung?" David nickte nur stumm. Trace ging auf die andere Tischseite und setzte sich ebenfalls. „Du solltest den Arm auf der Lehne abstützen."

David beobachtete die sichtlich verwirrte junge Kellnerin, die mit ihren beiden Assistenten vor ihnen stand. In der Hand trug sie zwei schwere, ledergebundene Speisekarten und eine noch dickere Weinkarte. „Ja, alles in Ordnung. Es geht gleich wieder", flüsterte er. „Kannst du unser Publikum für einen Moment wegschicken? Ich komme mir vor wie eine verwundete Gazelle, die von einem Leoparden ins Visier genommen wird."

Trace nahm der Kellnerin die Menüs ab und schickte sie mit einer unzweideutigen Handbewegung wieder weg. Es wirkte sofort, und die drei Bedienungen zogen sich zurück. Sie wollten offensichtlich den wichtigen Kritiker nicht verärgern. Trace gab eine der Speisekarten an David weiter und legte die andere vor sich auf den Tisch. Dann sah er seinen Freund besorgt an.

„Lass das!", zischte David und sah von seiner Speisekarte auf. „Ich war in Gedanken, als ich nach dem Stuhl gegriffen habe. Es ist wirklich nicht schlimm, und bestimmt gleich wieder vorbei. Also, was soll ich mir bestellen? Oder willst du für mich mitbestellen? Dein Kavaliersakt könnte übrigens Gerüchte auslösen", fügte er noch hinzu und blinzelte Trace dabei unschuldig an.

Trace musste über Davids gute Laune lachen und blinzelte zurück. „Du hast die freie Auswahl. Ich bestelle dann etwas anderes und wir können zwei Menüs ausprobieren." Er spielte mit der Weinkarte. „Gerüchte auslösen, ja? Über dich oder über mich?", fragte er und seine Mundwinkel zuckten verdächtig. „Wahrscheinlich dauert es nicht lange, bis wir beide erkannt werden und die Leute sich fragen, warum wir zusammen hier sind."

„Du sagst es. Und Lloyd wird mich dafür vierteilen. Das mit den Gerüchten habe ich ernst gemeint. Sobald zwei Leute miteinander ausgehen, werden sie in den Klatschspalten verkuppelt. Wenn dir das nicht recht ist, sollten wir dafür sorgen, dass wir nur die ‚Gute Kumpels'-Fassade zeigen." David klappte die Speisekarte zu und legte sie zur Seite. „Ich nehme den Fisch."

Trace unterschätzte die Macht der Gerüchteküche nicht. Aber nach kurzem Nachdenken stellte er fest, dass es ihn nicht im Geringsten störte, was die Leute aus seiner Beziehung zu David machten. Sie waren gute Freunde, und auch ein Gerücht über eine Romanze konnte daran nichts ändern. Er würde sich in Davids Gegenwart niemals unwohl fühlen. Das hatte er bisher nicht getan, und er würde es auch in Zukunft nicht tun.

Mit ernsthafter Stimme flüsterte er David zu: „Es stört mich nicht, David. Ganz und gar nicht. Ich bin mit einem attraktiven Mann hier, der außerdem auch noch mein Freund ist. Ich habe keinen Grund zur Beschwerde." Er legte seine Speisekarte ebenfalls zur Seite. „Ich nehme die Grillplatte."

„Vielleicht solltest du noch mal darüber nachdenken. Matt ist gerade gekommen und hat den jungen Fotografen dabei, der zurzeit so angesagt ist. Wenn sie dich jetzt mit einem Mann in Verbindung bringen – und es spielt keine Rolle, wie attraktiv er ist oder auch nicht – könnte das deine Chancen bei der Damenwelt ernsthaft in Mitleidenschaft ziehen", warnte David, während er sich der Weinkarte widmete und die beiden Männer, die einige Tische weiter Platz genommen hatten, bewusst ignorierte. Er hatte nichts gegen Matt und sie kamen gut miteinander aus, waren sogar Freunde. Der Mann war ein hervorragender Fotograf, neigte aber zu Übertreibungen. Und wenn er in Katherines Kolumne einsteigen wollte, musste er schweres Geschütz auffahren.

„Darüber mache ich mir keine Gedanken", meinte Trace. Und es kümmerte ihn wirklich nicht, dass man ihn und David für ein Paar halten könnte. Im Gegenteil, diese Vorstellung löste ein wohliges Gefühl in ihm aus, dass er auf ihre enge Freundschaft zurückführte. Außerdem amüsierte er sich darüber, mit David in Zusammenhang gebracht zu werden. Bisher hatte er noch nie über Davids gutes Aussehen nachgedacht. Weder als er seinem nackten Freund vom Badzimmerboden aufhalf noch wenn er ihm bei Anziehen half und den Reißverschluss seiner engen Jeans zuzog. Eigentlich komisch, dass ihm das jetzt so plötzlich auffiel.

„Ich weiß, was mir machen", sagte er. „Wenn es wirklich ein Problem wird, lade ich das nächste Mal einige meiner Freundinnen ein und sorge für die entsprechende Berichterstattung. Machst du dir den keine Sorgen um deinen eigenen Ruf?"

David zuckte mit den Schultern. „Ich möchte es so formulieren: Matt weiß über mich Bescheid und ich kann mich darauf verlassen, dass er nichts tun wird, um mir zu schaden."

Trace nickte bedächtig. „Deshalb machst du dir also nur um meinetwegen Gedanken, dass er über uns beide schreibt. Und weil ich für den *Herald* arbeite, ja?"

„Ich kann dir versprechen, dass Matt ein fairer Mann ist. Aber er macht nur die Fotos, der Text kommt von Katherine. Ich finde die Rivalität zwischen unseren Zeitungen ja auch überflüssig. Der Markt ist groß genug für beide, aber …" Erneut zuckte David mit den Schultern. „Du weißt ja, wie das ist. Und außerdem hat Katherine bei der Wohltätigkeitsgala für das Krankenhaus im letzten Jahr an der Versteigerung teilgenommen. Du weißt schon … ein Abend mit einem begehrten Junggesellen. Sie hat für dich geboten und verloren. Und sie verliert nicht gerne."

„Mhmm. Das hatte ich ganz vergessen." Trace erinnerte sich wieder an die Aufregung, die Katherine verursacht hatte.

Sie mussten das Gespräch unterbrechen, weil ein Kellner an ihren Tisch kam, um die Bestellung aufzunehmen. Offensichtlich hatte die Bedienung die strikte Anweisung, den wichtigen Gast nicht aus den Augen zu lassen, denn kaum war der Mann verschwunden, stand schon der nächste mit ihren Getränken und dem Eiswasser vor ihnen. Dann waren sie wieder ungestört und Trace kam auf das Thema zurück. „Warum hat sie eigentlich nicht gewonnen?"

David schmunzelte. „Na ja, sie war eben ganz sie selbst. Sie hat schon vor der Versteigerung tagelang damit angegeben, dass sie dich ersteigern will. Und einige von uns waren so genervt, dass sie zufällig im entscheidenden Moment abgelenkt wurde."

Trace zog ungläubig die Augenbrauen hoch. „Wie bitte? Euer Team hat doch wie wild gebrüllt und gejohlt, weil sie mich da oben auf der Bühne in Verlegenheit bringen wollten. Raus damit, wer hat dir geholfen?"

„Wenn du es so genau wissen willst … es waren Matt und unser Sportredakteur, Chad. Wir waren ziemlich betrunken und deshalb besonders hinterhältig." David grinste und dachte mit versunkener Miene an den Abend zurück. Es waren gute Erinnerungen. Trace' Versteigerung war nicht die einzige gewesen, die sie beeinflusst hatten. Keri Carter aus der Druckerei hatten sie tausend Dollar zugesteckt, um Bill Winchell zu ersteigern. Die beiden waren immer noch zusammen.

Auch Trace erinnerte sich jetzt wieder genauer an diesen Abend. Es war lustig gewesen. Kopfschüttelnd sah er David an. „Du bist ein wirklicher Freund. Ich will gar nicht daran denken, was Katherine mit mir vorhatte."

„Ha!", schnaubte David. „Ich kann dir ganz genau sagen, was sie wollte. Sie lebt von Gerüchten, und sie kennt jedes einzelne, das über deine Zunge in Umlauf ist."

Ach du meine Scheiße! Trace riss die Augen auf und fiel mit offenem Mund an die Stuhllehne zurück. „Das meinst du doch nicht etwa ernst!"

David lachte bis ihm die Tränen in den Augen standen, als er Trace' entsetztes Gesicht sah. „Nein."

In diesem Moment kam Matt an ihren Tisch und unterbrach die Unterhaltung der beiden. Seinen Begleiter hatte er an seinem eigenen Tisch zurückgelassen. „David, mein Freund. Du solltest wirklich bis nach dem Essen warten, bevor du die harten Sachen trinkst", begrüßte er David und wartete dann geduldig, bis der sein Lachen wieder unter Kontrolle hatte.

„Tut mir leid", prustete David und schnappte nach Luft. Dann wischte er sich die Tränen aus den Augen. „Aber ich habe … Ich habe Trace …" Er brach wieder in Gelächter aus.

Matt drehte sich um und streckte Trace die Hand entgegen. „Ich fange wohl besser mit Ihnen an. David scheint gerade nicht ansprechbar zu sein. Falls Sie versuchen, ihn betrunken zu machen, haben Sie offensichtlich bereits erste Erfolge erzielt", meinte er gutgelaunt. „Ich bin Matt Hardwick."

Immer noch entgeistert über Davids Enthüllungen schüttelte Trace Matt die Hand. „Trace Jackson. Und ich gebe meinen Versuch auf, wenn er noch mehr solcher Geschichten erzählt. Ich will sie nicht hören. Guter Gott! Wo hat Katherine denn das gehört?"

Matt schien genau zu wissen, was Trace damit meinte. „Oh, das!", feixte er. „Ja, Katherine darf man nicht unterschätzen." Dann wandte er sich wieder David zu. „Was hast du ihm alles erzählt?"

David verschluckte sich fast vor Lachen und holte tief Luft. „Entschuldigung. Aber er hat mich nach Katherine gefragt und ich ... Gott, dieses Bild ... Kannst du dir Katherine als Spinne vorstellen? Und Trace zappelt in ihrem Netz und ... Erinnerst du dich noch an ihr Gesicht, nachdem sie die Versteigerung verloren hatte?" Bei der Vorstellung fing er wieder zu lachen an.

Matts Lächeln ging jetzt ebenfalls in Gelächter über. „Oh Mann, das war legendär. Und du? Verrätst jetzt unsere Geheimnisse an die Konkurrenz?" Er versetzte David einen leichten Hieb an die verletzte Schulter. David zuckte zurück, stieß an die Stuhllehne und verzog das Gesicht.

„Pass doch auf", warnte Trace. „David hat eine ... Schulterverletzung." Er war sich nicht sicher, was Lloyd Davids Kollegen erzählt hatte.

Matts Miene wurde wieder ernst. „Tut mir leid", entschuldigte er sich. Aber dann kam sein Grinsen zurück und er frotzelte weiter: „Ich habe dich immer gewarnt, David. Es ist nicht gut, zu viel zu zappeln, wenn man ans Bett gefesselt ist."

„Idiot!", revanchierte sich David und boxte ihn mit seiner gesunden Hand in die Seite. „Geh zurück zu deinem jungen Blut, und lass uns echte Männer in Ruhe."

Trace stützte sich mit dem Ellbogen auf die Tischplatte und hielt sich den Mund zu, um nicht ebenfalls in lautes Gelächter auszubrechen. Er musste immer noch an Davids Bild von Katherine als einer Spinne denken. Und er gestand sich auch ein, dass er selbst schon daran gedacht hatte, David ans Bett zu fesseln – allerdings nur, damit der endlich seine Schulter schonte. Aber er konnte sich gut vorstellen, wie Matt und David jetzt reagieren würden, wenn er das erzählte. Und was sollte das mit dem ‚jungen Blut'? Trace sah zu dem jungen Mann am Nachbartisch hinüber, dann wandte er sich mit fragendem Blick an Matt.

Matt hatte sich über David gebeugt und flüsterte ihm etwas ins Ohr, das David errötend den Blick senken ließ. Dann verließ er mit einem leichten Klaps auf Davids Rücken wieder ihren Tisch. Im Gehen warf er ihnen noch einen nachdenklichen Blick zu.

„Oh Gott, das lässt er mich niemals vergessen", verkündete David und trank einen Schluck Wasser.

Die Augenbrauen immer noch fragend in die Höhe gezogen, lehnte Trace sich in seinem Stuhl zurück und seufzte leise. „Ich nehme nicht an, dass ich mehr darüber erfahren will?", fragte er und griff ebenfalls nach seinem Wasserglas.

49

„Wahrscheinlich nicht", erwiderte David. „Matt und ich sind sehr alte Bekannte. Und nicht alles aus unserem Leben ist für eine gepflegte Konversation bei Tisch geeignet."

„Aber meine Zunge ist dafür geeignet, ja?", fragte Trace schnaubend und verdrehte die Augen. Dann wurden sie von einem Kellner unterbrochen, der den Salat und die Vorspeisen servierte.

David griff mit der linken Hand ungeschickt nach der Gabel. „Na ja, zu unserer gemeinsamen Vergangenheit gehören auch einige intimere Episoden, in der Körperteile eine Rolle spielen, mit denen man sich sonst vor allem beim Duschen beschäftigt. Und dabei möchte ich es jetzt belassen." Bei diesen Worten schossen ihm Bilder von einem nackten, eingeseiften Trace durch den Kopf, die seinen Appetit vom Essen weg und auf andere Dinge lenkten.

„Einverstanden", sagte Trace. Er nahm sich ein Crostini mit Tomaten und Käse vom Teller und legte genießerisch den Kopf in den Nacken. „Mm. Das ist vier Sterne wert", murmelte er, zufrieden vor sich hin kauend.

„Für einen gefürchteten Restaurant-Kritiker lässt du dich aber leicht zufriedenstellen", schmunzelte David.

„Ich möchte dich darauf hinweisen, dass meine Durchschnittsbewertung nur bei zweieinviertel von vier Sternen liegt", meinte Trace süffisant. Dann sah er dem Manager des Restaurants nach, der sich auf dem Weg an ihren Tisch befunden hatte, bei diesen Worten aber blass wurde und wieder kehrt machte.

David schnalzte kopfschüttelnd mit der Zunge. „Jetzt hast du dem armen Mann einen Schock versetzt."

Trace zuckte mit den Schultern und sah David an. „Dann kontrollieren sie das Essen eben jetzt dreimal, bevor sie es uns servieren." Lächelnd lehnte er sich zurück und hob sein Glas. „Auf ein wunderbares erstes Essen!", prostete er David zu.

David fühlte ein Kribbeln in der Magengrube, das nichts mit dem Wein zu tun hatte. Er hob ebenfalls sein Glas und prostete Trace zu. „Für den Fall, dass ich es nachher vergesse … Danke für die Einladung!" Seine blauen Augen sahen Trace durchdringend an, während er das Glas zum Mund führte, mit der Zunge über den Rand fuhr und einen tiefen Schluck nahm.

Trace lief ein leichter Schauer über den Rücken, als er seinem Freund beim Trinken zusah. Er blinzelte überrascht, aber dann war es auch schon wieder vorbei. Waren ihre Scherze – ihr Flirten? – der Grund dafür, dass er plötzlich anderes über seinen Freund dachte, als er das normalerweise tun würde? Warum waren ihm die kleinen goldenen Flecken in Davids blauen Augen nicht früher aufgefallen? Als er schluckte, musste er die Augen senken. Die Wärme stieg ihm zu Kopf.

Trace nahm einige Bissen von dem Salat und schob ihn dann zur Seite. Er war nichts Besonderes, die Crostini waren wesentlich besser. Seine plötzliche Nervosität in Davids Gegenwart verunsicherte ihn. Sie waren seit Jahren beste

Freunde, aber erst jetzt war ihm aufgefallen, dass David auch ein attraktiver Mann war. „Nicht der Rede wert", sagte er leise und sah ihn an. Es war erstaunlich, wie das flackernde Kerzenlicht Davids Augen verwandelte.

David nahm sich das letzte Crostini vom Teller. Der Geschmack nach Tomate und Knoblauch machte sich in seinem Mund breit. „Erinnere mich daran, wenn ich dich später verfluche. Hoffentlich haben wir noch Alka-Seltzer zu Hause."

Trace nickte kichernd. „Ja, die habe ich gestern auch schon gebraucht." Der Themenwechsel hatte seinen Nerven gut getan und er konnte wieder lächeln. „Bist du für den Rest des Abends gewappnet?"

David kam nicht mehr dazu, die Frage zu beantworten, denn in diesem Moment wurde der Hauptgang serviert. Es duftete aromatisch. David warf Trace einen amüsierten Blick zu, weil der Manager sie jetzt persönlich bediente. Erst nachdem Trace den Mann höflich wieder entlassen hatte, verdrehte er die Augen und sagte: „Es ist eine harte Aufgabe. Aber ich denke, ich werde es überstehen."

6

SIE HATTEN das letzte Restaurant für diesen Abend verlassen und waren auf dem Rückweg nach Hause. Trace hatte das Dach des Cabrios geöffnet, der Wind wehte ihm durch die Haare und er hatte die Heizung höher gedreht, um die kühle Fahrtluft auszugleichen. Im Gegensatz zu gestern fühlte er sich nicht übermäßig zugestopft, sondern nur angenehm gesättigt.

Das *La Vie en Rose* hatte es geschafft, eine romantische Atmosphäre mit einem, selbst für seinen verwöhnten Geschmack, hervorragenden Essen zu verbinden. Dazu hatte auch ihr Tisch auf der Terrasse des Restaurants beigetragen, der liebevoll mit einer Leinendecke, Geschirr aus bestem Porzellan, silbernem Besteck und Kristallgläsern gedeckt war. Das war definitiv vier Sterne wert.

Trace wollte gerne auch Davids Meinung dazu hören. Er sah den Mann auf dem Beifahrersitz fragend an. „Und, was hältst du von unserem letzten Restaurantbesuch?"

Davids ließ den Kopf lethargisch auf die Seite rollen und wandte sich Trace zu. „Definitiv die höchste Punktzahl. Es war spitze, wie alles heute Abend."

Trace biss sich breit grinsend auf die Zunge, konnte sich den Kommentar dann aber doch nicht verkneifen. „Soll das heißen, dass du auch spitze bist?"

„Trace, du kannst mir glauben, dass ich jederzeit für dich spitze wäre, wenn es auch nur auf die geringste Gegenliebe stoßen würde", murmelte David mit müder, aber rundum zufriedener Stimme. Er hatte die Augen geschlossen und der Wind wehte ihm leicht durch die Haare. Dann schlief er ein, gesättigt und müde nach einem guten Essen und edlem Wein, und eingelullt von der steten Bewegung des Cabrios.

Trace klammerte sich ans Lenkrad und sah stur auf die Straße, ohne sie wirklich wahrzunehmen. Durch seinen Kopf geisterten Bilder von David und er malte sich aus, wie es wohl wäre ... Er schüttelte blinzelnd den Kopf, um sich aus seinen Fantasien zu reißen und sich wieder auf die Straße konzentrieren zu können. *Zum Teufel, was soll denn das?*

Trace atmete tief durch und sah den schlafenden David von der Seite an. Wahrscheinlich lag es an dem Gesprächsthema während des ersten Restaurantbesuchs, als Matt an ihren Tisch gekommen war – die Gerüchte über seine Zunge und die Vorstellung von einem ans Bett gefesselten David waren wirklich nicht für eine gepflegte Unterhaltung geeignet gewesen. Aber seit diesem Moment war die Atmosphäre irgendwie aufgeladen von einer Spannung, die er in Davids Gegenwart niemals zuvor verspürt hatte. Er rutschte unruhig auf seinem Sitz hin und her und bemerkte erstaunt, dass er erregt war. Es war zu eindeutig, um es zu verdrängen. Davids Worte und die Bilder, die sie in seinem Kopf hervorgerufen hatten, erregten ihn. Er fuhr sich mit der Hand durch die Haare, als er spürte, wie eine leichte Panik in ihm aufstieg. Fast hätte er sich an seinem erschrockenen Lachen verschluckt. Er legte die Hand vor den Mund und räusperte sich. *Ja, was soll das?*

Mit Gottes Hilfe und unter Aufbietung aller Kraft gelang es Trace, sich wieder einigermaßen in den Griff zu bekommen. Als er in die Einfahrt zu Davids Haus einbog, hatte er sich glücklicherweise wieder unter Kontrolle. David war müde gewesen, wahrscheinlich auch beschwipst, als er das gesagt hatte. Außerdem nahm er noch die Schmerzmittel. *Unter dem Einfluss von Medikamenten kann man die Hemmungen verlieren, oder?* Und schließlich war Trace für seine Fantasien selbst verantwortlich. Sie hatten sich schon in seinem Kopf festgesetzt, als sie sich mit Matt unterhalten hatten und David noch nüchtern gewesen war. Oder David war nur spontan auf seine Wortspiele eingegangen. Er wusste schließlich, dass Trace ein zufriedener, heterosexueller Mann war. Ja, es war nur eine flapsige Bemerkung unter Freunden gewesen, ein Scherz, über den man im Nachhinein lachen konnte. Seufzend öffnete Trace die Wagentür. Er ließ ein Bein aus dem Auto hängen, lehnte sich in seinem Sitz zurück und betrachtete nachdenklich den Nachthimmel.

Wenn ihn seine Fantasien wirklich so verwirrten, musste er sich mit ihnen auseinandersetzen. Er gehörte nicht zu der Art Menschen, die sich selbst belogen und unangenehme Gedanken einfach verdrängten.

Trace klopfte mit den Fingern aufs Lenkrad und drehte sich wieder um. Dann verbrachte er einige Minuten damit, David einfach nur anzusehen. Er betrachtete ihn mit anderen Augen, so wie er seinen Freund noch nie zuvor gesehen hatte. Trace hatte es durchaus ernst gemeint, als er David ein Kompliment gemacht und ihn als attraktiven Mann bezeichnet hatte. Er hatte keine Probleme damit, einen gutaussehenden Mann zu bemerken, und das auch auszusprechen. Aber er fragte sich jetzt, ob es nicht schon immer David gewesen war, den er dabei unbewusst als Maßstab genommen und mit dem er andere Männer verglichen hatte.

Es wurde Zeit, David zu wecken und ins Haus zu gehen. Trace wollte ihm einen Stups an den Arm geben, legte aber stattdessen die Hand auf seine blonden Haare und streichelte sie. Er wollte sich damit nichts beweisen, hatte auch sonst keinen bestimmten Grund dafür … Nein, er wollte sie einfach nur fühlen. Nach einigen Augenblicken blinzelte er verwirrt und zog die Hand wieder zurück. *David würde das nicht sehr schätzen, oder?* Immer noch fasziniert von den windzerzausten Haaren seines Freundes hob er wieder die Hand und glättete sie sanft. Ob David davon aufwachen würde?

Aber Davids Kopf drehte sich zur Seite und drückte sich in Trace' streichelnde Hand, ohne dass er dabei aufwachte. Nur seine Augenlider flatterten kurz, dann entspannte er sich wieder und sein Mund öffnete sich leicht. Während David ungerührt weiterschlief, legte Trace den Kopf auf die Lehne und beobachtete ihn. Er musste lächeln, als er sah, wie seine Hand durch Davids goldene Locken glitt und sein Freund sich unter der Berührung entspannte. David vertraute ihm und Trace war sich sehr wohl bewusst, dass das etwas ganz Besonderes war. Seufzend zog er die Hand zurück und legte sie David auf den Arm. „David", flüsterte er. „David, wir sind wieder zu Hause."

David erwachte nur widerstrebend. *Jemand streichelt mir über den Kopf.* Es war einige Zeit her, dass er eine so zärtliche, intime Geste genossen hatte. Wenn er die Augen öffnete, wäre es bestimmt gleich vorbei. Der Geruch von Trace' Rasierwasser hing in der Luft, und die Kombination seines Duftes mit den sanften Berührungen seiner Hand stiegen David zu Kopf. Sein Pulsschlag beschleunigte sich. In seiner Fantasie sah er das wunderschöne Gesicht seines Freundes im weichen Licht des Mondes. Er öffnete vorsichtig die Augen und hielt für einen Moment die Luft an, gefangen von der magischen Wirkung des Augenblicks.

Trace verspürte ein leichtes Flattern in der Brust, als David seine blauen Augen aufschlug. Das Gefühl war ihm neu, und er konnte seine Bedeutung nur erahnen. „Aufwachen, Dornröschen! Wir sind zu Hause", flüsterte er mit einem zärtlichen Lächeln auf den Lippen.

David, verschlafen und in den Erinnerungen an einen wunderbaren Abend schwelgend, meinte immer noch, Trace' Hand in seinem Haar zu spüren. Seine Worte hatten sich angehört wie die eines Mannes, der zu seinem Geliebten sprach. *Zu Hause.* Nicht mein oder dein Haus, nein: *unser* Zuhause. David stellte sich vor, wie sie ihr Haus betreten und sich in der sicheren Abgeschiedenheit ihres Schlafzimmers lieben würden. Seine Brust zog sich zusammen, als er sich ausmalte, wie Trace' braune Augen vor Liebe und Leidenschaft brannten, wenn sie ihn ansahen.

Er schluckte schwer und fuhr sich mit der Zunge über die ausgetrockneten Lippen. Dann setzte er sich auf und versuchte, wieder in die Wirklichkeit zurückzukommen. „Ja. Mir tut die Schulter weh. Ich sollte noch eine Tablette nehmen und mich dann schlafen legen", murmelte er und rief sich damit den Grund für Trace' Anwesenheit in seinem Haus wieder in Erinnerung.

Trace wirkte nachdenklich, und es dauerte einige Sekunden, bis er Davids Arm losließ. „Dann lass uns ins Haus gehen", sagte er dann.

David vermisste die Wärme der Berührung. Er wollte nicht aufstehen, wollte diesen romantischen Abend nicht beenden. Aber jetzt war definitiv nicht der

Augenblick, um über die seltsamen Gefühle nachzudenken, die Trace plötzlich in ihm auslöste. Er schüttelte kurz mit dem Kopf und öffnete die Wagentür.

Ohne auf Trace zu warten, stieg David aus dem Auto und machte sich auf den Weg zur Haustür. Er brauchte einige Meter Abstand, um seine Gefühle wieder unter Kontrolle zu bringen. Vergebens versuchte er, mit der linken Hand den Schlüssel ins Schloss zu schieben. „Verdammter Mist! Scheißding!", fluchte er frustriert, als ihm der Schlüssel aus der Hand fiel. Er schlug mit der Handfläche an den hölzernen Rahmen und legte die Stirn an die kühle Glasfläche der Tür. Dann atmete er tief durch, um sich wieder zu beruhigen. Er hasste seine Hilflosigkeit. Er hasste sie fast so sehr, wie das Gefühlswirrwarr, das in ihm tobte.

Trace war einige Meter hinter David stehen geblieben, obwohl er ihm gerne geholfen hätte. Aber David war in den letzten Tagen zunehmend unduldsamer geworden, weil er sich von Trace verhätschelt und bemuttert fühlte. Trace hatte sich schon gefragt, ob er nicht besser wieder in seine eigene Wohnung zurückkehrte, bevor David ihn angenervt aus dem Haus warf. „Alles in Ordnung?", fragte er schließlich zögernd.

„Ja", erwiderte David mit zusammengebissenen Zähnen. Er holte noch einmal tief Luft und hob dann den Schlüssel auf. Er wusste nicht, warum er so zitterte – ob es an der ungewohnten Anstrengung lag, seine linke Hand zu benutzen, oder ob es einfach die Nähe von Trace war, die ihm zu schaffen machte. Beim dritten Versuch gelang es ihm schließlich, den Schlüssel ins Schloss zu stecken und umzudrehen. Es war ein unbedeutender Sieg, aber im Moment war er für jeden Erfolg dankbar.

Als David im Hausflur stand, sah er unsicher zwischen der Schlafzimmertür und dem Wohnzimmer hin und her. Er war sich nicht sicher, ob er sich schon wieder ausreichend unter Kontrolle hatte, um sich jetzt von Trace beim Ausziehen helfen zu lassen. „Wie wäre es mit einem Drink, wo wir jetzt zu Hause sind und du nicht mehr fahren musst?", schlug er deshalb sicherheitshalber vor.

Trace konnte nicht genau sagen, woran es lag, dass ihn bei dieser Frage eine wohlige Wärme durchströmte. Wahrscheinlich lag es daran, dass David die Worte ‚zu Hause' benutzt hatte. Im Gegensatz zu David hatte Trace heute noch keinen Schluck Alkohol getrunken. „Warum nicht", antwortete er deshalb. „Trinken wir wieder von dem guten Stoff?", wollte er wissen, während er sich die Jacke auszog und die Krawatte lockerte. Ein guter Schluck konnte nicht schaden, wenn er wieder auf andere Gedanken kommen wollte.

„Für dich nur das Allerbeste!" David ging zu seiner Bar und zog eine unauffällige Flasche ohne Etikett hervor. „Hol die Gläser", forderte er Trace auf und sah ihm in die Augen. Der hielt seinem Blick einen kurzen Moment lang stand, senkte aber dann die Augen. Die schüchterne Geste weckte wieder das Verlangen in David. Unter normalen Umständen hätte er sie als deutliches Zeichen von sexuellem Interesse interpretiert, aber bei Trace konnte man sich da nicht sicher sein. Trotzdem, ihre Freundschaft nahm offensichtlich Züge an, die er in dieser

Intensität bisher nicht erlebt hatte. Er sah Trace nach, der den Raum verließ, um die Gläser zu holen. Dann zog er, wenn auch mit einiger Mühe, ebenfalls seine Jacke aus und kämpfte zum wiederholten Male an diesem Abend um Kontrolle.

Trace ging in die dunkle Küche, nahm zwei Gläser aus dem Schrank, und blieb dann für einen Augenblick nachdenklich stehen. Was war da vorhin nur in ihn gefahren, als sie im Auto gesessen hatten? Er sah auf seine Hände. Dann stellte er die Gläser ab und ging zum Spülbecken. Er drehte das Wasser auf und hielt die Hände unter den kalten Wasserstrahl. Er musste etwas unternehmen. Es wurde Zeit, dass er sich einen Abend frei nahm und sich um die Damenwelt kümmerte. Mein Gott, er hatte schon Fantasien über David! Seufzend drehte er das Wasser wieder ab und trocknete sich die Hände. Dann ging er mit den beiden Gläsern zurück ins Wohnzimmer. Über die Details seines Plans konnte er später nachdenken. Jetzt gab es erst mal einen guten Scotch. Oder auch mehr als einen …

Inspiriert durch sein Erfolgserlebnis mit der Jacke, zog David auch die Krawatte über den Kopf und warf sie über einen Stuhl. Dann zog er die Schuhe aus, machte es sich auf dem Sofa bequem und legte die Füße auf den Tisch. Er hatte das gute Gefühl, etwas erreicht zu haben, ohne Hilfe zu beanspruchen. Als er das Klirren der Gläser hörte, sah er über die Schulter und lächelte Trace zu. „Ich habe etwas ganz Besonderes, um dich zu verwöhnen. Diese Flasche habe ich aus einem kleinen Pub in Schottland. Sie hatten noch nicht mal ein Schild an der Tür."

Trace wurde leicht mulmig, als er Davids erste Worte hörte. Vielleicht war es doch keine gute Idee, jetzt Whisky zu trinken. Er war nüchtern schon ziemlich locker, und wenn er betrunken war, wurde es nur noch schlimmer. Dann sagte und machte er oft Dinge, über die er nüchtern erst gar nicht nachdenken würde. „Ich probiere einen kleinen Schluck", willigte er ein und beschloss, danach sofort unter die Dusche zu flüchten. Momentan erregte es ihn schon, nur in Davids Nähe zu sein. Normalerweise hätte er sich schon längst wieder beruhigen müssen.

David nahm ihm die beiden Gläser ab und schenkte ihnen ein. „Setz dich hin, mach die Augen zu und nippe langsam!"

Trace folgte Davids Anweisungen, nahm das Glas und betrachtete den Inhalt. Dann schloss er die Augen, hob es an die Lippen und nahm einen kleinen Schluck. Als sich der intensive Geschmack in seinem Mund ausbreitete, holte er tief Luft. Er schluckte, erst einmal und dann ein zweites Mal.

„Unglaublich, nicht wahr?", fragte David mit heiserer Stimme. Er hatte seinen eigenen Ratschlag nicht befolgt und hielt die Augen geöffnet, während er den weichen, rauchigen Whisky über seine Zunge gleiten ließ und sich an den Abend erinnerte, als er ihn gekauft hatte. Als er Trace leise stöhnen hörte, drehte er sich zu ihm um und beobachtete dessen Reaktion.

Trace hatte einen zweiten, größeren Schluck genommen und war, mit geschlossen Augen und verzückter Miene, tief ins Sofa gesunken. Mit der Zunge leckte er sich einen kleinen Tropfen, der ihm entgangen war, von der Unterlippe. Davids Blick folgte fasziniert den Bewegungen von Trace' Zunge. Er hätte sich am liebsten über ihn gebeugt und ihm den Whisky selbst von den Lippen geleckt. Stattdessen nahm er einen weiteren Schluck aus seinem Glas, wobei er diesmal die Augen schloss, um jeder weiteren Versuchung aus dem Weg zu gehen. Trace hatte seine Jacke ebenfalls ausgezogen. Das Hemd und die Krawatte waren ihm durch seine entspannte Haltung verrutscht und sahen gerade gut genug aus, um David wieder auf abwegige Gedanken zu bringen. Er erinnerte sich an den Geruch und die Wärme, die Trace im Auto ausgestrahlt hatte. Nun kamen auch noch die genießerischen Laute hinzu, zu denen der Whisky ihn inspirierte. *Das reicht jetzt aber!*

Glücklich seufzend trank Trace noch einige kleine Schlucke, dann stellte er das Glas auf seinem Knie ab. „Vielleicht trinke ich doch noch mehr davon. Ich kann ja einfach hier auf dem Sofa übernachten", sinnierte er träge und versank noch tiefer in seiner Sofaecke. Schon nach einem halben Glas hatte sich eine wohlige Wärme in ihm ausgebreitet. Wie sollte er da über all die schwierigen Fragen, seltsamen Reaktionen und beängstigenden Unsicherheiten nachdenken, die ihn gerade noch beschäftig hatten? Es war viel einfacher, zu genießen, sich zu entspannen und nur … zu sein. „David?", fragte er und öffnete die Augen. „Brauchst du noch meine Hilfe, bevor ich mich für heute von der Welt verabschiede? Wenn ich das ausgetrunken habe und dann noch ein zweites Glas nehme – und das ist unvermeidlich – kriegen mich keine zehn Pferde mehr aus dem Sofa hoch."

„Und dann endest du wieder auf dem Fußboden, so wie in der ersten Nacht. Weißt du nicht mehr, dass du auf dem Sofa nicht schlafen kannst?", fragte ihn David, der sich noch gut daran erinnerte. Er hatte sich die Geschichte am nächsten Tag in allen Details anhören müssen. Seltsam, wie lange das schon her zu sein schien.

David stand auf und goss ihnen noch etwas Whisky nach. „Komm jetzt, wir gehen ins Bett. Du darfst mich noch verarzten, und danach trinken wir das zweite Glas im Bett. Dann können wir an Ort und Stelle umkippen und einschlafen." Die Worte kamen ihm aus dem Mund, bevor er sie zensieren konnte. Er schüttelte erschöpft mit dem Kopf und nahm noch einen Schluck. Der Scotch schien eine beruhigende Wirkung auf seine Libido zu haben, denn als Trace vom Sofa aufstand, konnte David seinen Hintern bewundern, ohne sich gleich auf ihn stürzen und ihn belästigen zu wollen. Beinahe jedenfalls.

Trace blinzelte und versuchte angestrengt, die Doppeldeutigkeit in Davids Worten zu ignorieren. *Wir gehen ins Bett!* Über diese Möglichkeit hatte er, zumindest in Zusammenhang mit David, bisher noch nicht nachgedacht. Es war eine neue Entwicklung, die irgendwie an diesem besonderen Abend liegen musste. Er brauchte dringend noch einen Schluck Whisky. „In Ordnung", stimmte er David zu und erhob sich vom Sofa. Dann machte er sich, mit der Whiskyflasche in der Hand, auf den Weg ins Schlafzimmer.

David folgte ihm. Als er das Schlafzimmer betrat, galt sein erster Blick dem Bett. Trace stützte sich schwer atmend am Türrahmen ab und leerte sein Glas mit einem tiefen Schluck. Dann räusperte er sich und ging zur Kommode, wo er das Glas abstellte. Dieser Abend hatte es wirklich in sich. Trace goss sich von dem Scotch nach und knöpfte sein Hemd auf. Als er sich im Spiegel betrachtete, fiel ihm sein leichtes Schwanken auf. Der Whisky tat seine Wirkung.

David stand in der Tür und sah Trace beim Ausziehen zu. Er hatte ihn schon des Öfteren angeheitert erlebt und wusste, dass Trace ziemlich viel vertragen konnte. Er dachte kurz darüber nach, die Flasche in Sicherheit zu bringen, und sie durch einen billigen Fusel zu ersetzen. Aber nach allem, was Trace für ihn getan hatte, wäre das kleinlich gewesen. David ging zu ihm, legte ihm die Hand auf die Schulter und beobachtete ihn im Spiegel. Trace sah mit seinen offenen Haaren zum Anbeißen aus. „Alles in Ordnung mit dir?", fragte David ihn. Er schluckte tief, als er die gebräunte, muskulöse Brust sah, die unter Trace' geöffnetem Hemd sichtbar wurde. Aber der betretene Gesichtsausdruck seines Freundes ließ ihn seine erotischen Fantasien schnell vergessen.

Trace hob den Kopf und ihre Blicke trafen sich im Spiegel. Die Haare fielen ihm über die Schulter, als er den Kopf auf die Seite legte, um David anzusehen. David wirkte leicht derangiert und Trace gefiel, was er sah. „Ich vergeude deinen edlen Scotch", sagte er entschuldigend.

David starrte immer noch wie gebannt auf Trace' Spiegelbild. Die Wärme des Alkohols durchflutete ihn und wanderte langsam immer tiefer, von der Brust in den Magen und seine Lenden. Er fragte sich, ob Trace ihn seinerseits jemals genauso wahrnehmen würde, wie er selbst seinen Freund heute Abend sah – eine verführerische Versuchung, der David kaum widerstehen konnte. Gott, ihm wurde immer wärmer, und Trace' Nähe war auch keine Hilfe.

Dann wurde Trace' Blick sanfter, er lächelte und seine Miene entspannte sich. Aus der Wärme wurde Hitze, und diesmal lag es eindeutig nicht am Whisky. David hustete, um das Stöhnen zu unterdrücken, das ihm entweichen wollte. Er wandte sich von Trace ab und fummelte nervös an seinen Hemdknöpfen. „Macht doch nichts. Wofür sollte der Whisky denn da sein, wenn nicht zum Trinken?"

„Hmm, zum Genießen vielleicht? Um jeden Schluck langsam über die Zunge gleiten zu lassen und das Brennen zu spüren, wenn er durch die Kehle in den Magen rinnt? Bis man sich überall warm und behaglich fühlt?" Trace hob das Glas und seine Stimme klang heiser. Er war nicht betrunken, aber eindeutig beschwippst. Und er spürte, wie sich sein Körper wieder an die Gefühle erinnerte, die David im Auto ausgelöst hatte. Nur sein Verstand hinkte noch etwas hinterher.

Trace sah in den Spiegel und verfolgte angespannt Davids Bewegungen. Er konnte den Blick nicht von Davids Lippen wenden und die Gedanken, die ihm dabei durch den Kopf gingen, irritierten ihn. Ob Davids Lippen sich auch so sanft und weich anfühlen würden, wenn Trace ihn küsste? Oder wären sie hart und fordernd, so wie es von einem Mann erwartet wurde?

Als David Trace' Worte hörte, breitete sich eine Wärme in ihm aus, gegen die kein Whisky der Welt mithalten konnte. Er hatte das Gefühl, innerlich in

58

Flammen zu stehen. In seiner Fantasie wurde aus der harmlosen Beschreibung die Vorstellung von Trace, der vor ihm auf die Knie fiel und ihn über seine Zunge gleiten ließ, bis …

Mist! Er hätte Trace auf dem Sofa zurücklassen sollen. Wie sollte er jetzt die Reaktion seines Gliedes vor Trace verstecken, wenn der ihm beim Ausziehen half? David hatte zwar schon die meisten Knöpfe geöffnet, aber der Gürtel war immer noch ein unüberwindbares Hindernis für seine linke Hand.

Trace hatte sein Glas abgestellt und kam unaufgefordert auf David zu. Er öffnete ihm die letzten Hemdknöpfe und konnte dabei die Wärme spüren, die Davids Körper ausstrahlte. Sie war ihm zuvor nie derart bewusst geworden. Als er den Gürtel öffnete und David das Hemd aus der Hose zog, berührte er mit den Fingern versehentlich Davids Bauch.

Die unbeabsichtigte Berührung hinterließ ein Kribbeln in Davids Magengrube und er musste tief schlucken. Er biss sich in die Wange und versuchte verzweifelt, seine Erektion zu verhindern, die wenige Zentimeter von Trace' Fingern entfernt immer offensichtlicher wurde.

Trace hatte mittlerweile die Schnalle des Gürtels gelöst und zog das Leder aus der Schlaufe. Dann griff er in Davids Hosenbund, um den Knopf zu öffnen und den Reißverschluss aufzuziehen. Die Wärme, die er unter seinen Fingern spürte, war hier noch stärker. Trace hob den Kopf und sein Blick wanderte über Davids Körper nach oben, zu seinem Hals und dem kräftigen Kinn. Dann blieb er an Davids Lippen hängen, die feucht waren vom Whisky und so unglaublich sanft aussahen. In diesem Augenblick wurde Trace endgültig klar, dass er ihn jetzt küssen würde. Wenn David eine Frau wäre.

Trace ist nicht schwul. Er ist dein Freund. Und nicht schwul. Die Gedanken kreisten durch Davids Kopf wie ein Endlosband. Er zwang sich dazu, still zu stehen und nicht der Versuchung nachzugeben, sich an Trace' nackte Brust zu lehnen, die ihn, nur wenige Zentimeter entfernt, wie magnetisch anzog. David presste die Augenlider zusammen und hielt die Luft an, bis die Qual ein Ende fand. Er spürte das Flattern seiner Wimpern auf den geröteten, erhitzten Wangen. Zum wiederholten Male fragte er sich, ob es mehr der Alkohol oder seine Erregung waren, die diese Reaktion hervorriefen.

Als Trace den Reißverschluss öffnete, fuhr seine Hand seitlich über eine unmissverständliche Beule in Davids Hose. Er musste lächeln. David ging es offensichtlich nicht besser als ihm. Und David hatte die Augen geschlossen, ganz so, als würde er auf etwas warten. Aber worauf? Auf einen Kuss vielleicht? Trace gab der Versuchung nach. Mit wild schlagendem Herzen beugte er den Kopf und ließ seine Lippen zaghaft über Davids Mund streichen.

David fühlte die Lippen, die seinen Mund berührten. Warm, trocken und mit einer Spur von Härte. So schnell, wie sie gekommen waren, waren sie auch wieder verschwunden. Wahrscheinlich hatte er sich die Berührung nur eingebildet. Es musste ein Wunschtraum gewesen sein, eine Fantasie, die ihm sein Erregung vorgaukelte. In seiner Verwirrung hätte er am liebsten die Flucht ergriffen und wäre weggerannt. Dann hätte er sich vielleicht einreden können, dass Trace entgangen war, welche Reaktionen er in David ausgelöst hatte. Aber es war sinnlos, Trace musste genau wissen, was seine Finger da in Davids Hose berührt hatten, als er ihm den Reißverschluss aufzog. David fühlte sich immer noch etwas unsicher auf den Beinen. Er war so erregt, dass die unbeabsichtigte Berührung, so leicht sie auch gewesen war, fast einen Orgasmus ausgelöst hätte.

Seit Trace bei ihm eingezogen war, befand David sich ständig an der Schwelle zur Erregung, und er hatte diese Grenze auch schon oft genug überschritten. So wie eben, als er mit offener Hose und geschlossenen Augen vor Trace stand. Diese Erkenntnis war ihm peinlich. Er zwang sich, die Augen wieder zu öffnen und Trace anzusehen. „Ähmm", murmelte er mit erstickter Stimme und feuerrotem Kopf. *Hast du mich gerade geküsst?* Er brachte die Frage nicht über die Lippen. Wortlos griff er nach seinem Gürtel, damit ihm die Hose nicht runterrutschte. Dann drehte er sich um und ging ins Badezimmer.

Trace sah ihm nach. Auch ihm fehlten die Worte. Davids Reaktion hatte ein Verlangen in ihm geweckt, das ihm fast peinlich war. Und es war so unerwartet gekommen; als hätte jemand auf einen Knopf gedrückt, war es plötzlich zum Leben erwacht. Nachdem sich die Badezimmertür hinter David geschlossen hatte, torkelte Trace zum Bett. Mit der einen Hand hielt er sich am Kopf, mit der anderen streichelte er seinen steifen Schwanz. Er war unglaublich erregt, wusste aber nicht, was er dagegen tun sollte. Gott, was für ein verrückter Abend! Trace hatte das Gefühl, gleich den Verstand zu verlieren. Wahrscheinlich waren ihm die vielen Anspielungen und das Flirten zu Kopf gestiegen. Oder warum sollte er sich sonst so zu David hingezogen fühlen? Er sah auf und betrachtete sich im Spiegel. *Ja, es war sicherlich der Scotch. Und die außergewöhnlichen Umstände.* Er musste wieder an Davids Lippen denken. Wie unerwartet weich und warm sie gewesen waren. Ganz anders, als er sie sich vorgestellt hatte.

Körperlich und seelisch erschöpft erhob Trace sich wieder vom Bett und verließ das Haus. Barfuss und nur halb bekleidet ging er zu seinem Wagen. Dort wühlte er im Handschuhfach nach den Zigaretten und einem Feuerzeug. Er rauchte selten, aber jetzt hatte er es nötig. Nachdem er fündig geworden war, ging er zur Terrasse und setzte sich auf eine Treppenstufe, wo er sich mit zitternden Händen eine Zigarette anzündete. Was würde David wohl zu seinem Verhalten sagen? Guter Gott, wie hatte er David das zumuten können? Trace hoffte inständig, dass sein Freund es ihm verzeihen konnte.

David stand im Badezimmer, mit dem Rücken an die geschlossene Tür gelehnt. Er zitterte am ganzen Leib und versuchte, sich wieder unter Kontrolle zu bekommen. Zum Teufel, was hatte er nur getan? Trace war sein bester Freund. Und in den letzten Wochen war ihre Freundschaft noch enger geworden. Er konnte nicht zulassen, dass seine uneinsichtige Libido diese Freundschaft ruinierte.

Er ging zum Waschbecken und drehte den Wasserhahn auf. Mit der einen Hand stützte er sich ab, mit der anderen spritzte er sich kaltes Wasser ins Gesicht und in den Nacken. Während er sich das Wasser abtrocknete, das ihm über die Brust lief, musste er wieder an Trace' Hände auf seinem Körper denken. Er machte das Handtuch nass und rieb sich so lange über die Brust, bis die Haut rot wurde. Dann schleuderte er das Tuch mit einem lauten Fluchen in den Wäschekorb, zog sich aus und warf die Sachen in eine Ecke. Glücklicherweise hatte die Pyjamahose einen Gummizug. Wenigsten die konnte er sich selbst anziehen.

In der Hoffnung, dass Trace schon schlafen würde, öffnete David vorsichtig die Tür und schaltete das Licht aus. Er erwartete, ein dunkles Zimmer vorzufinden. Aber das Licht brannte noch und Trace war nirgends zu sehen. War er gegangen? Wohin? Davids Schamgefühle wichen einer momentanen Panik und er lief aufgeregt durchs Haus, um Trace zu suchen. Aber Trace war nicht zu finden, weder im Büro, noch in der Küche oder im Wohnzimmer. Die Hintertür war noch verschlossen. David lief zur Haustür, um nachzusehen, ob Trace' Wagen noch in der Einfahrt stand. Als er die Tür öffnete und aus dem Haus stürmte, wäre er fast über Trace gestolpert, der auf der Treppe saß.

Trace hielt sich am Geländer fest, um nicht umgerannt zu werden. „Stopp, nicht so schnell!", rief er erschrocken und sah David an.

Als David Trace auf der Treppe sitzen sah, ließ seine Panik schlagartig nach. Halbnackt und außer Atem blieb er verlegen vor ihm stehen. „Oh, äh … Entschuldigung", druckste er. So oft wie in letzter Zeit hatte er sich noch nie bei Trace entschuldigen müssen. „Ich wollte nur … du warst nicht da, und … ja. Gute Nacht", stammelte er und drehte sich wieder um, um ins Haus zu gehen. In Gedanken verfluchte er sich dabei für seine unüberlegte Reaktion und hoffte, dass er schon eingeschlafen war, wenn Trace später nachkam.

Trace sah David verwirrt nach und nahm einen letzten Zug von der Zigarette. Es ging ihm schon wieder besser. Seufzend stand er auf und hoffte, dass sich bis morgen wieder alles normalisieren würde. So aufregend der Abend auch verlaufen war, Trace wollte seinen alten Freund zurückhaben. Als er ins Schlafzimmer kam, stellte David gerade sein leeres Whiskyglas auf den Nachttisch.

Sie sahen sich kurz an und David murmelte ein hastiges „Nacht!", bevor er vorsichtig unter die Decke kroch und das Licht löschte. Trace blieb einen Augenblick im Dunkeln stehen und betrachtete ihn. Dann ging er ins Badezimmer, um sich zu waschen und die Zähne zu putzen. Nach einigen Minuten kam er zurück und legte sich ebenfalls ins Bett.

David war noch viel zu aufgewühlt, um schlafen zu können. Auf der anderen Seite des Bettes fiel Trace nach einigen Minuten in einen unruhigen Schlaf. Es dauerte keine Viertelstunde, bis er langsam näher an David heranrückte und schließlich hinter seinem Rücken lag. Den Arm hatte er zwischen ihnen ausgestreckt, und sein Handrücken strich über Davids Schulter.

61

David, der trotz aller Bemühung einfach nicht einschlafen konnte, spürte Trace' Hand an der Schulter. Die Berührung brannte sich in seine nackte Haut und er versuchte erfolglos, sich ihr zu entziehen. Jedes Mal, wenn er ein Stück von Trace wegrückte, kam der ihm nachgerückt, bis er schließlich direkt hinter David lag. Schließlich gab David auf und drehte sich um. Für einen kurzen Augenblick gab er seinem Verlangen nach und streichelte Trace sanft über die Wange. Dann versuchte er, ihn zu wecken und auf die andere Seite des Bettes zurückzuschieben. Aber Trace wachte nicht auf, im Gegenteil – Davids Berührung schien ihn zu entspannen und sein Schlaf wurde ruhiger und tiefer. David strich ihm die dunklen Haare aus der Stirn und ließ ihn weiterschlafen. Als seine Augen müde wurden, drehte er sich auf den Rücken und schlief schließlich ebenfalls ein.

TRACE TRÄUMTE. Er träumte von langen, zärtlichen Küssen und starken Armen, die ihn liebevoll umschlungen hielten. Er fühlte Hände, die ihm über die nackte Haut seines Rückens streichelten, und Lippen, die seinen empfindlichen Nacken liebkosten. Er keuchte auf, als er spürte, wie sich ein erregter Körper an ihn presste und seine Nähe suchte.

Gelegentlich hatte er das Gefühl, als würden zwischen ihnen Funken sprühen. Aber die meiste Zeit genoss er es einfach nur, in den starken Armen liegen und kleine Küsse auszutauschen, während sie sich leise Worte zuflüsterten, die er sofort wieder vergaß.

Schließlich wachte Trace auf und bewegte vorsichtig die Beine. Er hatte eine Morgenlatte, zweifellos als Folge seines Traumes. Er konnte sich undeutlich daran erinnern, sich an einen warmen Körper gekuschelt zu haben, weil ihm kalt gewesen war. Ein Mann – es musste der Körper eines Mannes gewesen sein. Immer noch halb in seinem Traum gefangen, schmiegte er sich wieder an den warmen Körper. Seine Beine lagen zwischen starke Oberschenkel geschoben und er stöhnte leise, als er spürte, wie sich ein harter, heißer Schwanz an ihn drückte. Er rückte näher, suchte den Kontakt mit dem fremden Schwanz, um seine eigene Erregung zu befriedigen, die in ihm brannte und sich nach der Berührung sehnte. Er spürte, wie eine Hand über seinen Rücken strich und auf seiner Hüfte zu liegen kam. Leise brummend presste er sich noch fester an den warmen Körper und kuschelte sich zufrieden in die starken Arme.

Dann bewegten sich die Arme wieder und der warme Körper, der Trace als Kissen diente, löste sich behutsam aus seiner Umklammerung. Trace wurde nun endgültig wach.

David bewegte sich vorsichtig, als Trace in seinen Armen langsam wach wurde. Als er gestern eingeschlafen war, hatte er auf dem Rücken gelegen, und Trace hatte sich im Schlaf an seine Seite gekuschelt. Jetzt hatte sich eines seiner Beine zwischen Davids Oberschenkel geschoben, und als es sich bewegte, drückte es an Davids steifen Schwanz. Leise stöhnend ließ er seine Hand über Trace'

Rücken und Hüfte gleiten. Dann hielt er inne, weil er Angst hatte, seine Erregung nicht mehr zügeln zu können. Er hörte Trace leise brummen und der Druck auf seinen Schwanz ließ nach. Aber dann spürte er, wie Trace sich noch näher an ihn schmiegte und sich in seine Arme kuschelte.

Mist. Was nun? David wollte Trace zwar nicht wecken, aber das konnte noch Stunden so weitergehen. Vorsichtig versuchte David, sich aus Trace' Umarmung zu lösen. Der verzog das Gesicht und schien nun endgültig aufzuwachen. „David?", fragte er mit schlaftrunkener Stimme.

Trace wusste nun wieder, wo er war. War der Mann in seinem Traum auch David gewesen? Trace war sich nicht ganz sicher, seine Erinnerungen waren zu verschwommen und unvollständig. Die schattenhafte Gestalt seines Freundes beugte sich über ihn, und er spürte die sanfte Berührung seiner Lippen auf dem Mund. Trace hatte fast das Gefühl, immer noch zu träumen. Aber dann war der Kuss auch schon wieder vorbei. Es war so schnell gegangen, dass Trace die Hand auf Davids Nacken legte und ihn an sich zog, um ihn noch nicht zu verlieren.

David neigte stöhnend den Kopf und vertiefte den Kuss. Ziellos pressten sich ihre Körper aneinander und David ließ seine Hand wieder über Trace' Rücken gleiten. Als er Trace' Hintern erreichte, drückte er ihn fester an sich, bis ihm schließlich klar wurde, was er da gerade machte.

Erschrocken ließ David los und zog sich von Trace zurück. Als ihre Körper sich trennten, wirkte die kalte Luft wie ein Schock und ließ ihn frösteln. Ohne Trace anzusehen, rollte David sich aus dem Bett. Er stand auf und fuhr sich mit zitternder Hand durch die Haare. „Tut mir leid", murmelte er verlegen. Er warf einen kurzen Blick auf den Mann in seinem Bett und drehte sich dann unvermittelt um. „Ich mache, äh … Kaffee", stammelte er und flüchtete, sich immer noch die Haare raufend, aus dem Zimmer.

Schlagartig der Wärme und Zufriedenheit beraubt, die ihn umfangen hatten, öffnete Trace die Augen. Er hatte Davids Worte zwar gehört, sie aber nicht verstanden. Und dann war David so schnell verschwunden, dass er ihn nicht fragen konnte, was denn eigentlich los war.

Und Trace vibrierte innerlich von Kopf bis Fuß.

Er summte leise vor sich hin, drehte sich auf den Rücken und rieb sich mit der Hand über den steifen Schwanz in seiner Unterhose. Dann schlief er wieder ein.

NACHDEM DAVID das Schlafzimmer verlassen hatte, wollte er nur noch eines – einen starken Kaffee. Jetzt saß er am Küchentisch, trank schon die zweite Tasse Kaffee und starrte in die Zeitung, ohne sie wirklich zu lesen. Er hatte es im Bett nicht mehr ausgehalten. Und noch weniger hatte er es ausgehalten, Trace in den Armen zu halten, ohne ihn wirklich berühren zu dürfen. Seufzend blätterte er die Zeitung um. Und schon gar nicht hätte er Trace küssen dürfen. Wahrscheinlich hätte Trace ihm einen kleinen Kuss nicht nachgetragen. Aber David hatte damit nur seinem Begehren neue Nahrung gegeben, ohne es jemals stillen zu können.

Was Trace ihm mit Sicherheit übel nahm war, dass es bei dem Kuss nicht geblieben war. Statt sich damit zufrieden zu geben, hatte David den Kuss vertieft, Trace den Rücken und den Hintern gestreichelt, ihn in eindeutiger Absicht an sich gepresst.

David wurde aus seinen Gedanken gerissen, als er Trace im Badezimmer hantieren hörte. Er stöhnte auf. „Kaffee. Ich brauche mehr Kaffee." *War es wirklich noch zu früh für einen Schuss Whisky?* Er fuhr sich durch die Haare und erhob sich schwerfällig aus seinem Stuhl, um sich noch eine Tasse Kaffee einzuschenken.

David hatte sich gerade wieder an den Tisch gesetzt und die Zeitung aufgeschlagen, als Trace in die Küche geschlurft kam.

„Ich brauche einen Kaffee", murmelte Trace. Gott, wie er das frühe Aufstehen hasste.

„Vorsicht, er ist heiß", sagte David und deutete auf die Kanne.

Gähnend nahm Trace sich eine Tasse aus dem Schrank. Während er sich verschlafen den Kaffee einschenkte, räumte er auch schon wieder auf. David musste lächeln, als er Trace dabei beobachtete.

„Ich habe heute ziemlich viel zu erledigen", sagte Trace und gähnte erneut.

„Ich erwarte die Queen zum Tee", scherzte David.

„Ich habe von zehn bis vier Uhr Termine und Besprechungen, und danach … die Queen?" David musste über Trace' ungläubigen Gesichtsausdruck lachen und handelte sich dafür einen Tritt ans Schienbein ein. „Um diese Uhrzeit kannst du mich noch nicht so verarschen", beschwerte sich Trace.

David biss sich grinsend auf die Unterlippe. „Ich konnte nicht widerstehen."

Trace zerknüllte eine Serviette und warf sie David ins Gesicht. „Dafür habe ich jetzt kein schlechtes Gewissen mehr, dich heute Mittag allein zu lassen", sagte er pikiert. „Ich komme zum Abendessen etwas früher zurück, aber danach muss ich noch einige Sachen aus der Reinigung holen. Und ich will bei Mabel vorbeifahren, um zu sehen, wie es ihr geht."

„Was meinst du mit früher?", fragte David.

„Gegen fünf Uhr", meinte Trace gähnend. „Ich wäre nicht so früh aufgestanden, wenn Mabel in letzter Zeit nicht etwas unleidlich wäre. Sie ist nicht gerne allein in der Wohnung. Wahrscheinlich hat sie mittlerweile die Vorhänge zerfetzt. Aber besser die, als meine Hosen."

David grinste mitleidlos. „Ich habe mich schon gefragt, warum bei deinem einen Anzug plötzlich die Hose fehlt."

Trace rollte mit den Augen. „Weißt du eigentlich, wie schwer es ist, einen passenden Ersatz zu finden?"

„Stell dich nicht so an. Du kannst zu der Jacke auch die beige Hose anziehen. Das passende Blau kannst du sowieso nicht mehr auftreiben", antwortete David wohlmeinend.

„Danke für deine Modetipps", erwiderte Trace sarkastisch. Dann stand er auf und stellte seine Tasse ins Spülbecken. Als ob David auch nur die geringste Ahnung von Stil hätte. „Bei dir zählt schon eine Jeans als Abendgarderobe, nur weil sie keine Löcher hat."

„Das ist unfair! Löcher an den Knien sind absolut in Ordnung, wenn man ein passendes Jackett dazu anzieht. Nur Löcher am Hintern sind nicht erlaubt", gab David zurück. Er konnte sich das Grinsen kaum verkneifen. „Obwohl, wenn die Jacke lang genug ist, um die Löcher zu verdecken ..."

Trace sah ihn ungläubig Blick an und schüttelte mit dem Kopf: „Dazu fällt mir nichts mehr ein." Dann nahm er seine Jacke und zog sie an.

David sah ihm dabei zu und bedauerte insgeheim, dass die Jacke Trace' knackigen Hintern bedeckte. *Nichts besseres, als ein attraktiver Mann in einem gutsitzenden Anzug.*

Trace griff sich seinen Laptop und die Schlüssel. Dann öffnete er die Tür und blieb noch kurz auf der Schwelle stehen. „Du kommst mit dem Mittagessen doch auch allein zurecht, oder?"

„Ja, Mama. Ich kann schon seit über vierzig Jahren alleine essen."

Trace sah ihn amüsiert an. Dann verließ er das Haus und zog die Tür hinter sich ins Schloss.

7

David sah auf, als er hörte, wie die Tür mit einem lauten Knall an die Wand schlug. Matt kam, eine schwere, fettgetränkte Tüte Hamburger mit Pommes zwischen die Zähne geklemmt, auf ihn zu. Er warf die Hausschlüssel auf die Küchentheke und legte die Post ab.

„Hallo, Faulpelz! Komm her, die Burger sind eingetroffen!"

„Ich bin doch schon da", erwiderte David lachend.

Matt drehte sich um und sah David vor dem Laptop am Küchentisch sitzen. „Du scheinst deinen Urlaub wirklich in vollen Zügen zu genießen", stellte er sarkastisch fest.

„Auf jeden Fall", erwiderte David und winkte ihn mit seiner gesunden Hand an den Tisch. „Essen. Jetzt."

„Wir sind heute gar nicht anspruchsvoll, wie?", fragte Matt und stellte die Tüte krachend auf den Tisch. „Bist du nicht noch satt von gestern Abend?"

„Oh Gott, erinnere mich nicht daran. Ich war kurz vorm Platzen."

„Soll das heißen, du hast auf das Dessert verzichtet?", erkundigte sich Matt mit einem anzüglichen Grinsen und reichte David einen Hamburger.

„Es reicht schon, dass ich deinen Nachtisch gesehen habe. Schoko mit Sahne, stimmt's?", konterte David.

Matt warf ihm eine Pommes an den Kopf. „Ich bin nicht gekommen, um über mein Liebesleben zu reden. Deines ist viel interessanter."

„Deshalb habe ich dich aber nicht angerufen", meinte David und biss ungerührt in seinen Hamburger.

„Ach nein? Und warum dann? Seit ich dich kenne, hast du noch nie mittags gegessen. Du hast immer durchgearbeitet. Die Hamburger waren mit Sicherheit nicht der Grund für deinen Anruf", erwiderte Matt und setzte sich an den Tisch.

„Du musst mir einen Gefallen tun", gestand David ihm seufzend.

„Oh, mein Gott! Ich kann es kaum erwarten", stöhnte Matt und hielt sich die Augen zu. „Das letzte Mal bin ich am Tag darauf in einer mexikanischen Gefängniszelle aufgewacht."

„Aber ich habe die Kaution bezahlt", erinnerte ihn David und sah Matt gekränkt an. „Nein, du kannst dich beruhigen. So schlimm ist es diesmal nicht. Mein Problem ist, dass ich nicht selbst fahren kann." David zeigte auf seine verbundene Schulter.

„Und ich soll dich nach Tijuana fahren?", erkundigte sich Matt und schob sich einige Pommes in den Mund.

„Natürlich nicht. Aber in die Innenstadt."

„Was willst du den dort?"

David sah Matt einige Sekunden nachdenklich an. Egal, was er seinem Freund erzählte – Matt würde sich die Gelegenheit nicht entgehen lassen, ihn dafür aufzuziehen. „Na gut. Ich will in Trace' Wohnung fahren."

Matt lachte nur über die Antwort. „Warum denn das?", fragte er dann betont aufmerksam.

„Ich hatte vor gut einer Woche einen Migräneanfall und habe Trace angerufen, damit er mir die Medikamente vorbeibringt", erklärte David. Als Matt ihn unterbrechen wollte, brachte David ihn mit einer Handbewegung zum Schweigen. „Ja, ich weiß. Ich hätte bei dir anrufen sollen. Aber du warst bei der großen Rede des Gouverneurs und zwei Autostunden entfernt."

Matt schnaubte abschätzig. „Und deshalb hast du Trace angerufen, der hat dir die Medikamente gebracht und das Essen war seine Belohnung?", fragte er.

„Nein, das war ein Arbeitsessen für seine Restaurantkritik. Ich habe ihn nur begleitet", erklärte David ihm.

„Na gut", gab Matt sich zufrieden. „Und wann soll der Einbruch stattfinden?"

„Wir müssen nicht einbrechen, ich habe einen Schlüssel", erwiderte David und verzog das Gesicht.

Matt sah ihn erwartungsvoll an und David musste sich zusammenreißen, um nicht nervös auf seinem Stuhl hin und her zu rutschen.

„Ich will seine Katze holen", gab er schließlich zu.

Matt presste die Lippen zusammen, um ein Lachen zu unterdrücken. Dann räusperte er sich vernehmlich. „Sind wir nicht mittlerweile etwas zu alt, um der Konkurrenz die Maskottchen zu klauen?"

„Idiot. Seit ich gefallen bin und mir die Schulter gebrochen habe, ist Trace hier und kümmert sich um mich", sagte David und fuhr erklärend mit der Hand über seine Schlinge. „Ich kann vieles nicht alleine erledigen. Er hat mir geholfen, und deshalb ist seine Katze seit über einer Woche allein in der Wohnung. Er kann nur einige Minuten am Tag bei ihr sein und nach ihr sehen." David konnte die Gedanken, die seinem ehemaligen Geliebten durch den Kopf schossen, fast mit Händen greifen. Normalerweise war Matt ein echtes Pokerface und seinem Gesicht war nicht anzumerken, was er sich dachte. Aber David kannte ihn schon seit zwanzig Jahren und hatte gelernt, auch die kleinsten Anzeichen zu deuten.

Matt biss einige Male in seinen Hamburger und kaute genüsslich. David folgte seinem Beispiel und wartete geduldig auf die unausweichliche, schnippische Antwort.

„Dann sollten wir zuerst in die Tierhandlung fahren, um eine Transportbox, ein Katzenklo und Futter zu besorgen", sagte Matt schließlich mit ruhiger Stimme.

David riss überrascht die Augen auf. „Das ist alles? Keine bissige Bemerkung?"

Matt schüttelte nur mit dem Kopf, und David überlegte, was sie sonst noch brauchen könnten. „Ich bin mir sicher, dass Trace alles Nötige in der Wohnung hat. Wir können dort nachsehen."

„Ich werde in meinem Mustang kein schmutziges Katzenklo transportieren. Und vorher putzen scheidet auch aus."

DAVID SCHOB vorsichtig die Tür einen Spalt auf und sah sich um. Er wollte nicht riskieren, dass Mabel wegrannte, wenn er die Tür weiter öffnete. Aber die Katze war nicht zu sehen. Sie betraten die Wohnung und David schloss die Tür. Hinter sich hörte er Matt leise murmeln: „Bist du dir wirklich sicher, das Trace nicht schwul ist?"

David lachte. „Wie kommst du denn auf die Idee?"

„Aber hallo! Schau dir doch diese Wohnung an. Viel zu stilvoll und ordentlich für einen Hetero. Und wie er immer angezogen ist … definitiv zu elegant. Und dann hat er noch eine *Katze* …"

Kopfschüttelnd unterbrach David Matts Redefluss: „Nein, Trace ist nicht schwul. Und es gibt genug Frauen, die das bezeugen können."

„Schon gut, Mann", beruhigte ihn Matt und ging zur Stereoanlage. Er nahm eine CD aus dem Regal. „Aber mal ehrlich, *Coldplay?*" Er legte die CD wieder zur Seite und griff dann nach einer DVD. „*Harry und Sally?*"

„Mann, Matt", beschwerte sich David. „Mir gefällt der Film auch."

„Meine Worte", erwiderte Matt bedeutungsvoll.

„Könnten wir jetzt bitte versuchen, Mabel zu finden?"

„May-bel?"

„Hey, *ich* habe ihr den Namen nicht gegeben. Und schrei nicht so, sonst bekommt sie noch Angst."

Als David das sonnendurchflutete Schlafzimmer betrat, bemerkte er gerade noch einen flauschigen, schwarzen Schwanz, der unter dem Bett verschwand. Er drehte sich um und wollte gerade nach Matt rufen, als er sah, wie der in den Schubladen von Trace' Kommode wühlte. „Was soll denn das?", fragte David empört.

Matt hob den Arm und schwenkte triumphierend die schwarzen Boxershorts. „Was habe ich gesagt? Schwul!"

„Ich bin mir sicher, dass die nicht nur Männern gefallen. Frauen mögen so was auch", flachste David. *Weil mir schon schwummrig wird, wenn ich mir Trace darin auch nur vorstelle.*

„Aber kennst du auch nur einen einzigen Hetero, der schwarze Boxershorts aus *Seide* trägt?", fragte Matt und ließ besagte Shorts um seinen Finger kreisen.

„Keine Ahnung. Ich habe mir die Unterhosen von einem Hetero noch nie genauer angesehen", sagte David. Dann nahm er Matt die Boxershorts aus der Hand und legte sie wieder in die Schublade zurück.

„Aber die von Trace kennst du jetzt", murmelte Matt.

David versetzte ihm mit seiner gesunden Hand einen leichten Hieb in den Magen. „Mabel ist unter dem Bett."

„Aua! Das Bett, stimmt ...", sagte Matt begeistert und machte sich auf den Weg zum Nachttisch.

„Verdammt, lass das jetzt!", rief David und griff nach Matts Hand. „Wir müssen nicht alles wissen. Und schon gar nicht über die Vorlieben von heterosexuellen Männern."

Matt wollte ihm gerade antworten, als Mabel unter dem Bett hervorschoss und ins Wohnzimmer flüchtete. Als sie sich erschrocken umdrehen wollten, prallten sie zusammen und fielen aufs Bett.

„Schnell, wir müssen sie einfangen!", rief David und wedelte mit seinem gesunden Arm, während er versuchte, die gebrochene Schulter nicht zu belasten.

„Ich habe schon vieles eingefangen, aber eine Muschi war noch nie dabei", kicherte Matt. Dann sprang er auf und machte sich auf die Verfolgungsjagd nach Mabel.

Als David ihn schließlich im Wohnzimmer einholte, hatte Matt die Katze schon auf dem Arm und drehte sich zu ihm um. Sein resignierter Gesichtsausdruck sprach Bände und brachte David zum Lachen.

„Sag jetzt nichts", winkte er hilflos ab. „Trace hat sie im letzten Jahr von seiner Großmutter übernommen, die nach Florida gezogen ist."

„Verstehe", meinte Matt wenig überzeugend. Mabel war wirklich etwas Besonderes und passte zu sämtlichen Klischees. Sie war eine schwarze Perserkatze mit flauschigem, seidigen Fell, einem runden, flachen Gesicht und exotischen Augen, die in einem unheimlichen Orangegold funkelten. Irgendwo in ihrem langen Fell war ein Halsband verborgen. Aber das musste auch schwarz sein, denn außer der glänzenden Marke und einem leise klingelnden Glöckchen war nichts zu sehen.

„Und jetzt schau dir das an", sagte Matt breit grinsend und zeigte auf ein Foto, das auf dem Bücherregal stand. Es zeigte Trace, als er vor einem Jahr den Philanthropie-Preis überreicht bekam. Er trug einen maßgeschneiderten Anzug, und das lange, dunkle Haar hing ihm lose über die Schultern. „Sie tragen Partnerlook!"

„SO, MABEL. Dein Katzenklo ist in der Gästetoilette im Flur. Hier sind deine Wasserschüssel und das Futter", sagte David und deutete auf die beiden rosa Schüsseln, die mit kleinen Katzenpfoten bedruckt waren. „Reicht dir das?"

Mabel sah ihn mit einem langmütigen Blinzeln an und wedelte mit dem Schwanz.

„Ich weiß schon, ich bin deiner Antwort nicht würdig. Und außerdem setzen mir die Tabletten etwas zu, sonst würde ich auch keine erwarten. Bestimmt kommt Trace bald nach Hause. Er weiß besser als ich, ob du alles hast, was du brauchst."

Gemessenen Schrittes ging Mabel auf die Schüssel mit dem Futter zu, roch kurz an ihrem Inhalt, und sah David dann mit ihren orangegoldenen Augen an.

„Es sind Fisch-Leckerli. Das mögen Katzen doch, oder?", fragte David und fuhr sich hilflos mit der linken Hand durch die Haare. „Verdammt", fuhr er dann fort. „Jetzt rede ich schon mit einer Katze. Es wird Zeit, dass ich mich wieder an meine Männlichkeit erinnere. Vielleicht gibt es eine Baseball-Übertragung." Er ging ins Wohnzimmer und schaltete den Fernseher ein. Dann legte er sich aufs Sofa, schob sich ein Kissen unter den Kopf und machte es sich bequem.

„Uff!", zischte er, als Mabel hochsprang und auf seinem Magen landete. „Verdammt, Katze. Du bist schwerer als du aussiehst."

Mabel streckte sich aus und fing an, mit den Krallen seinen Bauch zu bearbeiten.

„Aua! Lass das! Du tust mir weh! Das hat man nun davon, wenn man mit einer Frau über ihr Gewicht spricht." Vorsichtig versuchte er, ihre Krallen aus seinem T-Shirt zu lösen. Seine Bemühungen endeten damit, dass Mabel nicht mehr auf seinem Bauch lag, sondern es sich auf seiner Brust bequem machte.

Sie drehte sich dreimal im Kreis und ließ sich dann mit einem behaglichen Schnurren nieder. Seufzend widmete David sich wieder seinem Baseball-Spiel, aber Mabels beruhigende Ausstrahlung ließ ihn bald einschlafen.

Kurz darauf kam Trace zurück. Er betrat das Haus durch die Hintertür und stellte seine Tasche auf den Küchentisch, wo bereits Davids Laptop und drei benutzte Kaffeetassen standen. Dann zog er erleichtert seine Jacke aus, hängte sie über eine Stuhllehne, und spülte die drei Tassen ab. Er ließ sie im Spülbecken stehen und sah sich um. „David?"

Als er keine Antwort erhielt, machte er sich auf die Suche. „David? Hallo? Wo ..."

Überrascht blinzelnd blieb er in der Tür zum Wohnzimmer stehen. David lag leise schnarchend auf dem Sofa, eine schwarze Masse auf der Brust. Vorsichtig trat Trace näher und sah genauer hin.

„Mabel?", fragte er ungläubig. Mabel hob langsam den Kopf, machte aber keinerlei Anstalten, sich von ihrer gemütlichen Position auf Davids Brust zu erheben. „Was machst du denn hier, meine Süße?" Trace ging auf sie zu, hob sie hoch und nahm sie auf den Arm. Mabel miaute protestierend und versuchte, sich aus seinem Griff zu befreien. Aber Trace ließ sie nicht entkommen. Dann stupste er David sachte mit dem Knie in die Seite. „David? Hallo, David!"

David wachte auf und sah Trace verschlafen an. Er rieb sich die Augen und setzte sich langsam auf. „Hallo", murmelte er gähnend.

„Hallo", erwiderte Trace amüsiert. „Weshalb schläfst du mit meiner Katze? Ich dachte immer, du machst dir nichts aus Frauen."

„Aus Katzen auch nicht", grummelte David. „Und lass dir sagen, sie ist unverkennbar eine Frau."

„Was soll das denn heißen?", fragte Trace und ließ sich in der anderen Sofaecke nieder. Dabei streichelte er Mabel an ihren Lieblingsstellen, aber das undankbare Biest versuchte immer noch, sich aus seinen Armen zu befreien. Trace konnte es kaum glauben und sah sie überrascht an.

„Ich habe nur einen unbedachten Kommentar über ihr Gewicht gemacht, und schon hätte sie mich fast in Stücke gerissen", knurrte David und rieb sich über die Brust. Dann sah er Trace zu, der versuchte, Mabel zu bändigen.

„Um meine Frage zu wiederholen: Wieso ist Mabel hier?", versuchte Trace es erneut. Mabel fing an zu fauchen und biss ihn in den Finger. Mit einem erschrockenen Aufschrei ließ er sie los, und sie lief sofort zu David zurück, um sich mit einem zufriedenen Schnurren auf seinem Schoß niederzulassen. Amüsiert sah David erst auf die Katze in seinem Schoß, dann auf seinen Freund, der mittlerweile in Lachen ausgebrochen war. „Sieht fast so aus, als hättest du eine neue Freundin", prustete Trace.

„Es gibt eben für alles ein erstes Mal", erwiderte David gelassen und streichelte Mabel über den Kopf. Ihr Schnurren wurde lauter und sie rieb sich genusslich an Davids Hand.

„Jetzt mag sie dich lieber als mich!", klagte Trace. „Dabei habe ich mir in den letzten Monaten solche Mühe gegeben, ihre Liebe zu erringen."

David hüstelte und sah ihn unschuldig an. „Aber ich habe die schöne Prinzessin gerettet. Sie war in ihrem einsamen Schloss gefangen und dem Verhungern nahe."

Trace rollte mit den Augen. „Schon gut, ich gebe auf", sagte er mit einem Seufzer. Wahrscheinlich war es besser so. Mabel war in den letzten Tagen nicht sehr glücklich gewesen, wie ihm seine zerfetzte Hose eindeutig bewiesen hatte. „Hier wird sie sich wohler fühlen."

„Sie sollte bei dir sein, und da du hier bist … Es ist einfach nicht richtig, sie in deiner Wohnung so allein zu lassen. Und nach allem, was du für mich getan hast …", erklärte David und sah Trace um Verständnis bittend an.

„David, ich helfe dir gerne. Es war meine eigene Entscheidung, und du bist mir dafür nichts schuldig", unterbrach ihn Trace lächelnd. David war richtig süß, wenn er verlegen war. „Aber danke. Es ist schön, sie hier zu haben." Trace zwinkerte ihm zu. „Auch wenn sie dich offensichtlich meiner Wenigkeit vorzieht."

David zuckte mit den Schultern, dann musste er plötzlich lachen. „Wer hätte das gedacht", grinste er. „Ich habe dir doch tatsächlich eine Frau ausgespannt."

Trace musste ebenfalls lachen. „Aber verwöhne sie nicht zu sehr! Sonst wird sie zu anspruchsvoll, wenn wir wieder zu Hause sind. Ehrlich gesagt, bevor ich hierhergekommen bin, hat sie mich auch nicht viel öfter gesehen", gab er zerknirscht zu.

David musste an die penibel aufgeräumte Wohnung denken. „Stimmt, es wirkt ziemlich ungenutzt. Du bist offensichtlich selten zu Hause", stimmte er Trace zu.

„Hey, wie bist du eigentlich hingekommen?", fragte Trace ihn. „Du bist doch nicht etwas selbst gefahren, oder?" Er musste an die Schmerzmittel denken, die David, wenn auch in geringer Menge, immer noch einnehmen musste. Der Gedanke an David hinterm Steuer eines Autos behagte ihm ganz und gar nicht.

„Nein, nein. Ich habe Matt angerufen, und er hat mich gefahren", beruhigte in David.

„Matt. Das ist der Fotograf", erinnerte Trace sich.

„Ja. Er hat mir gerne ausgeholfen", meinte David. „Und er hat sich lobend über deine Wohnung geäußert." David wollte an dieser Stelle nicht ins Detail gehen, und wechselte deshalb das Thema. „Mabel mochte ihn auch."

„Oh Gott, meine Katze ist ein Schwulengroupie", murmelte Trace resigniert.

David legte schützend den Arm um Mabel. „Beleidige meine beste Freundin nicht!", rief er empört.

Mabel warf Trace aus ihrer sicheren Position auf Davids Schoß einen bösen Blick zu. Trace hätte schwören können, dass sie ihm die Zunge herausstreckte. Verdammtes Biest. Schnell verdrängte er die Eifersucht, die er bei ihrem Anblick verspürte.

8

TRACE RUTSCHTE unruhig auf dem harten Plastikstuhl hin und her, während er durch eine ältere Ausgabe von *Entertainment Weekly* blätterte, die er im Zeitschriftenregal gefunden hatte. Vor ihm auf dem Tisch lag ein neueres Heft des lokalen Magazins *Go!*, aber damit konnte er nichts anfangen. Die Hälfte der Artikel hatte er selbst geschrieben und kannte sie in- und auswendig.

Als sich die Tür zu den Behandlungsräumen öffnete, hob er erwartungsvoll den Kopf, sah aber nur eine ältere Frau mit einem Rollator das Wartezimmer betreten. Naserümpfend widmete er sich wieder seinem Magazin und blätterte auf die nächste Seite. Es war erst Davids zweiter Termin für die Krankengymnastik, und er war schon vor einer Stunde verschwunden. Trace sehnte sich nicht gerade danach, ihn zurückkommen zu sehen. Nach der ersten Sitzung vor einer Woche war David unerträglich gewesen, gerade so, als läge seine Verletzung erst einige Tage zurück, und nicht schon drei Wochen.

Wieder öffnete sich die Tür, wenn auch diesmal weniger schwunghaft, als bei der alten Dame. Diesmal war es David, der seinen kranken Arm mit der linken Hand abstützte. Er sah gerade lange genug auf, um Trace zu finden. Dann kam er durch das Wartezimmer auf ihn zu, wobei er sich mit massierenden Bewegungen den rechten Arm rieb. „Wir haben zwei neue Übungen gemacht, und ich sage dir, diese dämliche Therapie tut mehr weh, als der Unfall selbst", sagte er mit einem müden Lächeln.

David wirkte erschöpft, aber Trace unterdrückte jede Regung und versuchte, sich sein Mitgefühl nicht anmerken zu lassen. „Was hältst du von einem guten Essen? Danach kannst du eine Tablette nehmen", schlug er vor.

David zog eine Grimasse. Ihm war übel von den Schmerzen in seinem Arm und in der Schulter. „Vielleicht sollten wir die Reihenfolge umkehren und mit den Tabletten anfangen."

„Nicht, wenn du sie im Magen behalten willst", sagte Trace mit sanfter Stimme. Dann stand er auf und führte David zur Tür. „Wir essen erst etwas

73

Leichtes, damit du die Tabletten nehmen kannst. Danach gönnen wir uns etwas Besseres. Sonst ist die wieder dir ganze Nacht schlecht, so wie beim letzten Mal."

„Ich wollte eigentlich das kleine Fischrestaurant am Hafen vorschlagen, aber das war, bevor ich diesem Folterknecht in die Hände gefallen bin. Jetzt will ich nur noch ins Bett kriechen und mich Schmerzmitteln vollstopfen, bis ich nichts mehr fühlen kann. Wieso muss etwas, das helfen soll, so unerträglich wehtun?"

Bei seinen Worten brach die Frau, die neben der Tür auf einem Stuhl saß, in prustendes Lachen aus. Trace sah sie grinsend an. „Was hältst du von einem Kompromiss?", fragte er verständnisvoll. „Erst einige Cracker und die Tabletten, dann ein kleines Nickerchen. Und wenn es dir heute Abend wieder besser geht, fahren wir zum Essen an den Hafen." Er hielt David die Tür auf.

„Darf ich die Tabletten mit Scotch runterspülen?", jammerte David.

Trace ignorierte seine Frage und scheuchte ihn zum Wagen. „Los jetzt, beweg dich!", sagte er streng. Wenn David Schmerzen hatte, konnte man nicht mehr vernünftig mit ihm reden. „Je schneller wir wieder zu Hause sind, umso eher kannst du deine Medikamente nehmen."

David ließ sich in den Beifahrersitz fallen, legte den Kopf an die Lehne und schloss die Augen. Dann ließ er seinen rechten Arm gerade lange genug los, um sich anzuschnallen. „Eine fürsorgliche Mutter hätte jetzt Cracker in der Handtasche oder wo auch immer … dann könnte sie mir gleich einen in den Mund schieben. In Restaurants machen sie das immer mit ihren Babys, und ich habe mich schon oft gefragt, wo sie die Cracker herzaubern. Auf der Speisekarte stehen sie jedenfalls nicht", grummelte David. Als sie über die Schwelle an der Einfahrt zum Parkplatz fuhren, zischte er vor Schmerzen laut auf. Er wusste, dass er Trace wahrscheinlich fürchterlich auf die Nerven ging, aber er fand einfach nicht die Kraft, seine schlechte Laune zu unterdrücken.

Trace biss sich auf die Lippen und ließ Davids Sermon über sich ergehen. Er konnte nur hoffen, dass sich dessen Gereiztheit mit der Zeit wieder legen würde. „Tut mir leid. Ich weiß, dass meine elterliche Fürsorge nicht sehr ausgeprägt ist. Mabel hätte dir eine Warnung sein sollen."

„Unsinn. Du bist besser, als du denkst", murmelte David, während er aus dem Seitenfenster den Verkehr beobachtete.

Erstaunt zog Trace die Augenbrauen hoch. „Danke", erwiderte er lächelnd.

David zuckte mit der linken Schulter und machte eine ausholende Handbewegung, um die Verlegenheit über sein Eingeständnis zu überspielen. Nach einigen Minuten hatte er sich wieder gefangen. „Es ist mir unangenehm, aber ich muss dich etwas fragen, bevor mich der Mumm wieder verlässt." Er rutschte in seinem Sitz hin und her und suchte erfolglos nach einer bequemeren Sitzposition. „Mein Folterknecht hat mir vorgeschrieben, dass ich dreimal täglich meine Dehn- und Streckübungen machen soll. Aber dazu brauche ich jemanden, der mir hilft und meinen Arm abstützt. Ich weiß, es ist viel verlangt, und du hast bestimmt keine Lust, noch mehr …"

„David. Es ist *nicht* viel verlangt, und ich helfe dir gerne", unterbrach ihn Trace, der nur mühsam die Frustration in seiner Stimme verbergen konnte. Er hatte es David schon so oft gesagt, aber sein Freund schien es einfach nicht glauben zu wollen. Es kam ihm fast so vor, als hätte David Angst, dass Trace seine Sachen packen und das Haus verlassen würde. „Es ist absolut kein Problem. Morgens, mittags, abends. Ich bin zum Essen doch sowieso zu Hause", schlug er vor, während er sich seinen Weg durch den Verkehr suchte.

„Ich weiß nicht, ob ich dir dafür wirklich dankbar sein soll. Wenn du jetzt gesagt hättest ‚Spinnst du? Für wen hältst du mich denn?‘, wäre bis nächste Woche Schluss mit den Übungen. Ich hätte mich wortreich entschuldigt, wäre aber vollkommen machtlos gewesen dagegen. Matt macht sich nämlich nicht sehr gut als Krankenschwester, den hätte ich auch nicht anrufen können, aber …"

Trace sah David misstrauisch von der Seite an und hörte seinem Geschwafel zu. Es kam ihm fast so vor, als würde David jetzt schon unter der Einwirkung der Medikamente stehen. Ob es die Erschöpfung war?

„… vielleicht kann er ja mittags einspringen, wenn du im Büro bist. Ich weiß sowieso nicht, was er den ganzen Tag über treibt. Mit Arbeit hat es jedenfalls nicht viel zu tun." David kicherte leise in sich hinein und seine Augen fielen zu.

Sie mussten an einer Kreuzung anhalten, und Trace drehte sich seufzend zu David um. Ohne lange darüber nachzudenken, hob er die Hand und strich ihm die Haare aus der Stirn. Sie waren gerade lang genug, um ihm ins Gesicht zu wehen, wenn sie mit dem Cabrio unterwegs waren. Als David bei der Berührung das Gesicht verzog, zog er die Hand erschrocken zurück. „Wie macht Matt das nur?", beschwerte sich David, und Trace holte tief Luft, während er ihm weiter zuhörte. David kam von einem Thema auf das andere, vermutlich, um sich von den Schmerzen in seinem Arm abzulenken. Dann schaltete die Ampel auf Grün. Lächelnd ließ Trace den Wagen wieder an und fuhr weiter.

„Bist du dir wirklich sicher?", fragte David grummelnd. Seit Trace vor einer dreiviertel Stunde in die Küche gekommen war, ging das jetzt schon so. Deshalb ignorierte er David und ging wortlos zur Theke, auf der die gefüllte Kaffeekanne stand. David runzelte missgelaunt die Stirn.

„Sei doch ehrlich", fuhr er fort. „Du willst deinen Tag bestimmt nicht damit beginnen, dir mein Gejammer anzuhören."

Trace steckte eine Scheibe Brot in den Toaster und holte sich die Butter und Marmelade aus dem Kühlschrank. Er schien David gar nicht zu hören.

David rieb sich nervös über den Arm, der in der Schlinge hing. Seine Schulter war momentan durch die Entlastung einigermaßen schmerzfrei, und es wäre schön, wenn das noch einige Zeit so bleiben könnte. „Ich schaffe es bestimmt auch alleine, zumindest so lange, bis ich mich wieder von meiner Folterstunde erholt habe."

Trace drehte sich mit der Kaffeetasse in der Hand um und lehnte sich an den Schrank. David konnte ihm die Antwort vom Gesicht ablesen. „Mist", murmelte er seufzend. Trace schien sich ein Lachen verkneifen zu müssen, als er sich das Brot aus dem Toaster nahm und auf den Tisch legte. „Sklaventreiber!", schimpfte David störrisch.

Das war zu viel für Trace. „Jammerlappen!", lachte er und strich sich dann gähnend die Traubenmarmelade aufs Brot. „Es dauert doch nur zehn Minuten, dann ist alles vorbei." So schlimm waren die paar Übungen wirklich nicht, und vielleicht beruhigte sich David ja danach wieder.

„Aber nur bis heute Mittag", erwiderte David.

„Und dann dauert es auch nicht länger, bis es vorbei ist."

David schnaubte und trank einen Schluck Kaffee. Trace war heute früh wirklich seltsam. Normalerweise war er viel verschlafener und hätte sich niemals so stur aufgeführt.

„Nur bis zum Abend", insistierte David.

Trace musste über die unfreiwillige Komik von Davids Reaktion lächeln. „Ist uns heute früh etwas über die Leber gelaufen?", fragte er übertrieben höflich.

„Ich habe keine Lust, wieder diese Schmerzen zu ertragen", gab David zu.

Trace zuckte mit den Schultern. „Das ist der Preis für die schnelle Heilung. Wenn du ihn jetzt nicht bezahlst, wirst du es später bereuen, weil es nicht richtig heilt und noch mehr weh tut", sagte er und biss herzhaft in sein Toastbrot.

David sah ihn mit zusammengekniffenen Augen an. „Ich verstehe nicht, warum dich das alles so kalt lässt."

„Soll ich dich lieber zusammenstauchen?", fragte Trace verständnisvoll.

„Wenn du so ruhig und hilfsbereit bist, kann ich nicht sauer auf dich sein."

„Stimmt, genau das ist mein Plan", gab Trace zu und biss wieder in den Toast. „Hast du eigentlich schon gegessen?"

„Ja, *Mami*", piepste David. Er war sich sehr wohl bewusst, wie wenig sein kindisches Verhalten zu einem Mann in seinem Alter passte. Aber er scheute nicht nur vor den Übungen zurück, er hatte auch in der letzten Nacht schlecht geschlafen. Ständig hatten ihn die Gedanken an Trace' Hände wachgehalten, die über seinen Körper strichen, seinen Arm abstützten und sein Handgelenk hielten. Er schüttelte sich. Trace sah ihn erwartungsvoll an, und David fragte sich, ob er etwas verpasst hatte. „Was ist los?"

„Ich wollte wissen, wo wir die Übungen machen sollen. Hier am Küchentisch oder auf dem Sofa, wo du dich danach gleich hinlegen kannst."

„Oh … im Wohnzimmer. Auf jeden Fall. Da ist auch der Scotch in Griffnähe", brummte David, während er aufstand und sich auf den Weg zum Sofa machte. Das Lächeln in Trace' Gesicht ignorierte er dabei geflissentlich.

Während er sich aufs Sofa fallen ließ, ermahnte er sich zu mehr Gelassenheit. Sein kindisches Verhalten musste Trace ziemlich auf die Nerven gehen. Und wie sollte er mit seiner kranken Schulter alleine zurechtkommen, wenn es Trace zuviel wurde? David rieb sich über die Augen und nahm sich vor, in Zukunft die Zähne zusammenzubeißen.

Trace kam ins Wohnzimmer und hielt den Zettel mit den Therapieanweisungen in der Hand. „Zieh den Arm aus der Schlinge", sagte er. Dann holte er tief Luft, setzte seine Brille auf und studierte die Anleitungen auf dem Papier. „Es sieht eigentlich gar nicht so schlimm aus."

„*Deine* Schulter ist ja auch nicht gebrochen."

Trace ging nicht auf Davids Protest ein und setzte sich neben ihn aufs Sofa. „Los jetzt. Übung Nummer eins. Du stützt deinen Ellbogen ab und hältst den Unterarm in einem rechten Winkel zum Oberarm. Dann bewegst du den Arm auf und ab."

David sah zu, wie Trace ihm die beschriebene Übung vormachte. Er musste sich ein Lachen verkneifen.

„Was ist?", wollte Trace wissen.

„Du siehst aus wie ein Huhn, das mit den Flügeln flattert", grinste David.

„Na ja, ich bin ja auch der Hahn im Korb. Los, Vögelchen, flattere mit den Flügeln", forderte Trace ihn augenzwinkernd auf.

Mit einem Seufzer hob David bedächtig den rechten Arm. Er hatte jetzt schon Angst vor den Schmerzen, die ihm die Übung gestern in der Physiotherapie bereitet hatte. Aber es ging einigermaßen gut, und seine Schulter fühlte sich nur etwas steif und verspannt an.

„Noch ein Stück höher", sagte Trace und griff an Davids Ellbogen, um ihn zu unterstützen. Ihre Knie berührten sich, als Trace sich zur Seite drehte und David zuwandte. „Dein Ellbogen muss auf der gleichen Höhe sein wie die Schulter."

David zitterte leicht, als seine Haut unter Trace' Fingern zu kribbeln begann. Nach einer Minute wurde der Arm schwer, und er verzog leidend das Gesicht. „Kein Wunder, dass ich dazu Hilfe brauche."

„Wieso?"

„Es fühlt sich an, als würde mein Arm mindestens hundert Pfund wiegen."

Trace runzelte besorgt die Stirn, beruhigte sich aber sofort wieder. Schließlich war David schon ein großer Junge, er konnte das aushalten. „In Ordnung. Zehn Mal reicht aus."

David ließ den Arm erleichtert an die Seite fallen. Aber das tat fast genauso weh. Er hatte sich zu sehr daran gewöhnt, dass der Arm durch die Schlinge gestützt wurde. „Was jetzt, Trainer?"

„Du hältst den Arm in der gleichen Ausgangsposition wie bei der ersten Übung. Aber du bewegst die Faust über die Schulter, bis der Unterarm parallel zur Zimmerdecke liegt. Dann von vorne."

David musste wieder kichern. „Jetzt siehst du aus wie Tiger Woods."

Trace rollte mit den Augen. „Fünf Mal."

Nach der vierten Übung biss David die Zähne zusammen. „War's das jetzt?", stöhnte er. Er sah auf und bemerkte, dass Trace ihn beobachtete, konnte aber nicht erkennen, was in dessen Kopf vorging. „Sind wir fertig?"

„Äh, ja", sagte Trace und legte den Zettel auf den Tisch. Er war stolz darauf, dass David bis zum Schluss durchgehalten hatte.

„Na endlich", meinte David und griff nach der Schlinge, die neben ihm auf dem Sofa lag.

„Willst du nicht vorher duschen?", fragte Trace ihn.

„Vielleicht habe ich keine Lust dazu", schnauzte David ihn an und ignorierte den Schweiß, der ihm auf der Stirn stand und über den Rücken lief. Er fühlte sich ziemlich erschöpft, und es ärgerte ihn, dass er schon nach ein paar Übungen schlapp machte. Als er ungeduldig aufstand und sich an Trace vorbeischob, hätte er ihn fast vom Sofa geworfen. Ohne sich weiter darum zu kümmern, stapfte er ins Schlafzimmer und sah missgelaunt in den Spiegel.

Seufzend setzte er sich schließlich aufs Bett und legte den Kopf in die Hand. Na gut, er hatte sich unmöglich aufgeführt. Es gab keinen Grund, seine schlechte Laune an Trace auszulassen, der ihm nur helfen wollte.

Als David eine leichte Berührung an seiner Wade spürte und die Augen öffnete, sah er Mabel, die ihm um die Füße streifte. Sie blieb schnurrend stehen und rieb sich an seinem Bein. Kopfschüttelnd beugte er sich zu Mabel hinab und streichelte ihr über den Rücken. Dann hob er den Kopf und sah Trace, der mit der Schlinge in der Hand schweigend in der Tür stand, und sie beide beobachtete.

„Es tut mir leid, Trace", sagte er resigniert. „Ich habe mich wie der letzte Idiot aufgeführt, und das hast du nicht verdient."

Darauf gab es nichts zu erwidern, sie wussten beide, dass es stimmte. Wortlos hielt Trace David die Schlinge hin. Der stand auf und nahm sie mit einem undeutlich gemurmelten „Danke!" entgegen.

„Zum Mittagessen bin ich wieder zurück. Soll ich uns einen Imbiss von *Subway* mitbringen?", fragte Trace und klopfte David aufmunternd auf die Brust. Er hoffte, David wieder in bessere Laune zu versetzen, wenn sie einfach zu ihrer alten Routine zurückkehrten.

David nickte blinzelnd, als er die warme Hand an seiner Brust spürte. Er sah an sich herab und auf die Hand seines Freundes. Ihre Berührung war … beruhigend und tröstlich. David wusste, dass Trace ihn verstand und ihm nicht böse war. „Du kennst ja meinen Geschmack", sagte er leise.

Trace lächelte ihn an, und David stellte erstaunt fest, dass er mit seiner Bemerkung in mehr als einer Hinsicht recht gehabt hatte.

TRACE KÄMMTE sich gähnend die Haare und fasste sie im Nacken zusammen, um sie zu einem Zopf zu binden. Es war, jedenfalls nach seinen Maßstäben gemessen, noch ungewöhnlich früh, und ans frühe Aufstehen hatte er sich noch nie gewöhnen können. Er war ein Nachtmensch und spürte jede Stunde, die der Wecker früher klingelte als sonst, selbst wenn es einen guten Grund dafür gab. Wie Davids Krankengymnastik beispielsweise.

Er warf die Bürste in den Korb auf der Kommode und griff nach einem Waschlappen. Verschlafen blinzelnd wartete er darauf, dass das Wasser warm wurde. Dabei betrachtete er sich prüfend im Spiegel und fragte sich, was David wohl über ihn dachte und in ihm sah. Dann hielt er mit einem Seufzer den Waschlappen unter das fließende Wasser.

Seit jener Nacht, als sie aus dem Restaurant gekommen waren, wanderten seine Gedanken immer wieder zu David zurück, wie er mit entspanntem Gesicht vor sich hin dösend neben ihm im dunklen Auto gesessen hatte. Davids Haare hatten sich so weich angefühlt unter seinen Fingern. Und Trace hatte etwas gefühlt, aber er wusste nicht, was es war und wie er es nennen sollte.

Tief ausatmend drehte Trace den Wasserhahn zu und drückte sich den warmen, feuchten Lappen ans Gesicht, um sich auf die Rasur vorzubereiten. Seine Wangen wurden warm, und das lag nicht nur an dem Waschlappen. Mit geschlossenen Augen lehnte er sich an die Kommode und erinnerte sich an die plötzliche Erregung zurück, die ihn im Auto überkommen hatte. Sie hatte ihn verwirrt und schockiert –

– und tat es immer noch. Trace öffnete erschrocken die Augen und stöhnte laut, als spürte, wie allein bei der Erinnerung das Verlangen in ihm wieder erwachte und sein Glied steif wurde. *Das muss ein Ende finden!* Er konnte nicht so reagieren, wenn er an seinen Freund dachte. Er war doch selbst nicht schwul.

Oder?

Trace betrachtete sich nachdenklich im Spiegel und versuchte, seine Gefühle zu verstehen. Konnte ein Mann wie er, der die Frauen und alles, was mit ihnen zu tun hatte, liebte – und ja, er hatte sich seinen Ruf als Frauenheld redlich verdient –, konnte er sich wirklich zu einem anderen Mann hingezogen fühlen? Er spürte ein Kribbeln im Magen und fragte sich, ob es ihm unangenehm sein sollte. Legte er wirklich Wert auf die Meinung der anderen Leute? *Nein, das denke ich nicht. Ich habe immer getan und gelassen, was ich wollte. Und außerdem ist David nicht mein einziger schwuler Freund, ich habe also damit Erfahrung. Ärgert es mich? Nein, ich könnte David niemals dafür böse sein. Er ist nicht dafür verantwortlich, dass ich seinetwegen in eine mittlere Identitätskrise geschlittert bin. Ängstigt es mich? Wahrscheinlich schon, wenn auch nicht allzu sehr.* Trace blinzelte. *Na gut, vielleicht doch. Aber die Bezeichnung Krise ist trotzdem ziemlich übertrieben. Macht es mich wütend? Nein, ganz und gar nicht. Ich bin eher ... verwirrt. Warum muss das gerade jetzt passieren? Erregt es mich? Oh, ... ja!*

Trace zog eine Grimasse und ließ den Waschlappen ins Becken fallen. Dann nahm er die Dose mit dem Rasierschaum, öffnete sie und verteilte ihn im Gesicht, während er weiter über sein Problem nachgrübelte. *Warum erregt es mich? Weil David ... er hat so unglaublich gut ausgesehen in dem Anzug. Einfach umwerfend gut. Und warum fällt mir das gerade jetzt auf? Keine Ahnung. Ich weiß es wirklich nicht. Wegen der Nähe? Weil wir die besten Freunde sind? Weil unsere Freundschaft in den letzten Tagen noch enger geworden ist? Nein, das ist nur ein Teil der Wahrheit. Er ist ... verdammt, er ist einfach sexy. Und ich habe nicht die geringste Idee, was ich jetzt tun soll.*

Einige Minuten später warf er auch die Rasierklinge ins Waschbecken und sah wieder in den Spiegel. Verändert das unsere Beziehung? Oh ja! Zum Schlechteren? Oh nein! Ganz sicher nicht? Ganz sicher nicht. Also zum Besseren? David wird immer mein Freund bleiben, egal, was passiert. Vielleicht könnte ja ein bisschen mehr passieren?

Trace zog sich an, während er diese Frage hin und her wälzte und sich langsam an die Idee gewöhnte. Er war sich zwar nicht sicher, was er jetzt damit anfangen sollte, aber er hatte seinen inneren Frieden wiedergefunden.

Ich warte einfach ab, wie es weitergeht. Vielleicht ist es ja nur ein vorübergehendes Gefühl, das sich wieder legt.

Trace fühlte sich schon deutlich besser und sicherer, als er sich auf den Weg in die Küche machte, wo David ihn bereits erwartete. „Kafffeeee", heulte Trace und streckte die Arme aus wie ein Zombie.

„Idiot", sagte David lachend und gab ihm einen scherzhaften Klaps auf den Hintern. Trace schlurfte an ihm vorbei und versuchte erfolglos, Davids Hand mit einem Hüftschwung auszuweichen. „Du hast schon meinen edlen Scotch missbraucht, wenn du das jetzt auch mit dem Kaffee machst, kannst du ihn dir demnächst bei *McDonald* besorgen."

Trace sah die Lieblingsseiten seiner Zeitung neben seinem Teller liegen. Außerdem hatte David schon zwei Bagels getoastet, und der Frischkäse wartete nur darauf, dass Trace ihn darauf verteilte. Sie hatten schnell festgestellt, dass David das mit einer Hand unmöglich schaffte.

„So schlimm ist der Kaffee von *McDonald* auch nicht, seit sie die Marke gewechselt haben. Aber den besten Kaffee gibt's im *Waffle House*." Trace schnalzte zur Betonung genüsslich mit der Zunge, während er die Packung mit dem Frischkäse öffnete und ihn auf die Bagels strich – dicker auf seinem eigenen Bagel, etwas dünner auf Davids.

„Banause!", schimpfte David. „Wie kannst du nur meinen frisch gerösteten und handgemahlenen Spitzenkaffee mit dem Gesöff aus dem *Waffle House* vergleichen!" Er biss in den Bagel und versteckte sich hinter der Zeitung. Dann rutschte er auf seinem Stuhl hin und her, stützte sich schließlich mit dem Fuß auf Trace' Stuhl ab und schob seine nackten Zehen unter Trace' warmes Bein.

Trace rutschte ein wenig zur Seite, um Davids Zehen mehr Platz zu geben. Dann biss er ebenfalls in seinen Bagel und nahm das Ziehen, das Davids Berührung in seiner Magengrube auslöste, mit einem Achselzucken zur Kenntnis. „Wer von uns beiden ist denn hier der Restaurant-Kritiker? Es gibt in dieser Stadt keinen

Kaffee, den ich noch nicht probiert habe. Da sollte ich es doch wohl besser wissen, oder?", fragte er und faltete die Zeitung auf.

Die nächsten beiden Stunden verbrachten sie erst mit Davids Krankengymnastik, leerten dann eine große Kanne Kaffee und lasen drei verschiedene Zeitungen. Sie tauschten die einzelnen Rubriken untereinander aus, und außer einem gelegentlichen Kommentar zu einem Artikel war kein Ton zu hören. Nachdem sie auch die letzte Seite gelesen hatten, griff David seufzend nach seinem Laptop. „Ich sollte noch einige Sätze schreiben, bevor die Jungs nachher auftauchen. Du bleibst doch zum Pokern hier, oder?"

„Oh, ist das etwa eine offizielle Einladung?", fragte Trace mit einem breiten Lächeln. Die Idee gefiel ihm. Außer David hatte er in letzter Zeit kaum jemanden zu Gesicht bekommen, und er vermisste die Gesellschaft anderer Menschen. „Ich kann zwar immer noch nicht pokern, aber wenn du mir einen Schluck von deinem Scotch anbietest, bleibe ich gerne", meinte er augenzwinkernd. Dann lächelte er David an. „Und ich freue mich darauf, deine Freunde kennenzulernen."

David verzog grimmig das Gesicht. „Ich bin mir nicht so sicher. Wenn Matt sieht, wie du einen Scotch abkippst, für den er 400 Dollar bezahlt hat … vermutlich bringt er dich um. Und keiner wird es ihm übel nehmen. Oder er hilft dir nicht mehr, auf der nächsten Junggesellenauktion den Klauen der schönen Katherine zu entkommen … Aber für den Fall, dass du dich benehmen kannst, wäre es schön, wenn du bleibst."

Trace sah ihn unschuldig an. „Ich verspreche dir hoch und heilig, mich zu benehmen", sagte er mit ernster Stimme. Seine Augen blitzten und verrieten, dass er nur mühsam ein Lachen unterdrücken konnte.

„Na schön. Kannst du heute Nachmittag noch im Supermarkt vorbeifahren? Wenn wir uns darauf verlassen, dass die Jungs was mitbringen, müssen wir unser Abendessen in flüssiger Form zu uns nehmen. Und ich kann noch nicht fahren, wegen der verd … der tollen Schmerzmittel."

„Kein Problem. Ich muss nur erst für einige Stunden ins Büro und in die Innenstadt, weil ich einen Interviewtermin in einer Galerie habe. Aber danach fahre ich beim Supermarkt vorbei. Was soll ich mitbringen?" Trace lehnte sich zurück und trank den letzten Schluck Kaffee aus seiner Tasse. Dann wurde ihm schlagartig die Häuslichkeit ihrer Situation bewusst, und er musste lachen. Wer hätte gedacht, dass es sich so gut anfühlen würde?

„Ich mache dir eine Liste, während du unter der Dusche bist. Es ist dir vielleicht noch nicht aufgefallen, aber es ist gleich zehn Uhr." David lachte, als Trace erschrocken vom Stuhl aufsprang.

„Verdammt", fluchte Trace, drehte sich um und stellte seine Tasse ins Spülbecken. Dann verließ er fluchtartig die Küche.

9

DAVID WAR in der Küche damit beschäftig, Kaffee zu kochen und einen Kübel mit Eiswürfeln zu füllen. Dann nahm er Gläser aus dem Schrank und verteilte sie. Vor wenigen Minuten war Trace nach Hause gekommen, gerade noch rechtzeitig, bevor sie Davids Freunde erwarteten. Er war im Schlafzimmer verschwunden, um sich umzuziehen und frisch zu machen.

David öffnete eine Tüte Kartoffelchips und versuchte, sich von den Gedanken an Trace abzulenken, die ihm schon den ganzen Tag durch den Kopf geisterten. Sonst wäre er wahrscheinlich unter einem Vorwand ins Schlafzimmer gegangen, um einen Blick auf seinen Freund zu erhaschen. Trace hatte Rücksicht auf Davids Arm genommen und nur Snacks gekauft, deren Verpackung sich mit einer Hand öffnen ließ. Nach fast einem Monat musste David die dämliche Schlinge zwar nicht mehr ständig tragen, aber heute Abend wollte er sich nicht durch Schulterschmerzen vom Spiel ablenken lassen.

Er füllte die Chips in eine schwarze Tonschale und warf die leere Tüte in den Müll. Dann stellte er die Schale zu den anderen Snacks und Beilagen auf das Buffet, so dass sie sich bedienen konnten, wenn die Steaks fertig waren. Er wollte gerade ein Glas Oliven ins Wohnzimmer bringen, als er Trace hörte, der aus dem Schlafzimmer nach ihm rief.

„David? Hast du mein rotes Hemd gesehen? Es ist nicht im Schrank, aber ich bin mir sicher, dass ich es vor einiger Zeit mitgebracht habe."

„Ja", antwortete David und ging zur Waschmaschine. „Ich habe es gewaschen. Aber ich bringe es dir gleich vorbei." Er hatte das Hemd aufgehängt, nachdem er es aus dem Trockner genommen hatte. Jetzt nahm er es mitsamt Bügel von der Leine und machte sich damit auf den Weg ins Schlafzimmer. „Hier ist es."

Trace stand mit dem Rücken zur Tür und zog sich eine enge, schwarze Hose über die Hüften. „Danke", sagte er abwesend und ließ die Hose offen, um das Hemd reinstecken zu können. Dann drehte er sich zu David um und streckte die Hand nach dem Hemd aus.

David schluckte. Trace hatte sein weißes Bürohemd und die Krawatte schon ausgezogen und stand jetzt mit nacktem Oberkörper vor ihm. David starrte wie gebannt auf die muskulöse Brust und die schwarzen Haare, die in einer schmalen Linie in Trace' Boxershorts verschwanden. Als er den Blick wieder nach oben richtete, fiel ihm auf, dass sich Trace' Brustwarzen bei Davids Inspektion verhärtet hatten.

Was auch immer es war, das da zwischen ihnen ablief – es beruhte offensichtlich auf Gegenseitigkeit. Diese Erkenntnis durchfuhr David wie ein warmer Schauer, der sich in seinem Körper ausbreitete. Er sah Trace in die Augen. Trace wirkte vollkommen ruhig. David nahm das Hemd vom Bügel und machte einen Schritt auf ihn zu. Er wollte es ihm gerade um die Schultern legen, als es klingelte. Bedauernd sah er Trace an und zuckte mit den Schultern. Dann drehte er sich um, um zur Haustür zu gehen.

Trace ließ Davids interessierte Blicke bewegungslos über sich ergehen. Er konnte sie fast körperlich spüren, und ein Schauer durchfuhr ihn. Blinzelnd legte er den Kopf zur Seite, als im bewusst wurde, dass die Gefühle der letzten Nacht nicht auf den Whisky zurückzuführen waren. Er wollte gerade auf David zugehen, als es klingelte und Davids Miene einen Ausdruck des Bedauerns annahm. Trace fragte sich, was wohl passiert wäre, wenn die Klingel sie nicht gestört hätte. „David."

David zuckte zusammen, als er seinen Namen hörte. Sein Herzschlag hatte sich immer noch nicht von der Erregung beruhigt, die er beim Anblick von Trace' Körper verspürt hatte. Trace' Stimme klang tief, heiser und voller Verlangen. David musste lächeln. *Frag mich doch einfach. Frag mich, ob ich hier bleiben will, und ich lasse sie einfach vor der Tür stehen.* Für einige Sekunden lag ein angespanntes Schweigen in der Luft. „Ich gehe jetzt besser und mache ihnen die Tür auf", murmelte David schließlich.

Trace ging einige Schritte auf David zu und nahm ihm das Hemd ab, das der immer noch in der Hand hielt. Davids Blicke und der raue Ton seiner Stimme ließen ihn lächeln. Trace hätte nie erwartet, dass es sich so gut anfühlen konnte, von einem Mann begehrt zu werden. „Danke. Und jetzt verschwinde", sagte er. „Ich komme gleich nach."

Mit den Gedanken immer noch bei Trace, machte David sich auf den Weg durch den Flur und die Küche, um Patrick und John die Tür zu öffnen. Jared war ebenfalls angekommen und parkte gerade seinen Wagen in der Einfahrt. Matt würde sich verspäten – wie immer.

John zog seine Jacke aus und legte besorgt die Stirn in Falten, als er David ansah und die Schlinge bemerkte. „Alles in Ordnung?", fragte er.

David lächelte beruhigend. „Du kannst deinen Arztkoffer ruhig im Wagen lassen, John. Die Verletzung liegt schon einige Wochen zurück. Sie ist auf bestem Weg zur Heilung, aber noch etwas empfindlich."

„Empfindlich? Du hast dir die Schulter gebrochen", warf Trace ein, der sich gerade an den Tisch gesetzt hatte. David sah ihn an. Trace hatte das Hemd in die

Hose gesteckt und ein schwarzer Gürtel betonte seine schlanke Taille. Die beiden oberen Hemdknöpfe hatte er offen gelassen, die offenen Haare hinter die Ohren geschoben. Seine Kleidung war leger, aber trotzdem gut gestylt. Damit passte er wunderbar in ihre Gruppe. Davids andere Freunde kamen direkt von der Arbeit, und obwohl sie gut gekleidet waren, wirkten sie etwas zerknittert.

David warf Trace einen düsteren Blick zu, der allerdings mehr Zuneigung als Ärger signalisierte. „Ja. Empfindlich. Jetzt lasst uns ins Esszimmer gehen. Jungs, das ist Trace. Trace, das sind John und Patrick." David strich Trace mit der Hand über den Bauch und die Hüfte, als er an ihm vorbeiging und im Esszimmer verschwand.

Sie gingen zu dem großen, dunkelgrauen Marmortisch, und Patrick zog David zur Seite. „Dein neuer Freund?", fragte er mit bedeutungsvollem Blick.

David fühlte sich etwas beklommen. Er hatte nicht darüber nachgedacht, wie seine neugierigen Freunde wohl auf seine Beziehung zu Trace reagieren würden. Ihre gedankenlosen Witze und Anspielungen konnten sich verheerend auf die neuen, noch sehr zarten Bande auswirken, die sich zwischen ihm und Trace woben. „Mein Gott, nein", sagte David betont gelassen und holte eine Flasche aus der Bar, um sie zu den anderen aufs Buffet zu stellen. „Du kennst doch meinen Typ. Trace ist einer meiner besten Freunde. Er hilft mir wegen meiner Verletzung aus. Das ist mehr, als ich von euch erwarten kann. Ihr meldet euch ja nur, wenn der nächste Pokerabend ansteht."

Trace hatte Davids leise Antwort gehört, und obwohl er Patricks Frage nicht verstanden hatte, konnte er sie sich denken. Er fühlte sich irritiert und verstört durch den kurzen Dialog. Und das lag nicht an der Antwort selbst, sondern an der Enttäuschung, die er dabei empfand.

Er musste kurz die Augen schließen, als er sich an die Reaktion seines Körpers auf Davids Blicke erinnerte. *Wow.* Die Spannung zwischen ihnen war mit Händen greifbar gewesen. Er spürte sie schon seit einiger Zeit, und sie war immer stärker geworden. Trace wollte dieses Gefühl nicht mehr aufgeben – dieses Verlangen, dass ihn überkommen hatte, als Davids Augen nur noch ihn zu sehen schienen.

Nachdenklich legte Trace den Kopf zur Seite. Dieses Gefühl war kein Zufall gewesen und es lag auch nicht an den besonderen Umständen. Dazu hatte er es schon zu oft verspürt. Es kam immer öfter und wurde immer stärker. Er fuhr sich mit der Hand über den Bauch – dort, wo David ihn vor wenigen Minuten berührt hatte. Dann erinnerte er sich daran, dass sie immer noch die besten Freunde waren. *Daran wird sich auch nichts ändern.*

Mit dieser Gewissheit ging Trace in die Küche, um den Eiskübel zu holen. Als er ins Esszimmer kam, suchten sich die Jungs gerade ihre Plätze an dem großen Tisch. Sie hatten sich schon Getränke besorgt und schienen bei bester Laune zu sein. Jared fing an, die Karten zu mischen. Trace machte sich auf den Rückweg in die Küche, um den Rest der Flaschen zu holen. Er blieb stehen, als er hinter sich eine Stimme hörte.

„Trace! Na, das nenne ich aber eine Überraschung."

Trace drehte sich lächelnd um. „Hallo, Matt. Willkommen zur Party. Ich habe schon davon gehört, wie du diese Trunkenbolde regelmäßig abzockst. Aber ich wusste nicht, dass du außer dem Fotografieren auch noch andere Talente hast."

„Oh, ich habe viele Talente. Du kannst David ja demnächst danach fragen", erwiderte Matt und grinste David anzüglich an. Die anderen brachen in lautes Grölen aus. Sie waren die ständigen Anspielungen und das scherzhafte Flirten zwischen Matt und David gewohnt. Trace genoss ihre Plänkeleien ebenfalls. Er hatte das Gefühl, unter Freunden zu sein.

„Gehört die Entführung von unschuldigen Haustieren auch dazu?", schoss Trace zurück.

„Entführung von Haustieren?", fragte Patrick.

Matt lachte und suchte sich abwinkend einen freien Stuhl. „Ich war nur der Komplize, das kann ich beschwören. Aber Talente habe ich trotzdem."

„Und Pünktlichkeit gehört nicht dazu. Klappe halten und austeilen!", befahl David. Nachdem sich alle ein Drink geholt und die Krawatten gelockert hatten, setzten sie sich wieder an den Tisch. David beobachtete Trace, der sich ihm gegenüber ans andere Tischende setzte.

„Ich will keine Karten, ich bin zur Zuschauer", meinte Trace, als Matt ihm ein Glas Wodka reichte.

„Oh nein, das geht nicht. Zuschauer sind nicht zugelassen. Wer am Tisch sitzt, muss auch mitspielen", neckte Patrick und deutete auf den Stuhl an seiner Seite. „Ich helfe dir."

Trace warf ihm einen zweifelnden Blick zu, wechselte aber den Platz. „Von mir aus. Aber ihr seid gewarnt. David hat schon versucht, mir einen Crashkurs zu geben. Es ist nicht sehr gut ausgegangen." Er rückte seinen Stuhl näher an den Tisch und sah David an.

„Ich bin ein besserer Lehrer als David. Stimmt doch, Jungs, oder?", fragte Patrick in die Runde, erntete mit seinen Worten aber nur Hohn und Spott. Dann gab jeder einige Plastikchips ab, damit Trace einen Einsatz hatte.

David hatte sich zur Seite gelehnt, um mit Matt zu reden. Als er sah, wie Patrick seine ganze Aufmerksamkeit auf Trace konzentrierte, fühlte er sich unbehaglich. Der Physiotherapeut hatte seinen Stuhl zu Trace hin gedreht, und David war sich sicher, dass sich ihre Beine berührten. Außer ihm und Matt war Patrick der einzige in ihrer Gruppe, der sich auch für Männer interessierte. Er war vielleicht nicht schwul, aber definitiv bisexuell. Und Trace war heute Abend so unwiderstehlich.

Trace wunderte sich darüber, wie eng David und Matt ihre Köpfe zusammensteckten. *Nein, nicht Matt.* Das wäre ihm aufgefallen. David hatte nur gesagt, dass sie beide eine gemeinsame Vergangenheit hätten. Aber auf die

Gegenwart traf das mit Sicherheit nicht zu. Trace konzentrierte sich wieder auf Patrick, der den Arm auf den Tisch gelegt hatte und sich zu ihm neigte, um ihm taktische Tipps zu geben. Und der dabei offensichtlich mit ihm flirtete. Dann stellte Patrick ihm eine Frage zu seinen Karten, und Trace musste sich ein Grinsen verkneifen. *Kann ja nicht schaden, wenn ich etwas zurückflirte.*

John hatte gerade einige Chips in die Tischmitte geworfen, um den Einsatz zu erhöhen, da tauchte wie aus dem Nichts Mabel auf. Sie sprang mit einem mächtigen Satz auf den Tisch. Chips und Karten flogen in alle Richtungen durch die Luft. Patrick und Matt konnten gerade noch ihre Gläser festhalten, bevor die auch umfielen.

„Mabel", sagte Trace mit strenger Stimme. Dann stand er auf und versuchte, sie einzufangen.

„Mabel?", wiederholte Jared ungläubig.

„Ah, das entführte Haustier", meinte Patrick. „Ich verstehe."

„Großer Gott, das war der Schock meines Lebens", stöhnte Matt. David bewarf ihn zur Strafe mit Karten.

Mabel fauchte und fuhr die Krallen aus, während Trace sie noch immer einfangen wollte. Aber sie entkam ihm, lief um den Tisch und sprang auf Davids Schoß. Dort machte sie es sich gemütlich und fing an, sich die Pfoten zu lecken.

Matt grinste. „So ist das also."

„Sie liebt ihn mehr als mich", jammerte Trace und ließ sich wieder auf seinen Stuhl fallen.

„Ich wusste gar nicht, dass du eine Katze hast", sagte John zu David und fing an, die Chips wieder zu sortieren.

„Hat er auch nicht", antwortete Matt, während David im selben Augenblick erklärte: „Sie gehört Trace."

„Sieht aber nicht so aus", erwiderte Patrick. John und Jared lachten.

„David hat sich eine Frau geraubt", kicherte Matt.

David gab Matt mit seiner gesunden Hand einen Schlag auf die Brust. Dann streichelte er Mabel.

„Aber sie hat unbestreitbar Geschmack", murmelte Trace. Patrick, der gerade etwas trinken wollte, verschluckte sich und fing laut zu lachen an.

Jared verteilte die Karten neu. „So, wir können weiterspielen", gab er bekannt.

Trace hatte nicht den Eindruck, als ob Mabel ihren gemütlichen Logenplatz in nächster Zeit wieder verlassen wollte. Seufzend beobachtete er, wie Davids Hand über ihr Fell strich. Was eben noch Eifersucht gewesen war, hatte sich in Begehren verwandelt.

DAS LEICHTE Unbehagen, das David verspürt hatte, als er Patrick und Trace zusammen beobachtete, verstärkte sich im Laufe der nächsten Stunden kontinuierlich. Sie hatten eine Pause eingelegt, um die Steaks zu essen, die Jared gegrillt hatte. Danach nahmen sie ihr Spiel wieder auf. Patricks Aufmerksamkeit war immer noch auf Trace gerichtet, und hatte im Verlauf des Abends nicht für einen einzigen Moment nachgelassen. Es ging David zunehmend auf die Nerven. Und es war ihm keine Hilfe, dass er keine Erklärung dafür hatte.

David spürte einen Tritt ans Schienbein, dann lehnte sich Matt zu ihm herüber und flüsterte ihm warnend ins Ohr: „Du solltest dein Pokerface wiederfinden, sonst gewinnst du heute Abend nichts mehr. Es fällt schon auf."

David gab das vierte Spiel in Folge verloren und warf die Karten auf den Tisch. „Ich bin draußen." Pokern erforderte Konzentration und Aufmerksamkeit. Und die waren auf die beiden Männer am anderen Ende des Tisches gerichtet. Patrick, der schon vor David ausgestiegen war, hatte sich über Trace' Schulter gebeugt und gab ihm leise Tipps für sein Spiel.

„Zeit für den Nachtisch. Komm mit, David. Du kannst mir helfen", sagte Matt und warf ebenfalls die Karten auf den Tisch. Dann schob er seinen Stuhl zurück und stand auf.

Matt zeigte seinen üblichen Mangel an Feingefühl und David verdrehte die Augen. Aber er stand trotzdem auf, schnappte sich den leeren Eiskübel und folgte Matt in die Küche. Er wollte kein Risiko eingehen und Matts vorlautes Mundwerk nicht weiter provozieren. Man wusste nie, was ihm sonst noch alles einfiel.

In der Küche drehte Matt sich zu ihm um. „Hast du was mit Trace?", fragte er David in seiner typischen, direkten Art. Aber immerhin hatte er die Lautstärke gesenkt.

„Das wüsste ich", erwiderte David und öffnete den Kühlschrank. Er deutete auf die Schachtel aus der *Cheesecake Factory*.

„*Du* weißt es vielleicht nicht. Aber das liegt wahrscheinlich daran, dass du es nicht sehen willst", meinte Matt und stellte die Schachtel mit dem Kuchen auf den Küchentisch. „Zwischen euch beiden fliegen die Funken wie bei einem Feuerwerk. Und Patrick genießt es, weil du selbst es nicht wahrhaben willst."

„Vielleicht hat die Zeit mit mir Trace auf den Gedanken gebracht, Männer mit neuen Augen zu sehen. Zumindest verhält er sich Patrick gegenüber anders, als er es noch vor einem Monat getan hätte", gab David zu und stellte die Teller auf den Tisch. Er gab sich betont gleichgültig.

„Die Zeit mit dir? Seit wann verbringt ihr denn eure Zeit miteinander? Und wann seid ihr das letzte Mal zum Essen ausgegangen? Das war eine ziemlich intime Angelegenheit für zwei Männer, die nur befreundet sind", ließ Matt nicht locker. „Und wieso hast du noch nie über ihn gesprochen?"

„Wir sind schon sehr lange befreundet. Aber es hat sich einfach nie ergeben, dass ich ihn euch vorstellen konnte", sagte David, obwohl ihm klar war, dass es sich nicht sehr überzeugend anhörte. „Ich habe dir doch gesagt – er war einfach da, als ich ihn wegen meiner gebrochenen Schulter gebraucht habe. Er ist eben ein guter Freund."

Matt sah David nachdenklich an. „Ich sollte es einem Fulbright-Stipendiaten wie dir eigentlich nicht extra erklären müssen. Aber wenn sich jemand vier Wochen lang um einen übellaunigen Kerl wie dich kümmert, dann tut es das nicht nur aus Freundschaft. Also, raus damit. Ihr seid mehr als nur Freunde, oder?", hakte er nach.

David und Matt hatten es vor Jahren mit einer Beziehung versucht. Aber es war ihnen bald klar geworden, dass sie als Freunde besser zusammen passten. Und Freunde waren sie geblieben. Deshalb erkannte Matt sofort, wenn David an einem Mann interessiert war. David lehnte sich mit der Hüfte an den Kühlschrank. „Na ja … vielleicht. Aber der Abend in dem Restaurant war rein geschäftlich. Trace musste eine Kritik darüber schreiben. Aber es hat sich was entwickelt", gab David kleinlaut zu. „Es ist wirklich peinlich. Ich sollte mich in meinem Alter nicht mehr in heterosexuelle Männer verlieben."

„Oder in ihre Katzen." Matt nahm einige Servietten von der Ablage und warf einen unauffälligen Blick ins Esszimmer, wo die anderen immer noch mit ihrem Spiel beschäftigt waren. David wusste genau, was es da zu sehen gab. Patrick war immer noch am Flirten, und John und Jared amüsierten sich köstlich darüber. Trace ermutigte Patrick vielleicht nicht gerade, aber er genoss die Aufmerksamkeit sichtlich. Matt sah mit einem leichten Lächeln auf den Lippen zu, wie Trace Patricks Flirten subtil erwiderte. Er drehte sich zu David um und sah ihn amüsiert an. „Und du bist dir ganz sicher, dass er nicht schwul ist?"

„Nein, bin ich nicht", sagte David stöhnend. „Im Moment bin ich mir nur sicher, dass er neugierig und wahrscheinlich für alle Optionen offen ist." Er hätte selbst gerne gewusst, wie es dazu gekommen war.

Matts Lächeln wurde breiter und seine Augen blitzten. „Könnte es vielleicht sein, dass er diese Neugierde *dir* zu verdanken hat?", fragte er und wackelte anzüglich mit den Augenbrauen.

„Perversling," wies David ihn zurecht, aber er wusste selbst, dass es nicht sehr überzeugend klang. Dann sah er, wie Trace lachend den Kopf auf Patricks Schulter legte. „Ich kann mir nicht vorstellen, dass ich dafür verantwortlich bin. Aber Trace hat sich offensichtlich entschlossen, auf eine Entdeckungsreise zu gehen", meinte er nachdenklich.

„Es hat dich ziemlich erwischt, stimmts?", flüsterte Matt kopfschüttelnd und sah wieder ins Esszimmer. „Mann, es ist kein Geheimnis, dass Trace für sein Leben gern flirtet. Er hat schon so viele Frauen gehabt, und jede einzelne davon würde Himmel und Hölle in Bewegung setzen, um ihn wieder zurückzubekommen." Er legte David freundschaftlich eine Hand auf die Schulter und füllte mit der anderen Eis in ihre Gläser. „Überleg doch mal: Er war für dich da. Er ist sogar hier eingezogen, um dir zu helfen. Ich möchte wetten, er macht dir sogar die Hose zu. Patrick hat wirklich keine Chance."

David wurde rot. Matt hatte Recht. Er bemerkte oft kleine Dinge, die andere einfach übersahen. Das war David schon oft an ihm aufgefallen. „Warum hat Patrick keine Chance?", fragte er seinen Freund.

Matt fing wieder an zu lachen, während er eine neue Flasche Scotch holte. „Weil Trace zwar lacht und flirtet, aber dabei die Küche nicht aus den Augen lässt, um uns zu beobachten. Nein, das ist falsch formuliert. Er beobachtet *dich*. Und das geht schon so, seit ich das Haus betreten habe."

„Es ist sehr lange her, dass ich solche Gefühle hatte. Aber ...", David lächelte wehmütig und sah Matt an. „Das muss ich dir nicht erzählen, oder?"

Matt prostete David mit seinem frisch gefüllten Glas zu. Dann ging er augenzwinkernd zurück ins Esszimmer und ließ David mit seinen Gedanken allein. David konnte hören, wie er die Jungs fragte, was er verpasst hätte und warum seine Chips weniger geworden wären.

Trace sah, wie Matt das Zimmer betrat, und verzog das Gesicht, weil David nicht mitgekommen war. Versteckte David sich etwa in der Küche? So lange konnte es doch nicht dauern, einige Teller für den Nachtisch aus dem Schrank zu holen. Selbst mit einer Hand nicht. Vielleicht brauchte David Hilfe und wollte es vor seinen Freunden nicht zugeben? Eine Minute später warf Trace ungeduldig die Karten auf den Tisch und stand auf, obwohl er einen Dreier auf der Hand hatte. Er entschuldigte sich mit seinem leeren Glas und ging in die Küche.

Matts wissendes Lächeln fiel ihm dabei nicht auf.

„David? Alles in Ordnung?", erkundigte sich Trace, als er die Küche betrat.

„Ja. Ich muss nur noch den Käsekuchen auspacken, damit wir ihn aufschneiden können", antwortete David und hielt ihm die Flasche mit dem Scotch hin. „Willst du noch einen? Du musst ja nicht fahren."

„Ja, danke", erwiderte Trace. Er ging zu David an die Küchentheke und sah ihn an. Davids blonde Haare waren etwas verstrubbelt, wahrscheinlich, weil er sich beim Spielen ständig mit der Hand über den Kopf fuhr. Das gebügelte Hemd mit den hochgekrempelten Ärmeln stand ihm gut, und es passte prima zu der schwarzen Hose.

Er sah zu, wie David ihm Whisky nachfüllte. Dann sagte er: „Deine Freunde sind zum Schießen."

„Hmm", brummte David nur. „Im Moment habe ich mit einem von ihnen ein kleines Problem." Dann stieß er sich ohne jede Vorwarnung von der Theke ab, an die er sich gelehnt hatte, drückte Trace mit dem Rücken an den Schrank und klemmte ihn mit seinem eigenen Körper dort fest.

Trace riss die Augen auf, als sein Hintern an den Schrank prallte und ihm der Whisky über die Finger schwappte. „Ein Problem?", fragte er und sah David ins Gesicht. Diese dominante Seite hatte er an David noch nie erlebt, und sie gefiel ihm. Fast erwartete er, dass David ihn an sich reißen und ihm einen leidenschaftlich Kuss geben würde. Aber er wusste es besser.

„Ich glaube, ich werde in letzter Zeit zunehmend unduldsam." David strich Trace mit den Fingerspitzen die Haare aus dem Gesicht. „Und zwar jedem gegenüber, der dich anfasst." Er lehnte sich nach vorne, bis sich ihre Nasen fast berührten. „Jedem, außer mir", knurrte er.

Davids Stimme, die Hitze seiner Nähe und der Druck seines gutgebauten Körpers ließen Trace wider Willen erzittern. Er konnte den Blick nicht von Davids blauen Augen wenden, die ihn durchdringend ansahen. Davids besitzergreifende Worte hatten ihn erregt und ließen ihn seine eigenen Gefühle, die der Anblick von David und Matts scherzhaftem Geplänkel ausgelöst hatte, in einem neuen Licht sehen. Wollte er das?

Seine Frage beantwortete sich von selbst, als ihn eine neue Welle des Verlangens durchfuhr. „Unduldsam?", fragte er und griff vorsichtig – er hatte immer noch den Whisky in der Hand – nach Davids Arm. *Ja.* Ja, er wollte es. Er wollte David noch näher an seinem Körper fühlen, wollte die Hitze seiner Haut spüren.

„Mehr als Unduldsamkeit bleibt mir nicht. Ich weiß ja nicht mal, ob du überhaupt willst, dass ich dich anfasse." David strich sanft mit dem Daumen über Trace' Wange. „Oder willst du es?", fragte er. „Willst du von mir berührt werden?"

Trace war sprachlos. Er wurde verführt, wurde nach allen Regeln der Kunst verführt. Und es war wunderbar. Davids Anziehungskraft und seine sanften Berührungen zogen ihn in ihren Bann. Er ließ seine Hand über Davids gesunde Schulter gleiten und neigte den Kopf zur Seite. *Verdammt, warum eigentlich nicht?* Trace hob den Kopf und presste seinen Mund an Davids Lippen, wollte endlich wissen, wie sich die Leidenschaft, die sich in Davids Augen spiegelte, anfühlte. David neigte stöhnend den Kopf, um Trace' Mund noch näher an seinem zu spüren. Dann strich er ihm zart mit den Fingern über die Brust und legte ihm die Hand auf die Hüfte.

„David, du bist dran!", rief Matt aus dem Esszimmer. Seinem Tonfall nach schien er sich köstlich zu amüsieren. David und Trace fuhren erschrocken auseinander und sahen zur Tür. Glücklicherweise war dieser Teil der Küche vom Esszimmer nicht einzusehen.

Trace blickte David in die Augen. „Ja, ich will es", flüsterte er heiser und lächelte David übermütig an. Dann schlenderte er ins Wohnzimmer zurück und versuchte, sich das leichte Zittern seiner Hände und seinen rasenden Herzschlag nicht anmerken zu lassen. Er hätte nie gedacht, dass es so erregend sein könnte, einen Mann zu küssen. Aber er hatte auch nicht irgendeinen Mann geküsst, sondern *David*. Daran musste es liegen.

Trace setzte sich an seinen Platz und stellte das Whiskyglas auf den Tisch. Während er den anderen bei ihrem Spiel zusah und ihren Scherzen zuhörte, holte er tief und langsam Luft, um seine Atmung wieder unter Kontrolle zu bekommen. Fast hätte er es geschafft, als David das Zimmer betrat und sich über seine Schulter beugte. Er spürte, wie Davids Finger ihm durch die Haare glitten und sie zu Seite schoben. Dann fühlte er Davids warmen Atem an seinem Ohr.

„Wahrscheinlich wäre ich ein schlechter Gastgeber, wenn ich sie jetzt alle rausschmeiße. Was meinst du?", flüsterte David ihm mit konspirativem Tonfall ins Ohr. Trace lief ein Schauer über den Rücken, als er Davids Lippen spürte, die ihm sanft über den Hals glitten. Wärme breitete sich in seinem Körper aus und das Verlangen flammte wieder in ihm auf.

David ließ seinen Freunden gegenüber nicht die geringsten Zweifel aufkommen, welche Gefühle er für Trace hegte.

Trace schloss die Augen und rang um Fassung. Als er sie nach einigen Sekunden wieder öffnete, konnte er das Versprechen erkennen, das in Davids strahlenden Augen lag.

Mit einem bedauernden Kopfschütteln warf Patrick einige Chips in Matts Richtung, der daraufhin in Kichern ausbrach. David setzte sich wieder auf seinen Platz und warf Matt einen übertrieben finsteren Blick zu. „Verräter!", beschimpfte er ihn und gab ihm einen Schmatz auf die Wange. Dann sammelte er die Chips ein, die Patrick nach Matt geworfen hatte.

„Hey!", beschwerte sich Matt.

„Wenn ihr auf mich gewettet habt, verlange ich meinen Anteil an eurem Einsatz."

„Verdammt, schon wieder verloren", stellte Patrick gutgelaunt fest. „Aber wenn du ihn nicht glücklich machst, hole ihn mir von dir zurück, David", warnte er.

John und Jared lachten. John deutete amüsiert auf Trace, der gerade die Karten mischte und vor Verlegenheit rot angelaufen war. Er hatte es nicht verhindern können. Allein der Gedanke an Davids Lippen auf seinem Hals war schwindelerregend.

„Kannst du ja versuchen", konterte David und verteilte die Karten. Sie flogen nur so über den Tisch, als Mabel wieder auftauchte und mit einem lauten Plumps auf den Tisch sprang.

„Auweia!", rief John und konnte gerade noch sein Whiskyglas in Sicherheit bringen.

„Sie hält es offensichtlich nicht ohne dich aus, David", lachte Patrick und sammelte die Chips ein.

„Womit sie eindeutig beweist, dass sie Trace' Katze ist", sagte Matt mit einem bösartigen Grinsen. „Dem geht es genauso. Wie der Herr, so's Gescherr."

Patrick, Jared und John drehten sich wie auf Kommando zu Trace um und sahen ihn erwartungsvoll an. Der räusperte sich und presste die Lippen fest zusammen. Er war fest entschlossen, nicht wieder rot zu werden. „Sie könnte genauso gut David gehören", murmelte er und zeigte bedeutungsvoll auf Mabel, die es sich wieder auf Davids Schoß gemütlich gemacht hatte und anfing, ihm die Finger zu lecken.

Matt lachte. „Seht ihr, Jungs? Jetzt hat David doch noch ein Stück Muschi abbekommen."

Der Rest der Runde bewarf Matt buhend mit Chips und sammelte dann die Karten wieder ein. Trace spürte zwar die Blicke, die sie ihm von der Seite zuwarfen, aber er fühlte sich von Davids Freunden akzeptiert. Lächelnd sah er

David an, der in der linken Hand die Karten hielt und mit der rechten vorsichtig über Mabels Rücken streichelte. Davids Anblick machte es ihm leicht. Er war immer für ein Lächeln gut.

Der Rest des Abends verlief genauso gutgelaunt – eigentlich noch besser, denn die Witze und Hänseleien erreichten einen neuen Höhepunkt. Trace fiel auf, dass Patricks Flirtversuche zwar nachließen, aber nicht ganz aufhörten. Das Flirten lag offensichtlich in seiner Natur. Trace genoss es ebenso, wie die Anspielungen der anderen Männer. Aber am meisten genoss er, David dabei zu beobachten.

„Du spielst wesentlich besser, als du behauptet hast, Trace", meinte Jared, als sie mit dem Aufräumen begannen. Trace verbeugte sich vor ihm, zwei Gläser mit geschmolzenen Eiswürfeln in den Händen.

„Ich bin mir sicher, wir werden noch oft zusammen pokern", kommentierte Matt und sammelte kichernd seine Gewinne ein. „Und das ist auch gut so. Dann ist David abgelenkt und spielt nicht so gut wie sonst."

Trace tat so, als hätte er Matt nicht verstanden, und sah mit fragendem Blick in Richtung Küche. Dort war David gerade damit beschäftig, Mabel von den Resten ihres Buffets fernzuhalten, während er Jared Anweisungen gab, wo er sie verstauen sollte.

„Komm schon, tu' nicht so unschuldig", meinte Matt. „Ich habe euch den ganzen Abend beim Flirten beobachtet, nachdem David seinen Anspruch auf dich deutlich gemacht hat. Es war subtil und zurückhaltend, aber es war nicht zu übersehen."

Matts Worte machten Trace etwas nervös. Er war sich selbst noch nicht sicher, auf was er sich heute mit David eingelassen hatte. Er wusste nur, dass es sich aufregend neu anfühlte und so ganz anders war, als seine bisherigen Erfahrungen. Trace gestand sich seine Unsicherheit offen ein. Hatte er sich darauf eingelassen, weil sie sich schon so lange kannten, und weil die plötzliche Anziehung zwischen ihnen nur ein neuer Aspekt ihrer Freundschaft war? Oder einfach nur deshalb, weil David ein Mann war? Dieser Gedanke gefiel Trace gar nicht. So oberflächlich wollte er nicht sein.

„Hör endlich auf, ständig nachzudenken", sagte Matt mitfühlend. Trace sah ihn erschrocken blinzelnd an. Aber Matt lächelte ihn nur beruhigend an. „Es geht bestimmt gut aus. Er liebt dich jetzt schon."

„Natürlich tut er das. Wir sind schließlich Freunde", erwiderte Trace ohne zu zögern.

Matts Augen funkelten. „Natürlich!", antwortete er geduldig und sammelte die Geldscheine ein, um sie in seinem Portemonnaie zu verstauen. „Hey, David!", rief er dann. „Ich bestehe darauf, dass Trace das nächste Mal wieder mitspielt. Ich habe noch nie so viel gewonnen wie heute!"

„Es war auch deine einzige Chance", schallte Davids trockene Antwort durch den Flur.

Matt ging lachend in die Küche und Trace folgte ihm. „Dann freue ich mich jetzt schon darauf, es in Zukunft ab und zu wiederholen zu können", frotzelte Matt und umarmte David vorsichtig zum Abschied. Dann machte er sich mit Jared, seinem Fahrer für diesen Abend, auf den Weg zur Tür. Ein anerkennender Pfiff, als Jared David und Trace zuzwinkerte, war das letzte, was sie von Matt hörten.

Trace, die Whiskygläser immer noch in beiden Händen haltend, sah Matt wortlos nach, als der die Eingangsstufen hinab zum Auto ging. Wenn Matt seine heutigen Gewinne nicht für ein einmaliges Erlebnis hielt, rechnete er offensichtlich damit, Trace noch oft hier zu sehen. War das möglich?

Zu seiner eigenen Überraschung beantwortete sich Trace diese Frage mit einem uneingeschränkten ‚Ja'. Und das nicht nur, weil ihm der Pokerabend mit Davids Freunden Spaß gemacht hatte – nein, auch wegen der Gefühle, die David in ihm geweckt hatte, als er ihn in der Küche an den Schrank gepresst und später vor versammelter Runde in den Nacken geküsst hatte. Bei dem Gedanken spürte Trace, wie das Verlangen wieder von ihm Besitz ergriff.

Mein Gott! Wenn ihm das bei einer Frau passiert wäre, hätte er ihr jetzt schon die Kleider vom Leib gerissen und sie – trotz Chips und Karten – auf den Tisch geworfen, um sie zu vernaschen. Und das wäre erst der Beginn einer ereignisreichen Nacht gewesen, die sie in seinem Bett fortgesetzt hätten.

„An was denkst du?", fragte David, trat an seine Seite und streifte dabei mit dem Oberkörper Trace' Arm. Trace nahm ein Glas vom Tisch, rührte sich aber nicht von der Stelle.

„An dich", beantwortete Trace Davids Frage mit einem offenen Lächeln.

David spürte das Prickeln der Gänsehaut, die ihm über den Rücken lief. Er hob vorsichtig seinen rechten Arm und streichelte mit dem Daumen über Trace' Wange. Er begehrte seinen Freund mit einer Leidenschaft, wie er sie seit Jahren nicht mehr empfunden hatte. David stellte sein Glas ab und nahm dann auch Trace die Gläser aus den Händen, um sie auf die Ablage zu stellen. Als sie beide Hände frei hatten, zog er Trace an sich. „Du musst mir sagen, was du willst", flüsterte David ihm zu und schob die langen Haare zur Seite, um ihm die Hand in den Nacken zu legen und ihn zu streicheln. „Ich will nichts voraussetzen, was deine Grenzen überschreitet."

Trace Augenlider senkten sich, als sein Verlangen durch Davids sanfte Berührungen neu entfacht wurde. „Ich habe keine Ahnung, was ich will", gestand er. „Aber es ist ein wunderbares Gefühl, und ich will nicht, dass es wieder aufhört. Können wir nicht einfach abwarten, was passiert?"

David zog Trace noch näher an sich heran und drückte ihn fest an seine Brust. Dann vergrub er sein Gesicht in dem langen Vorhang der dunklen Haare und fuhr Trace mit den Lippen über den Hals. „Was immer du willst. Langsam und ohne jede Eile. Wir lassen uns einfach überraschen", flüsterte David, und seine Zunge glitt über Trace' Schlüsselbein und hinter sein Ohr, bis Trace spürbar

93

erschauerte. „Gott, wie gut du riechst. Ich würde dich am liebsten von oben bis unten ablecken." Gerade noch hatte David Trace versprochen, dass sie sich Zeit lassen konnten, und jetzt ... aber es war die Wahrheit. Er saugte zärtlich an der empfindlichen Stelle hinter Trace' Ohr und griff nach seiner Gürtelschlaufe, um ihn noch näher an sich zu ziehen. Ihre Hüften berührten sich.

Ein tiefes Brummen drang aus Trace' Brust. Er legte seinen Arm um David und neigte den Kopf leicht zur Seite, um David damit zu ermutigen. „Langsam und ohne jeder Eile", wiederholte er mit tiefer Stimme Davids Worte. Dann schnurrte er genüsslich und fuhr fort: „Ich glaube, ich werde gerade verführt. Oder?"

David lachte leise. Es war ein tiefes, männliches Lachen, dass sich in jeder Faser seines Körpers festsetzte und ihn zum Schwingen brachte. „Ich hätte eher vermutet, dass du mich verführst." Dann verstummte er und sein Mund widmete sich wieder den Liebkosungen, mit denen er Trace Hals bedeckte. Sie ließen ihre Unterkörper kreisen und rieben sich rhythmisch aneinander.

Trace presste sich leise keuchend an Davids Hüften. „Oh nein, das machst du ganz alleine. Ich wüsste gar nicht, wie ich es anstellen sollte. Oder geht das bei einem Mann genauso wie bei einer Frau?" Er ließ seinen Arm über Davids Rücken nach oben gleiten und legte ihm die Hand in den Nacken.

David trat einen Schritt zurück und griff bestimmt nach Trace' Hand. Dann zog er ihn zum Schlafzimmer. „Das können wir ganz leicht herausfinden."

Trace sah ihn ungläubig an. „Wenn du eine Frau wärst, würde ich dich ganz sicher nicht so durch den Flur zerren", sagte er lachend.

„Nein?", fragte David mit belegter Stimme. Dann zog er Trace wieder an sich und drückte ihn an die Wand. „Dann zeige mir doch, wie du es machen würdest."

Trace nahm Davids Herausforderung mit funkelnden Augen an. Er holte tief Luft, um sich etwas zu beruhigen. Dann presste er sich an Davids Körper, bis seine Hände an dessen Brust das einzige waren, das noch zwischen ihnen Platz fand. Langsam knöpfte er Davids Hemd auf und rieb ihre Wangen aneinander. Dabei bewegte er sich gerade so viel, dass sich ihre Lippen sanft berührten. Dann presste er den Mund leicht auf Davids Lippen und ließ seine Finger genüsslich über jeden Zentimeter von Davids nackter Brust gleiten, den er freilegte.

David begann zu stöhnen, als sich Trace' feuchter, warmer Mund mit seinem vereinigte. Trace hob leicht den Kopf, bis nur noch Bruchteile von Millimetern ihre Lippen trennten, die sich, wie von einer magnetischen Kraft angezogen, wieder vereinigen wollten. Davids Brustwarzen hatten sich fast schmerzhaft verhärtet, als Trace endlich den letzten Knopf des Hemds erreichte und öffnete.

Mit einem sinnlichen Schnurren ließ Trace eine Hand unter Davids Hemd gleiten und streichelte über die warme Haut. Dann legte er sie mit sanftem Druck auf Davids Brustwarze. „Du hast meine Frage nicht beantwortet", hauchte er und ließ die Handfläche langsam über Davids Nippel kreisen.

„Welche Frage?", wollte David wissen. Sein Atem ging keuchend, als Trace Finger wieder und wieder über seine sensiblen und mittlerweile steinharten Nippel rieb. Er konnte sich beim besten Willen nicht mehr erinnern, worüber sie gesprochen hatten.

Trace lachte leise. „Mann, oh Mann", sagte er mit lasziver Stimme. „Das ist wirklich bemerkenswert." Er neigte den Kopf leicht zur Seite und fuhr mit den Lippen über Davids Wange.

David schloss die Augen, fühlte nichts anderes mehr als Trace' Hände, die über seinen Körper glitten und nur ein Ziel zu haben schienen – ihn um den Verstand zu bringen. Trace. *Mein Freund.* Trace. *Mein Geliebter.* David spürte das Pochen und Zucken seines Schwanzes in der Hose, aber anders als sonst hatte er nicht das Bedürfnis, die Dinge zu beschleunigen. Sie hatten Zeit. Was auch immer noch passieren würde, dieser Augenblick war einmalig und nicht wiederholbar. David wollte ihn in vollen Zügen auskosten und das Prickeln der Vorfreude genießen. „Mehr!", flüsterte er mit rauer Stimme. „Ich will dich fühlen."

Davids warmer Körper zog Trace in seinen Bann, und er schloss die Augen. Es war sowieso zu dunkel, um viel zu sehen. Aber er konnte fühlen. Trace schob auch seine andere Hand vorsichtig unter Davids Hemd, um es nicht aus der Hose zu ziehen oder von seinen Schultern zu streifen. Er gab sich damit zufrieden, David langsam zu erkunden und herauszufinden, was sein Freund von ihm wollte. Es war ein unbeschreibliches Gefühl, die Erregung zu spüren, die seine Berührungen in David auslöste.

Als Trace zärtlich seine Lippen über Davids Kinn und Wangen gleiten ließ, fielen ihm die Haare nach vorne und umrahmten ihre Gesichter ein. Sie standen nur wenige Zentimeter voneinander entfernt, und Trace spürte das Verlangen, David wieder an sich zu pressen. Aber er ignorierte es. *Einfach abwarten, was passiert.* Seine Fingerspitzen fuhren wieder über die harten, kleinen Knospen auf Davids Brust und lösten einen dieser sinnlichen Schauer aus, von denen Trace nicht genug bekommen konnte.

David stöhnte, als ihm ein Schauer über die Brust lief. Er schluckte tief und rieb sein Gesicht an Trace' Wange. Dann stupste er ihn auffordernd mit der Nase an. Er wollte geküsst werden. Trace ergriff bei dieser Geste ein unwiderstehliches Verlangen, David jeden Wunsch zu erfüllen. Er ließ seine Hand über Davids Brust nach oben wandern, fuhr ihm mit den Fingern in die Haare und umfasste sanft seinen Kopf. Er drückte seinen Mund auf Davids Lippen, erst sanft und zärtlich, dann fordernder. Langsam ließ er seine Zunge über Davids Unterlippe gleiten. David öffnete den Mund und sie spielten miteinander, bis Davids Zunge ihn einlud, ihr in seinen Mund zu folgen. Davids Hände, die eben noch unbeweglich auf Trace' Hüften gelegen hatten, wanderten nach oben und fingen an, ihm den Rücken zu streicheln und ihn zu massieren.

Trace schmeckte die berauschende Mischung von Scotch und David. Er seufzte leise und ließ seine Finger durch Davids Haare gleiten, während er ihn tiefer küsste. Als er Davids Hände über seinen Rücken gleiten fühlte, stöhnte er auf und beendete den Kuss.

„Oh, verdammt. Wenn du so weitermachst, kannst du alles von mir haben." Er drückte sich mit dem Rücken in Davids Hände. Massagen waren etwas Wunderbares, sie machten ihn absolut schwach und willenlos. Jede Frau, die das in der Vergangenheit herausgefunden hatte, konnte es bestätigen.

„Alles? Meinst du das ernst?", fragte David mit einem leisen Lachen. Er knabberte verspielt an Trace' Unterlippe und zog ihn weiter hinter sich her durch den Flur. „Dann komm jetzt mit, Jackson. Ich tausche eine Massage gegen einen Gutenachtkuss. Aber es muss ein guter sein."

Trace ließ sich lachend von David ins Schlafzimmer ziehen. „Mmm. Das ist ein guter Tausch", scherzte er und trat einen Schritt zurück, um sich zu strecken. Ihm fiel erst jetzt auf, wie verspannt er war. *Das muss die Angst vor dem Unbekannten gewesen sein. Ich frage mich wirklich, warum mich das gestresst hat. Es war vollkommen überflüssig.*

„Oh, sei dir da nicht so sicher. Ich erwarte beste Qualität." David schaltete die kleine Lampe auf dem Nachttisch an. Ihr weiches Licht erhellte den Raum und war gerade ausreichend, um sich orientieren zu können. „Zieh dich aus und leg dich aufs Bett."

Trace verharrte und sah ihn erstaunt an.

„Keine Angst, deine Keuschheit ist sicher vor mir. Aber so kann ich dich besser massieren", versprach David, der mit dieser Reaktion gerechnet hatte. „Kannst du mir die Hose aufmachen? Dann ziehe ich schnell einen Pyjama an und hole das Massageöl."

Trace Lippen zuckten amüsiert. Dann ging er zu David und öffnete ihm die Hose. Er hatte den Verdacht, dass David sich absichtlich so hilflos anstellte. Eigentlich musste es seinem Arm schon wieder gut genug gehen, um sich selbst ausziehen zu können. Aber Trace störte sich nicht daran. „David, du hast mich in einem nassen Badeslip gesehen. Glaubst du wirklich, wir haben noch etwas voreinander zu verbergen?", fragte er ironisch. Seine Finger griffen nach Davids Hosenbund und glitten über die nackte Haut.

David hielt unfreiwillig die Luft an, als er Trace' Finger an der Spitze seines erregten Gliedes fühlte. „Ja. Und an diesen Tagen hat meine Fantasie Überstunden gemacht", presste er zwischen zusammengebissenen Zähnen hervor. Kaum hatte Trace ihm die Hose geöffnet, trat David ein einen Schritt zurück und verschwand dann im Badezimmer, um der Versuchung zu entfliehen. Er hatte Trace versprochen, dass er nichts übereilen wollte. Dazu hätte es nicht gepasst, wenn er jetzt die Beherrschung verlor und mehr verlangte. Während er mit seiner Kleidung in der Hand im Bad verschwand, dachte er kurz darüber nach, sich selbst um seine Erektion zu kümmern. Dann entschied er sich aber dagegen, weil er diesen quälend erregenden Zustand noch etwas länger genießen wollte. Nach dem Gutenachtkuss war noch ausreichend Zeit, das Problem zu lösen. Als David die Badezimmertür hinter sich geschlossen hatte, nahm er sich einige Augenblicke Zeit, um sich an das Gefühl von Trace' hartem Schwanz zu erinnern, der sich im Flur an seinen Körper gepresst hatte. Dann zog er die Pyjamahose an und holte das Massageöl aus dem Badezimmerschrank.

Als David im Bad verschwunden war, rieb Trace sich nachdenklich über die Fingerspitzen. Eigentlich wollte er gar nicht darüber nachdenken, weil er genau wusste, was er da an seinen Fingern gespürt hatte. Er hatte kein Problem damit, einen Mann zu küssen – das war schon in Ordnung. Aber seinen steifen Schwanz zu berühren? Trace schluckte tief und spürte, wie ihm die Röte ins Gesicht schoss. Er ballte die Fäuste. Es war ihm beunruhigend und befremdlich vorgekommen, und darüber schämte er sich. Sein Verstand sagte ihm, dass es nicht beschämend sein sollte, einen Mann so zu berühren. Aber er hatte nicht damit gerechnet, es jemals selbst auszuprobieren. *Bis jetzt.* Ihm wurde klar, dass David ihn wirklich begehrte. Und Trace wollte ihn nicht auf die Folter spannen. Als David mit dem Massageöl zurück ins Schlafzimmer kam, sprach Trace seine Gedanken aus: „David, bist du dir wirklich sicher, dass die Massage eine gute Idee ist? Ich will dich nicht unnötig frustrieren."

David blieb neben Trace stehen und strich ihm beruhigend über das angespannte Gesicht. „Ist es dir unangenehm, dass deine Berührungen und deine Küsse mich erregen?", fragte er leise.

Trace schloss die Augen, als er Davids Hand auf der Wange spürte. „Nein. Um ehrlich zu sein, es poliert mein Ego mächtig auf", gab er zu und öffnete die Augen wieder, um David anzusehen. „Ich ... es macht mich nur gerade ziemlich nervös. Es ist nicht fair, jemanden zu erregen und ihn dann hängen zu lassen. Aber ich ..." Trace verstummte.

„Du denkst zuviel nach." David zog ihm das Hemd aus der Hose. „Ich kenne dich und weiß, dass es neu für dich ist. Ich habe dir versprochen, dass wir uns Zeit lassen, und ich bin fest entschlossen, diese Zeit auszukosten. Und wenn du irgendwann merkst, dass es dir zuviel wird, ist das auch in Ordnung. Dann können wir uns entweder noch mehr Zeit lassen, oder wir können ganz aufhören und einfach nur wieder Freunde sein. Es ist wirklich kein Problem. Und ich verspreche dir, dass ich mich ebenfalls melde, wenn es mir zuviel wird." David hob wieder den Arm und legte sanft die Hand an Trace' Wange. Seine Augen blickten ihn zärtlich und liebevoll an.

Trace drehte den Kopf zur Seite und gab David einen Kuss in die Handfläche. „Na gut", stimmte er ihm zu. „Ich werde versuchen, weniger nachzudenken." Sein Lächeln kehrte zurück und er griff nach unten, um seine Hose aufzuknöpfen.

Trace zog sein Hemd aus und legte es auf die Kommode. Dann zog er auch die Hose aus. Seine Hand glitt über den Bund seiner Unterhose und er beschloss, sie anzubehalten. Er wusste, dass David ihn nicht drängen würde. Aber trotzdem fühlte er sich in seiner Unterhose entspannter. Er wollte die Massage genießen, und sich nicht durch seine Unsicherheit davon ablenken lassen. Also kroch er in der Unterhose aufs Bett. „Es kann losgehen", sagte er und suchte sich eine bequeme Liegeposition.

„Angsthase", stichelte David. Trace lächelte reumütig. Seine Unterhose saß so eng, dass nicht viel verborgen blieb. Jede Wölbung und Kurve seines Hinterns war deutlich sichtbar. Aber es war der Gedanke, der zählte. Trace schnaubte kopfschüttelnd und zog ein Kissen heran, um es sich unter den Kopf zu schieben.

David kniete sich über Trace und hockte sich auf dessen Oberschenkel. Als er sich vorbeugte, um nach der Flasche mit dem Massageöl zu greifen, berührte seine Brust Trace' Rücken. Er war versucht, mehr zu tun und diese Berührung auszukosten, aber er wollte sein Versprechen halten. Langsam und ohne jede Eile.

Es fiel ihm schwer. Er sah die nackte Haut unter sich, den starken Rücken und die muskulösen Arme, konnte die langen Beine unter seinem Hintern spüren. Eines Tages … Eines Tages werde ich ihm Stück für Stück alles ausziehen und ihn so lieben, wie ihn noch niemand geliebt hat.

Trace seufzte leise, während David sich über ihm wieder hinhockte. „Fang schon an!", befahl er ihm.

Lachend goss David ihm das Öl aus der Flasche direkt auf den Rücken, ohne es vorher mit den Händen aufzuwärmen.

Trace zischte erschrocken. Ohne Davids Gewicht auf den Beinen wäre er wahrscheinlich aufgesprungen. „Danke vielmals", knurrte er sarkastisch. Dann musste er lachen. „Jetzt bin ich wirklich zutiefst entspannt."

„Tja, man sollte es sich eben nie mit seinem Masseur verscherzen", erwiderte David. Er verteilte das Öl, das sich entlang der Wirbelsäule gesammelt hatte, über Trace' Rücken und massierte es langsam ein. Als er mit der rechten Hand zudrückte, spürte er ein leichtes Ziehen in der verletzten Schulter. Mist, er musste diese Hand noch schonen und konnte nur mit der linken richtig kneten. Er schloss die Augen, während er einen Rhythmus fand, der sowohl Trace als auch in selbst entspannte.

„Mmm", brummte Trace. „Sei vorsichtig mit deiner rechten Schulter." Seine Muskeln fühlten sich schon viel lockerer an.

David nutzte die Möglichkeit, Trace etwas von der Pflege und Fürsorge zurückzugeben, die er selbst im Laufe des letzten Monats von seinem Freund erfahren hatte. Und er hatte offensichtlich Erfolg, denn er konnte ein genüssliches Brummen hören, das den Körper unter seinen Händen leicht vibrieren ließ.

David beugte sich nach vorne und setzte sein ganzes Körpergewicht ein, um die Hände noch fester in Trace' Schultermuskulatur zu pressen und sie zu bearbeiten. Dabei drückte sich sein steifer Schwanz in die Spalte von Trace' Hintern. Selbst durch zwei Lagen Stoff elektrisierte ihn der Kontakt, und er lehnte sich schnell wieder zurück, um sich Trace' Wirbelsäule zu widmen. David wollte ihm nicht unangenehm werden, und das Gefühl eines harten Schwanzes zwischen den Arschbacken war wirklich nicht falsch zu deuten. Aber es war schon zu spät. Trace hatte die Berührung gespürt und zog zischend die Luft ein.

David spürte sofort, wie Trace sich wieder verspannte. Mist. David konnte seine Reaktionen auf den sexy Mann mit den braunen Haaren einfach nicht kontrollieren, dazu begehrte er ihn viel zu sehr. Also musste er Trace irgendwie dabei helfen, sich daran zu gewöhnen. Er beugte sich wieder vor und schmiegte sich an Trace' Rücken. „Du musst dich entspannen. Ich weiß, dass du mir vertraust. Hör für einen Moment auf, nachzudenken, und konzentriere dich aufs Fühlen", flüsterte er Trace ins Ohr und drückte sich schamlos an dessen Hinterteil. „Das ist deinetwegen. Du bist sexy und wunderbar, und du machst mich geil. Wenn du mit Frauen tanzt, selbst wenn es die Ehefrauen oder Freundinnen deiner Kollegen sind, reagiert dein Körper auch auf den Kontakt. Es ist eine natürliche Reaktion, weil es sich gut anfühlt. Oh, zum Teufel! Es fühlt sich sogar wunderbar an. Und es muss keine Konsequenzen haben. Wir können es einfach dabei belassen, dass wir unsere gegenseitigen Berührungen genießen. Mach es nicht zu kompliziert durch dein Nachdenken." David schob die langen Haare zur Seite und ließ seine Lippen über Trace' Nacken gleiten.

Trace lief ein Schauer über den Rücken, aber er hörte auf David, und seine Muskeln entspannten sich wieder. Als er spürte, wie David sich auf seinem Rücken langsam vor und zurück bewegte, musste er stöhnen. Davids rhythmisches Gleiten fühlte sich gut an, und Trace spürte, wie es ihn erregte. Stöhnend versuchte er, sein Gewicht so zu verlagern, dass es ihm nicht mehr den Schwanz einklemmte, der mittlerweile ziemlich steif geworden war. Überrascht über die eigene Reaktion holte er tief Luft und gab David im Stillen recht. Es fühlte sich wirklich gut an.

David nahm die Massage wieder auf. Seine Hände bewegten sich im Rhythmus seines gleitenden Körpers. Er fühlte, wie Trace' Hüften sich unter ihm zu bewegen begannen und den Rhythmus ebenfalls aufnahmen. David schloss die Augen und biss sich auf die Lippe. Ihr unerwartetes erotisches Zwischenspiel war von provozierender Spannung, und diese Spannung baute sich immer weiter auf, bis David fast zum Orgasmus kam. Er zwang sich mit Mühe dazu, den Druck aus seinen Bewegungen zu nehmen. Durch zwei Lagen Stoff gegen seinen Hintern gepresst zu kommen – so wollte er Trace nicht verführen.

Trace stöhnte protestierend. Er lag tief in das Kissen gedrückt und seine Hände hatten sich im Laken verkrallt. „David", knurrte er mit rauer Stimme. *Verdammt, war das geil gewesen.*

„Schh", beruhigte ihn David. Dann ließ er seine Finger in langen, festen Bewegungen über Trace' Schultern gleiten, um ihn locker zu machen. Er konnte die Erregung in der Stimme seines Freundes hören und hätte gerne etwas getan, um ihm auszuhelfen. Aber soweit war Trace noch nicht. David biss sich in die Backe. Es fiel ihm schwer, sich zusammenzureißen. Aber noch schlimmer wäre es, Trace' Vertrauen zu verlieren.

Trace entspannte sich wieder unter dem sanften Druck von Davids Fingerspitzen. Seine Erregung ließ langsam nach und er wurde müde. Gott, hatte sich das gut angefühlt. David hatte ihn fast soweit gebracht, dass er allein von der Reibung des Bettlakens gekommen wäre. Mit diesem Gedanken verschob er das Grübeln auf einen späteren Zeitpunkt und widmete sich wieder dem Genuss von Davids Massage.

David konnte unter den Händen spüren, wie jede Anspannung aus Trace' Körper verschwand und er immer tiefer in der Matratze zu versinken schien. Er fuhr damit fort, ihm sanft über den Rücken, die Schultern und die Arme zu streicheln. Nach einiger Zeit merkte David an der langsamen und gleichmäßigen Atmung seines Freundes, dass Trace eingeschlafen war.

Er kroch vorsichtig vom Bett, nahm Trace' Hemd von der Kommode und ging leise ins Wohnzimmer.

David schlüpfte mit den Armen in das Hemd, knöpfte es aber nicht zu. Dann zog er den Kragen an die Nase und atmete den Duft ein. Sein Schwanz war steinhart und pochte schmerzhaft. Auf der Pyjamahose hatte sich ein feuchter Fleck ausgebreitet. David legte sich aufs Sofa und schob die Hose nach unten. Der Geruch nach Trace hüllte ihn ein, während er die Augen schloss und seinen Schwanz in die Hand nahm. Es dauerte nicht lange. „Trace", stöhnte er leise, dann kam er.

10

Es war gemütlich im Bett und Trace wachte nur langsam auf. Das erste, was er wahrnahm, war der warme Körper, den er in den Armen hielt und fest an sich drückte. Das passierte ihm öfters, und deshalb döste er noch einige Minuten vor sich hin, bis sein Verstand ihm schließlich sagte, dass er heute früh eigentlich allein aufwachen sollte. Verschlafen zog er eine Grimasse und stellte fest, dass er einen leichten Kater hatte. Er versuchte, sich an den gestrigen Abend zu erinnern.

David spürte einen leichten Schmerz in der Schulter, als er zu sich kam. Er lag auf dem Rücken, und seine rechte Schulter hatte sich etwas verdreht, weil sich ein Körper unter seinen anderen Arm geschoben hatte. Als er sich erinnerte, öffnete er die Augen und sah direkt in Trace' Gesicht, der seinen Kopf auf Davids Brust gelegt hatte. Sie waren sich so nah, dass David den warmen Atem seines Freundes auf der Haut spüren konnte.

Als sich sein gemütliches Kissen unerwartet bewegte, öffnete Trace die Augen und sah vor sich Davids Gesicht. Überrascht verharrte er einen Moment und sah sich um. David lag auf dem Rücken, und seine verletzte Schulter war fest in die Matratze gedrückt, weil er seinen anderen Arm um Trace geschlungen hatte. Trace sah David ins Gesicht, der in diesem Moment die Augen öffnete und ihn ebenfalls ansah. Er konnte Davids warmen Atem an der Wange spüren.

Seit Trace in Davids Bett schlief, waren sie schon oft nebeneinander aufgewacht. Offensichtlich waren sie beide sehr schmusebedürftige Naturen und suchten im Schlaf die Nähe. Aber an diesem Morgen lag eine knisternde Spannung in der Luft, die Trace in den Wochen zuvor nicht verspürt hatte. Er atmete schneller, als er das Prickeln auf seiner Haut spürte. Lange sahen sie sich nur regungslos an, dann hob David langsam den Kopf, um Trace die Möglichkeit zu geben, sich abzuwenden. Aber das war das letzte, was Trace wollte. Kurz darauf spürte er Davids warme Lippen, die sanft über seinen Mund glitten. Es war ein gutes Gefühl, und es wurde noch besser, als Davids feuchte Zunge ihm weich über die Unterlippe fuhr. *Viel besser, als nur gut. Trotz Mundgeruch und allem.*

Trace' Herz fing an, rascher zu schlagen. Er schloss die Augen, als David seine Zurückhaltung aufgab und ihm den Mund auf die Lippen presste. Trace stellte erstaunt fest, dass er keinerlei Vorbehalte oder Zweifel mehr deswegen verspürte. Dazu fühlte sich der Kuss viel zu gut an. Er blieb still liegen und öffnete mit einem leisen Stöhnen den Mund. Seine Lippen bebten, und er kümmerte sich nicht mehr darum, was jetzt passierte. *Es ist gut. Es ist David.* Vorsichtig öffnete er die Hand und fuhr mit den Fingern über Davids Brust.

David stockte fast der Atem, als ihm Trace mit der Hand über die Brust strich. Es wäre ein Leichtes, Trace jetzt fest in die Arme zu nehmen, um ihn zu erkunden und endlich herauszufinden, woher diese Anziehung kam und wohin sie führen konnte. Er beendete den Kuss und zog Trace' Kopf zu sich herab, bis sich ihre Wangen berührten.

Es war schön, so zusammenzuliegen. Trace dachte darüber nach, wie er sich vor einigen Wochen im Auto gefühlt hatte. War es das gleiche Gefühl gewesen? Es hatte jedenfalls nichts mit Sex zu tun, dazu war es zu warmherzig, zu zärtlich. Langsam bewegte er seine Hand über Davids warme, weiche Haut mit ihren wenigen Haaren. Es juckte ihn in den Fingern. Sie wollten David fühlen und erkunden. Er ballte sie zur Faust, bevor er seinen Wünschen nachgeben konnte. Was war nur seit gestern Abend mit ihm los? Natürlich konnte er es damit erklären, dass er in den letzten Wochen soviel Zeit mit David verbracht hatte. Oder damit, dass er lange keine Frau mehr gehabt hatte. Aber – *mein Gott!* – er wollte David fühlen, wollte ihn so berühren, wie er es im Auto getan hatte. Und der Blick in Davids Augen gestern Abend, fast beängstigend in seiner Intensität ... Noch nie hatte jemand Trace so angesehen. Es hatte ihn so nervös gemacht, dass er Sicherheit in der zweifelhaften Wirkung des Whiskys gesucht hatte.

Nachdem sie einige Minuten so beisammen gelegen hatten, öffnete Trace seine Hand wieder und legte sie flach auf Davids Brust. Seinen Kopf legte er auf Davids gesunde Schulter und schmiegte sich eng an ihn. Er musste mit dem Grübeln aufhören, sonst würde es noch in einer Blamage enden. Es war besser, jetzt gar nicht mehr zu denken, und nur ihre Nähe zu genießen. *Das kann doch nicht falsch sein, oder?*

Um den Druck von seiner verletzten Schulter zu nehmen, ließ David den gesunden Arm nach unten gleiten, bis er hinter Trace' Rücken auf dem Bett lag. Trace schlief wieder ein. Nach einer halben Stunde wachte er erneut auf, gähnte, und kuschelte sich dann mit dem Gesicht in Davids Schulter. Dieses Mal wusste er gleich, wo er war. Aber es gab keinen Grund mehr, sich darüber Gedanken zu machen. Schließlich hatte David ihn vorhin auch nicht weggeschoben. Er nahm die Hand von Davids Brust und schob sie sich unter den Kopf, um bequemer zu liegen. Dann ließ er sich wieder vom Schlaf einlullen.

Davids Herz schlug wie wild, als Trace sich an ihn schmiegte und wieder einschlief. In seinem Kopf schlugen die Gedanken Purzelbäume, und er konnte keine Ruhe finden. Wahrscheinlich würde Trace bis heute Mittag durchschlafen, wenn er nicht geweckt wurde. David musste lächeln und drückte seinem Freund einen zarten Kuss auf die dunklen Haare. Sie hatten in den letzten Wochen so viel Neues übereinander gelernt, und doch gab es noch viel mehr zu erkunden. Wenn David vor einem Monat jemand gesagt hätte, er würde morgens mit Trace aufwachen und sie würden sich sogar küssen – David hätte ihn für verrückt erklärt. Aber es fühlte sich so natürlich an, wie eine selbstverständliche Folge der Nähe und des Vertauens, die in den letzten Wochen zwischen ihnen gewachsen waren.

David verzog das Gesicht, als Trace sich wieder bewegte, aber immer noch keine Anstalten machte, endgültig aufzuwachen. Seine Schulter schmerzte. Außerdem war er – im Gegensatz zu Trace – ein Frühaufsteher, der langsam seinen Kaffee brauchte. David streichelte Trace über den Arm, um ihn aufzuwecken. Er wollte nicht, dass Trace in einem leeren Bett aufwachte und dann vielleicht dachte, David würde die letzte Nacht bereuen.

„Mmm …", brummte Trace und kuschelte sich wieder näher an ihn. Dann vergrub er sein Gesicht in Davids Nacken und bedeckte es mit seinen langen Haaren, um das wenige Licht auszublenden, das durch die geschlossenen Vorhänge ins Zimmer drang. „Noch nicht wach."

David schmunzelte. „Mein Gott, du bist mir vielleicht eine Schlafmütze", feixte er und kitzelte Trace an der Seite. „Wir haben schon den halben Tag verschlafen."

Trace schlug kichernd mit den Armen um sich, um Davids Hand abzublocken. „Nein, nein! Stopp! Stopp!", quiekte er, konnte aber wenig ausrichten, weil sie zu eng beieinander lagen.

Ha! Trace ist kitzelig. Wie interessant! David setzte sich grinsend auf und beugte sich über Trace, um seine Attacke zu verstärken.

„Ahh! David! Nicht!", schrie Trace und versuchte verzweifelt, sich von Davids Gewicht zu befreien. „Ich gebe auf! Gnade!"

David lachte nur. „Der Sieger hat einen Wunsch frei", verkündete er und sah Trace in die schokobraunen Augen, die ihn widerspenstig anblitzten. Es war nichts mehr von der Schläfrigkeit zu erkennen, die eben noch in Trace Blick gelegen hatte. „Gibst du zu, dass ich gewonnen habe?"

„Na gut, von mir aus", sagte Trace mit unsicherer Stimme. „Aber nicht mehr kitzeln!", bettelte er dann und sah David aus seiner unterlegenen Position um Mitleid heischend an. Sein Gesicht war immer noch etwas zerknittert vom Schlafen.

David stützte sich mit den Händen rechts und links von Trace' Kopf ab und ließ sich, seine verletzte Schulter schonend, langsam zu ihm herabsinken. „Ich bin mir nicht sicher …", meinte er nachdenklich. „Wenn ich ehrlich bin, hat es mir gefallen." Er warf einen genüsslichen Blick auf Trace' gerötetes Gesicht und die nackte Brust. Sein Mund war nur Zentimeter von Trace' Lippen entfernt, und er spielte kurz mit dem Gedanken, ihn zu küssen. Er wollte, dass Trace seinen Kuss bis in die Zehenspitzen und auch in allen anderen wesentlichen Körperteilen spürte. Aber dann entschied er sich dagegen, weil er nichts überstürzen und Trace noch etwas mehr Zeit geben wollte. Und wenn es soweit war, sollte Trace es auch wollen und ihn darum bitten. Allein die Vorstellung erregte David so sehr, dass eine Hitzewelle seinen ganzen Körper erfasste und er beinahe laut aufgestöhnt hätte.

Trace beobachtete Davids Gesicht. Sein Pulsschlag hatte sich wieder normalisiert und Trace musste sich eingestehen, dass er es genoss, Davids Körper über sich zu fühlen. Nicht weich und rundlich, sondern hart und fest. Er hätte nichts dagegen, wenn David ihn jetzt wieder küssen würde. Außer, dass ... „David?", sagte er bedauernd. Davids Gewicht drückte ihm auf die Blase. Es wurde langsam unangenehm.

„Ich denke, ich streiche meinen Gewinn später ein. Aber ich lasse nichts verfallen, vergiss das nicht." Grinsend stand David auf. „Und jetzt brauche ich einen Kaffee. Du auch?"

Trace seufzte erleichtert und verließ ebenfalls das Bett. „Ja, danke. Aber erst muss ich ganz dringend ins Badezimmer." Er war gerade an David vorbeigegangen, als er zögernd stehen blieb und sich noch einmal umdrehte. Dann drückte er David spontan einen Kuss auf den Mund und machte sich wieder auf den Weg zum Badezimmer. Als Trace die Tür hinter sich geschlossen hatte, ließ er die angehaltene Luft aus seinen Lungen entweichen und fuhr sich nachdenklich mit einem Finger über die Lippen.

David war bei dem Kuss eine Gänsehaut über den Rücken gelaufen, und er starrte verblüfft auf die geschlossene Badezimmertür. Trace' Kuss hatte, trotz seiner scheinbaren Beiläufigkeit, doch eine tiefe Intimität ausgestrahlt. Es war schon zwei Jahre her, seit David das letzte Mal die Nacht mit einem anderen Mann verbracht hatte. Er vermisste Momente wie diesen – das gemeinsame Aufwachen und Frühstücken, der vertraute Umgang, der mehr bedeutete als nur Sex. Nach einigen Minuten machte David sich schließlich doch auf, um in der Küche seinen Kaffeedurst zu stillen. Er wollte erst richtig wach werden, bevor er anfing, seine Gedanken zu sortieren. Dabei war es vor allem ein Gedanke, der sich in seinem Kopf festgesetzt hatte und sich immer wieder in den Vordergrund drängte: *Ich verliebe mich in meinen besten Freund.*

Trace stand im Badezimmer und betrachtete sich im Spiegel. Zum wiederholten Male strich er sich mit den Fingern über die Lippen. Er konnte die Wärme und das Prickeln spüren, die der Kuss ausgelöst hatte. Das konnte nicht nur reine sexuelle Anziehung gewesen sein. Trace hatte seit Jahren – bis vor kurzem jedenfalls – seine Wochenenden im Bett der unterschiedlichsten Frauen verbracht, aber so was? So was war ihm noch nie passiert. Natürlich, er mochte David. Liebte ihn sogar, so wie man seinen besten Freund eben liebt. Aber das war etwas anderes, als in ihn verliebt zu sein ... Erschrocken starrte Trace sich im Spiegel an.

Er versuchte, sich wieder zu fangen und endlich richtig wach zu werden. Es war nicht ungewöhnlich, seinen besten Freund zu lieben. Und es hieß noch lange nicht, dass er deshalb gleich mit ihm ins Bett springen wollte. Trace verdrehte

104

seufzend die Augen. „Idiot", schimpfte er leise mit sich selbst. Andererseits – die Küsse waren verdammt gut gewesen. *Ich hätte gegen eine Wiederholung nichts einzuwenden.* Leise lachend überlegte er, wie David wohl darüber dachte. Und er fragte sich, wie lange er auf die Wiederholung warten musste.

TRACE VERRÜHRTE die Zutaten für den Eintopf in einem großen Topf, den er in Davids Schrank gefunden hatte. Gutgelaunt wackelte er mit den Hüften und summte den schmissigen Jazz-Titel mit, der aus dem Radio tönte. Er nahm sich mit einem Holzlöffel etwas Brühe aus dem Topf, pustete kurz, um sich nicht die Zunge zu verbrennen, und schlürfte sie dann genüsslich vom Löffel.

David blieb in der Tür stehen und beobachtete Trace dabei, wie er sich zu den tiefen Bässen des Jazz hin und her wiegte. Trace und Jazz passten gut zusammen, sie strahlten die gleiche Sinnlichkeit aus. Seit dem Pokerabend waren einige Wochen vergangen, und David hatte in dieser Zeit oft erfahren, wie sinnlich Trace Jackson sein konnte. Die sanften Berührungen und Küsse im Vorbeigehen, die unverhohlene Blicke, die sie sich zuwarfen – es war genug, um Davids Verlangen immer wieder neu zu entfachen. Er hatte das Gefühl, wie unter Hochdruck zu stehen und jeden Augenblick zu explodieren. Trace' Blicke, unschuldig und lüstern zugleich, ließen David immer wieder im Badezimmer verschwinden, wo er sich unter der Dusche mit seinem ,Problem' beschäftigte. Er hatte den Verdacht, dass Trace genau das beabsichtigte, und dass seine unschuldige Fassade nicht echt war.

„Hmm, das duftet ja köstlich", sagte David und betrat die Küche. Er blieb hinter Trace stehen, lehnte sich an seinen Rücken und legte ihm den Kopf auf die Schulter. „Welchem Anlass verdanken wir dieses Festmahl? Hast du es selbst zubereitet, oder hast du es gegen eine gute Kritik eingetauscht?"

Trace grinste. „Was du nur von mir denkst! Natürlich habe ich es selbst gekocht. Aber ich gebe zu, dass ich jemanden bestechen musste, um das Rezept zu bekommen."

David deutete mit dem Kopf in Richtung des Topfes. „Darf ich davon probieren?" Dann fing er an, Trace zärtlich den Nacken zu liebkosen. Der war dadurch so abgelenkt, dass er Davids Hand nicht bemerkte, die sich an ihm vorbeistahl und Reste der Shrimps von der Ablage auf den Boden schnickte, wo Mabel sich sofort auf sie stürzte.

Trace hielt David den gefüllten Löffel an den Mund und ließ ihn von dem Eintopf kosten. „Prima, oder?"

David stöhnte zustimmend. „Hervorragend. Aber ich hatte eigentlich auch nichts anderes erwartet", meinte er grinsend. Dann lehnte er sich mit der Hüfte an die Küchentheke und sah Trace dabei zu, wie er die frische Knoblauchbutter auf eine Stange Weißbrot strich. Trace trug ausgeblichene Jeans mit Löchern in den Knien. Auf seinem Hinterteil war der Stoff so dünn, dass er schon fast weiß wirkte. Das T-Shirt sah auch nicht viel besser aus. Es war schon so verwaschen, dass man seine ursprüngliche Farbe nur noch erahnen konnte. Aber es spannte sich verführerisch über Trace' muskulöser Brust und Schultern. Es war nicht zu fassen. David hätte geschworen, dass sich Trace niemals so sehen lassen würde, und dass er derart abgerissene Klamotten gar nicht besaß. Selbst seine Sportbekleidung war immer vom Feinsten und saß makellos. Die alten Fetzen gaben Trace einen ganz anderen Stil. Und es stand ihm gut. David schluckte. *Wie unter Hochdruck.*

„Willst du auch ein Glas Wein?", fragte Trace und holte beschwingt zwei Gläser aus dem Hängeschrank.

„Ja, gerne. Heute darf ich trinken, weil ich noch keine Tabletten genommen habe." David holte einen Korkenzieher aus der Schublade und griff sich die Weinflasche. Als er mit der falschen Hand ansetzte, fluchte er laut vor Schmerz. „Mist, verdammter!"

Seufzend kam Trace auf ihn zu und drückte ihm einen Kuss auf die Wange. Dann nahm er ihm die Flasche und den Korkenzieher ab. „Es scheint dir schon besser zu gehen. Die Schmerzen sind erst gekommen, als du drehen wolltest, vor einer Woche hättest du das noch nicht geschafft", sagte er aufmunternd und öffnete die Weinflasche.

Er lehnte sich an ihn und rollte mit den Augen. „Schöne Worte. Ich mache diese dämlichen Übungen jetzt schon seit drei Wochen, und es tut immer noch weh."

„Du Armer", bedauerte Trace ihn, während er ihnen Wein einschenkte. „Wie wäre es damit?" Er begann, David vorsichtig den verletzten Arm und den Rücken zu massieren. David ließ wohlig stöhnend den Kopf nach vorne fallen und genoss die entspannende Wirkung der Massage.

David lehnte sich an Trace' Brust und drehte den Kopf zur Seite, um ihm einen Kuss aufs Kinn zu drücken. „Gibt es denn gar nichts, womit dir ein bedauernswerter Krüppel wie ich helfen kann?", fragte er und trank ein Schluck von dem köstlichen Weißwein, den Trace ihnen eingeschenkt hatte.

Trace summte zur Musik und stieß David im Takt mit den Hüften an. „Geh zum Herd und rühre den Eintopf um. Er braucht noch ungefähr dreißig Minuten", sagte er. „Reichen Reis und Brot? Oder willst du mehr?", fragte er und holte eine Tüte Reis aus dem Schrank.

„Ähh … ja. Also …", David klapperte mit den Wimpern und machte einen Kussmund.

Trace schüttelte grinsend mit dem Kopf und kam zu David zurück getanzt. „Ich weiß ja nicht …", meinte er scherzhaft. „Da gebe ich mir solche Mühe mit dem Essen, und dann willst du den Nachtisch zuerst."

David sah ihn mit großen Augen an. „Vorspeise?", fragte er unschuldig.

Trace gab ihm einen zärtlichen Kuss. „Reicht das für den Anfang?", fragte er amüsiert. „Ich will dir nicht den Appetit auf den Hauptgang verderben."

David schloss die Augen und legte den Kopf in den Nacken. Dann ließ er die Zunge genießerisch über seine Lippen gleiten. „Stimmt", gab er augenzwinkernd zu. „Das war viel zu süß. Es muss doch der Nachtisch gewesen sein."

Trace lachte leise. „Süßholzraspler", erwiderte er gutgelaunt. „Das sagst du bestimmt zu jedem Restaurant-Kritiker, den du küsst."

„Stimmt schon wieder", grinste David. Dann drehte er sich um und begann damit, den Eintopf umzurühren. Als Trace an ihm vorbeilief, um einen Topf mit dem Wasser für den Reis zu füllen, streiften sich ihre Körper. Es war nur ein flüchtiger Kontakt, aber er erregte David außerordentlich, und sein Schwanz wollte sich nicht mehr beruhigen.

Trace schnaubte empört, während er ein Stück ungesalzene Butter in das Reiswasser gab. „Wie viele Restaurant-Kritiker kennst du denn?", hakte er schamlos nach.

David starrte schmunzelnd in den kochenden Eintopf, als gäbe es nichts Wichtigeres auf der Welt. „Nur einen", gab er nonchalant zurück. Trace lächelte in seinen Reistopf und stieß David verspielt mit der Hüfte an. Dann drückte er ihm einen spontanen Kuss hinters Ohr.

Die zarte Berührung von Trace' Lippen jagte David eine Gänsehaut über den Nacken und die Arme. Trace akzeptierte ihre Berührungen nicht nur, er initiierte sie jetzt auch selbst. David schüttelte hilflos mit dem Kopf. Er hatte keine Ahnung, wie das noch enden sollte. Aber es war ein gutes Gefühl, mit Trace zusammen zu sein. Er hatte noch nie eine Beziehung gehabt, die so viel Spaß machte, und in der ein solches Maß an Vertrautheit herrschte, wie es zwischen ihm und Trace der Fall war. David nahm den Holzlöffel aus dem Topf und pustete kurz. Dann bot er Trace, der gerade den Reis umrührte, eine Kostprobe an. Trace blies noch einmal über den Eintopf und schloss die Lippen um den Löffel. Er brummte zufrieden. „Noch etwas mehr Chili, denke ich", meinte er. Dann lehnte er sich an David und griff an ihm vorbei nach der Chilisoße.

David bewegte sich keinen Zentimeter von der Stelle. Er wollte den Kontakt zu Trace nicht verlieren. Und er war sich nicht mehr sicher, ob der Eintopf wirklich das richtige war, um seinen Hunger zu stillen. Trace lachte leise, als er seine Hand zurückzog und dabei Davids Brust berührte. Dann öffnete er die Flasche und goss einige Tropfen Chilisoße in den Topf. „So, das war's. Jetzt ist er schön scharf."

David sah ihn aus den Augenwinkeln heraus an. Er hatte Trace in den letzten Jahren oft beim Flirten beobachtet, war aber selbst nie das Ziel seiner Bemühungen gewesen. Jetzt schlug Davids Libido regelrecht Purzelbäume. „Genau so mag ich ihn", krächzte er.

Trace genoss es sichtlich, David aus der Fassung zu bringen. „Ja, so habe ich es mir auch gedacht", erwiderte er mit tiefer Stimme. Dann stieß er David wieder mit der Hüfte an und rieb sich an ihm, während im Radio ein neues Lied gespielt wurde. Trace summte die Melodie mit und trat einige Schritte zur Seite, um das Knoblauchbrot in Folie einzuwickeln.

David legte den Löffel auf die Ablage, um den Herd nicht zu verschmutzen. Dann folgte er Trace, presste sich an ihn und griff nach seinen Hüften. Er warf einen Blick über Trace' Schulter auf das frische Knoblauchbrot. „Wenn sich deine Kochkünste herumsprechen, Jackson, werde ich deine Bewunderer aus dem Haus prügeln müssen."

Trace lachte in sich hinein. „Dann genieße sie, so lange du noch kannst. Ich weiß genau, dass du dich sonst nur von Fastfood und chinesischem Heimservice ernährst. Das ist nur einer der Gründe, warum du mich brauchst", scherzte er. Dann drehte er den Kopf zur Seite und gab David einen Kuss auf die Wange.

„Aber chinesisches Essen hat viel Gemüse", verteidigte sich David und streckte Trace die Zunge heraus. In diesem Augenblick knurrte ihm der Magen, und er sah lachend an sich herab. „Wie lange dauert es noch? Ich bin am Verhungern."

„Ahh, du Armer", sagte Trace voller Mitleid und rieb David mit dem Handrücken über den Bauch. „Hol schon die Suppenteller und stelle den Wein auf den Tisch. Nach dem Essen können wir dann über den Nachtisch reden."

Die Anspielung löste sofort wieder unerwünschte körperliche Reaktionen bei David aus. Er unterband sie tapfer. Trace hatte bestimmt einen anderen Nachtisch im Sinn als David. Sonst würden sie erst gar nicht zum Essen kommen. David nahm mit der linken Hand die Suppenteller von der Ablage und stellte sie einzeln auf den Tisch, weil er sie nicht versehentlich fallen lassen wollte. Dann schenkte er ihnen Wein nach und brachte die Gläser ebenfalls zum Tisch.

Trace rührte noch einmal den Eintopf um. Davids Bewegungen hinter ihm lenkten ihn ab. Genauer gesagt, der Gedanke an Nachtisch lenkte ihn ab. Mehr Küsse. Mehr Zärtlichkeiten. Er lächelte vor sich hin und genoss die Vorfreude darauf.

11

TRACE TASTETE, die Augen auf den Fernseher gerichtet, blind nach der Schüssel mit dem Popcorn. Er lachte, als seine Hand über Davids Brust glitt und die Schüssel um Haaresbreite verfehlte. Dann versuchte er es erneut. Wahrscheinlich hätte er mehr Erfolg, wenn er nicht halb auf David liegen würde, der die Schüssel an seiner Seite abgestellt hatte.

„Hör jetzt endlich auf, mich zu begrapschen. Ich will den Film sehen", feixte David und schob Trace die Schüssel zu. Wenn er ehrlich war, interessierte ihn der Film, den Trace ausgesucht hatte, nicht allzu sehr. Er hatte ihn schon mehrmals gesehen. Aber das gab ihm die Gelegenheit, Trace zu beobachten und dessen Mienenspiel zu studieren.

„Wieso habe ich den Film eigentlich noch nicht gesehen?", fragte Trace lachend, als der Pirat sich über den mangelnden Nachschub an Rum beschwerte. „Hast du den schon lange, und ich habe ihn die ganze Zeit übersehen?" Er schob sich eine Handvoll Popcorn in den Mund und legte den Kopf auf Davids Schulter.

David sah Trace von der Seite an und rieb sich mit der Wange an dessen dunklem Haar. „Ich habe ihn sofort gekauft, als er auf DVD erschienen ist. Er ist gut, wenn man sich nach dem Stress im Büro entspannen will." Er hob den Arm und legte ihn auf die Rücklehne des Sofas.

„Er ist zum Schießen komisch", meinte Trace und prustete vor lachen. Der Pirat hatte sich darüber beschwert, mit einer Frau zusammenleben zu müssen. Trace rutschte mit der Hüfte in die Lücke auf dem Sofa und lehnte sich über David, um die Schüssel an sich zu nehmen.

„Hey!", rief David und piekste ihn in die Seite.

„Uff!" Trace zuckte zusammen und hielt sich schützend die Schüssel an die Seite. Dann fischte er ein Stück Popcorn daraus hervor und hielt es David an die Lippen. „Hier", sagte er.

„Oh nein, so leicht kannst du mich nicht bestechen", wimmelte ihn David ab. „Bei Schokolade wäre es eine andere Sache, aber Popcorn ..." Unerbittlich attackierte er Trace, bis das Popcorn durch die Luft flog.

Mit wedelnden Armen versuchte Trace, den Angriffen zu entkommen und Davids Hände festzuhalten. Aber seine Versuche blieben erfolglos. „Nein, nein ... aufhören! Nicht schon wieder kitzeln!", rief er lachend und wand hilflos sich hin und her.

„Wie sagte man?", fragte David, lehnte sich über Trace und hielt ihm die Hände überm Kopf fest.

Trace legte den Kopf in den Nacken und sah David Mitleid heischend an. „Bitte, nicht schon wieder kitzeln!", sagte er flehend. „Du weißt doch, dass ich das nicht aushalte."

„Hmm", meinte David mit abwägender Stimme. „Was gibst du mir dafür, dass ich aufhöre?", fragte er dann und ließ die Finger unter Trace' T-Shirt gleiten.

„Einen Kuss?", bot Trace ihm großzügig an. Seit dem Pokerabend vor einigen Wochen hatten sie sich oft geküsst. Und es war nie langweilig geworden. Jedenfalls nicht für Trace, für den jeder Kuss etwas Besonderes war. Er störte sich nicht mehr daran, David zu berühren – im Gegenteil, er kuschelte lieber mit David, als mit einer Frau. Es gefiel ihm, wenn David ihn in die Arme nahm. Auch mit seiner eigenen Reaktion auf Davids Berührungen hatte er sich abgefunden. Er wachte jeden Tag mit einer Morgenlatte auf, und jedes Mal kam ihm die Idee verlockender vor, sich damit an Davids Körper zu reiben, um sich so die ersehnte Erlösung zu verschaffen. Er biss sich auf die Unterlippe und warf David abwartend einen gerissenen Blick zu.

David kniff misstrauisch die Augen zusammen. Ihm war durchaus aufgefallen, dass Trace sich an ihre Küsse gewöhnt hatte. Aber wie würde es weitergehen? Er zog die Hand von Trace' Seite zurück und legte den Arm wieder auf die Sofalehne. Dann setzte er einen Fuß auf den Boden und streckte sein anderes Bein auf dem Sofa aus. „Ich ziehe es in Erwägung. Aber nur, wenn du mich erst küsst, damit ich dein Angebot auch richtig einschätzen kann."

Trace rappelte sich auf die Knie und sah David an. „Soll das heißen, dass du mit dem Kitzeln nur aufhörst, wenn dir der Kuss gefällt?", fragte er. Seine Augen blitzten vergnügt. Er liebte diese Plänkeleien - einer der Gründe, warum er so gern flirtete. Und es gab ihrer Freundschaft eine neue, würzige Note. Langsam kroch er auf David zu.

„Du hast es erfasst", sagte David mit einem selbstgefälligen Lächeln im Gesicht.

„Hmm. Bisher habe ich über meine Küsse nur das Beste gehört. Ich meine ja nur ...", erwiderte Trace grinsend und kroch weiter auf David zu, bis er fast auf ihm zu liegen kam.

David zog ihn mit einem Ruck an der Gürtelschlaufe der Länge nach auf sich. „Dann beweise es mir!"

Trace konnte sich gerade noch mit einer Hand abstützen, dann lag er auf David. Die Haare fielen ihm über die Schultern. Mit einem zustimmenden Brummen nahm er die Herausforderung an und senkte seinen Mund auf Davids Lippen. Es war eine weiche, zärtliche Berührung. Lächelnd drückte er ihre Lippen fester aufeinander und fuhr David mit der Zunge über die Unterlippe, nahm sie in den Mund und fing dann an, sanft an ihr zu saugen.

David lächelte genießerisch und zog die Luft ein, als der Kuss fordernder und aggressiver wurde. Er neigte den Kopf leicht zur Seite, saugte Trace' Zunge in den Mund und öffnete die Beine, um Trace dazwischen auf sich zu ziehen.

Trace rieb sich mit den Hüften an Davids Körper, ihr Kuss wurde leidenschaftlicher und ging in ein wildes Spiel ihrer Lippen und Zungen über. Trace fuhr mit den Fingern in Davids Haare und hielt seinen Kopf fest.

Davids Hand glitt von Trace' Hintern nach oben, schob sich unter das T-Shirt und massierte die Muskeln seines breiten Rückens. Trace küsste ihn mit vollem Einsatz. Er fing an zu stöhnen, als Davids Hand über seinen Körper streichelte. Trace reagierte immer schneller auf die Stimulation, sei es Davids Berührung oder nur ein Blick. Manchmal musste David ihn nur ansehen, und schon ging sein Puls schneller.

David zog den Kopf zur Seite und drückte das Gesicht an Trace' Schulter. Er holte tief Luft und versuchte, sein klopfendes Herz etwas zu beruhigen. Es fiel ihm von Mal zu Mal schwerer, sich unter Kontrolle zu halten und rechtzeitig aufzuhören. Aber er wollte Trace zu nichts drängen und ihre Freundschaft nicht gefährden. Für Trace war es der erste Versuch, eine mehr als nur freundschaftliche Beziehung zu einem Mann zu führen. Und Trace war von dem Ausgang ihres Experiments offensichtlich genauso betroffen wie David selbst.

David bäumte sich auf und Trace konnte die Erektion spüren, die sich ihm entgegen drückte. Er rang hörbar um Luft und warf den Kopf in den Nacken, als er fühlte, wie Davids Oberschenkel sich fest zwischen seine Beine schob und sich an seinem Schwanz rieb, der mittlerweile ebenfalls steinhart war. „Mein Gott", flüsterte er mit rauer Stimme und erschauerte, als er vorsichtig den Druck erwiderte. „David, oh Gott …"

David konnte die Schmetterlinge im Bauch fühlen, eine Gänsehaut lief ihm über den Rücken und seine Brustwarzen zogen sich zusammen. Wie hätte er auch widerstehen sollen, wenn er den Mann seiner Träume in den Armen hielt, der diese wunderbaren, erregten – und erregenden! – Töne von sich gab? Er legte eine Hand auf Trace' Hüfte, die andere hinter seinen Kopf, und zog ihn noch näher zu sich heran. Dann fuhr er ihm mit den Lippen übers Ohr und flüsterte heiser: „Wenn du aufhören willst, musst du es jetzt sofort sagen. Sonst kann ich mich nicht mehr zurückhalten und du kommst – entweder durch meine Hüften, meine Hand oder meinen Mund. Ich bin nicht wählerisch."

Seit dem Pokerabend war kein Tag vergangen, an dem Trace nachts im Bett nicht über sich und David nachdachte – über ihre zärtlichen Küsse und die verspielten Rauferein, über die konzentrierte Atmosphäre, wenn sie am Arbeiten waren, und über die leidenschaftlichen Momente, wie sie gerade einen erlebten. Er war so erregt, dass ihm bei dem Gedanken, von David mit den Händen oder gar dem Mund berührt zu werden, schwindlig wurde. „Bitte, David", bettelte er und ließ seine Lippen zart über Davids Wange gleiten. Dann sah er ihn an. Er wollte David klar machen, dass es ihm ernst war. „Nicht aufhören."

David stöhnte auf und sein Mund legte sich auf Trace' Lippen. Sein Kuss war leidenschaftlich, er hatte jede Zurückhaltung aufgegeben und wollte nur noch Besitz ergreifen. David hob die Hüften und spreizte die Beine, um Trace noch fester zwischen ihnen einzuschließen. Trace fühlte sich, als wäre ihm der Boden unter den Füssen weggezogen worden. Er ließ sich von der Flut mitreißen und machte sich keine Gedanken mehr darüber, wohin sie ihn tragen würde. Er wollte es nicht anders, und ließ daran keine Zweifel mehr aufkommen. Fest schlossen sich seine Arme um David, und er konnte dessen Erregung spüren, als er ihm mit den Hüften entgegenkam. Davids harte Muskeln und sein steifer Schwanz waren zwei Lagen Stoff entfernt, aber sie entfachten eine Leidenschaft in Trace, die er so noch nie empfunden hatte. Er holte tief Luft und presste sich noch fester an David. Die Hitze, die seinen Körper durchströmte, ließ ihn leise aufschreien. *Mein Gott!* Sie führten sich auf wie die Teenager auf dieser dämlichen Couch, und Trace war kurz davor, sich von seiner Erregung überwältigen zu lassen.

David musste sich stoppen, um Trace nicht auf den Rücken rollen oder ihn auf den Boden zu werfen und sich zwischen seine Beine zu schieben. Er wollte diesen wilden, erotischen Rauschzustand, dem sie sich hingegeben hatten, nicht unterbrechen. Er bog den Rücken durch und seine Hüften kreisten in perfektem Einklang mit Trace' Stößen, die ihre harten Schwänze mit jede Bewegung aneinander rieben und zwischen ihren Körpern einklemmten.

Trace stöhnte, als er spürte, wie sich in seinem Unterkörper alles zusammenzog. Normalerweise verlor er nicht so schnell die Kontrolle, aber David ließ ihm keine Chance. Er stieß fester zu und biss sich auf die Unterlippe, bis ihm ein leises Wimmern entfuhr. Beinahe. Sie hatten jede Finesse verloren und – Gott! – das war sein bester Freund, der da unter ihm lag. Die Erkenntnis schlug ein wie der Blitz, und Trace spürte plötzlich, dass er gleich kommen würde. „David", flehte er verzweifelt.

Davids Hand legte sich auf die angespannten Muskeln von Trace' Hintern, um seine Stöße zu unterstützen. Aber es reichte noch immer nicht. David brauchte mehr, mehr Härte, mehr Nähe, einfach mehr … Er konnte das Beben von Trace' Körper unter seinen Händen spüren, fühlte, dass sein Freund genauso erregt war, wie er selbst. „Oh Gott", keuchte er Trace ins Ohr. „Ich komme gleich, nur von deinen Berührungen. Ich will dich auch fühlen … mit mir zusammen."

Davids Worte und der feste Druck seiner Hände waren fast zu viel für Trace. Er spürte Davids Erektion unter sich, als er sich fester und härter an ihm rieb. Sie brachte ihn fast um den Verstand, und er konnte kaum noch atmen. Mit einem gequälten Aufschrei gab er den letzten Rest seiner Kontrolle auf. Seine Hüften bewegten sich wie aus eigenem Antrieb. Er war dem Orgasmus so nahe, dass er anfing zu zittern und sich seine Eier fast schmerzhaft zusammenzogen.

David ging es offensichtlich ähnlich. „Oh Gott, ... Trace ... verdammt! Ich muss jetzt kommen, bitte!", stammelte er und wand sich hilflos unter Trace' Körper. „Fester, Baby! Ja, ... so!"

Die Verzweiflung in Davids Stimme ließ Trace alle Vorbehalte, die er vielleicht noch gehabt hatte, vergessen. Wieder und wieder presste er seinen Unterkörper an Davids Lenden und rieb sich an seinem harten Schwanz. Er atmete keuchend und ballte die Fäuste, dann erstarrte er über David und warf den Kopf in den Nacken. Der Orgasmus brach über ihn herein wie eine mächtige Flutwelle und ließ seinen Körper erbeben. Laut schrie er Davids Namen. „David! Oh ... David!"

Seine Schreie erschütterten Davids Körper und fuhren ihm direkt in den Schwanz. Stöhnend zuckte er unter Trace zusammen und stieß sich mit aller Macht an ihn. „Trace!", schrie er und biss ihm in den Hals. Sein Rücken bog sich durch und er presste sich mit letzter Kraft gegen Trace' Körper.

Trace atmete scharf ein, als der Schmerz an seinem Hals in seine vom Orgasmus umnebelten Sinne eindrang. Er bekam kaum noch Luft, ihm war schwindlig und es wurde ihm fast schwarz vor Augen. Nur langsam füllten sich seine Lungen wieder mit Sauerstoff, und er ließ sich vorsichtig auf David fallen.

„Verdammt, das war stark", murmelte David schläfrig. „Hoffentlich überlebe ich es, wenn du mich irgendwann wirklich fickst."

Trace lachte stöhnend und schmiegte sein schweißgebadetes Gesicht an Davids Brust. Der Orgasmus hatte ihn seine letzte Kraft gekostet, und er schwelgte in einem Zustand perfekter Befriedigung und Glückseligkeit. Selbst seine feuchten Jeans, die ihm unangenehm am Körper klebten, konnten daran nichts ändern. „Ich glaube nicht, dass ich dazu in absehbarer Zeit in der Lage bin. Ich muss mich erst wieder erholen", murmelte er zurück. „Und jetzt bewege ich mich keinen Zentimeter mehr", fügte er dann schläfrig hinzu.

„Gut", erwiderte David und legte die Arme um ihn.

Die nächsten Minuten lagen sie schweigend auf dem Sofa und versuchten, sich wieder einigermaßen zu erholen. Dann verschränkte Trace die Arme auf Davids Brust, stützte sich mit dem Kinn darauf ab und sah ihn an. „Ich hätte nie erwartet, dass es so gut sein könnte", sagte er mit leiser Stimme. Er hob die Hand und strich David zärtlich mit den Fingern über die Lippen. „Dabei hätte ich es mir eigentlich denken können. Du bist immer für mich da."

David ging auf das Kompliment nicht ein, weil ihn die Kraft seiner Gefühle verunsicherte. „Ich glaube, das verwechselst du. In den letzten Wochen hast *du* dich um *mich* gekümmert. Du warst Putzmann, Koch und Fahrer in einer Person." Er sah zum Fernseher, wo immer noch der Film lief und die beiden Hauptdarsteller sich gerade tief in die Augen sahen. David hatte schon lange die Hoffnung aufgegeben, jemals den richtigen Mann zu finden, mit dem er den Rest seines Lebens verbringen wollte. Trace ließ diese Hoffnung wieder aufkeimen. Und davor hatte David Angst.

Trace rutschte unbehaglich hin und her, als er den gleichgültigen Tonfall in Davids Stimme hörte. Bei einer Frau hätte er in diesem Fall wahrscheinlich vermutet, dass es ihr entweder peinlich war oder dass sie bereute, was zwischen ihnen vorgefallen war. Er hoffte, dass das auf David nicht zutraf. Trace hatte sich zwar mitreißen lassen, aber er bereute es nicht. Grund zur Reue hätte er nur, wenn es dadurch zu Problemen in ihrer Beziehung kam. „Na gut", sagte er sanft. Dann setzte er sich auf und schob sich vorsichtig von David weg, ohne ihn dabei aus den Augen zu lassen.

David war nicht entgangen, dass Trace sich unwohl fühlte und sich innerlich zurückzog. Er sah ihm in die Augen. Sein Schutzschild war unter der Intimität des Augenblicks zusammengebrochen, und er gab sich keine Mühe, seine Gefühle zu verbergen. Zärtlich strich er Trace übers Kinn und sagte: „Ich würde mich aber gerne um dich kümmern. Darf ich?"

Trace presste sein Gesicht in Davids Hand und blinzelte erleichtert. Er sah Davids intensiven Blick auf sich gerichtet und hatte für einen Moment das Gefühl, der Mittelpunkt von Davids Welt sein. Natürlich, Trace hatte sich um David gekümmert, ohne eine Gegenleistung zu erwarten. Aber das? Davids Angebot ging weit über eine reine Freundschaft hinaus. Aber es war genau das, was Trace sich selbst auch wünschte. „Ja", erwiderte er mit warmer Stimme.

ALS TRACE noch vor dem Morgengrauen aufwachte, wusste er gleich, dass er ein Problem hatte, über das er in Ruhe nachdenken musste.

Er lag – halb auf der Seite, halb auf dem Bauch – der Länge nach an Davids Seite und hielt ihn mit dem Arm fest umschlungen. Sein Kopf lag auf Davids Schulter. Vorsichtig setzte Trace sich auf und sah auf David herab, der tief und fest schlief. Im Schlaf sah David jünger aus, sein Gesicht wirkte entspannt und seine Lippen weicher als sonst. *Er ist noch nicht alt!*, meldete sich sofort eine Stimme in Trace' Kopf. Bei der Erinnerung an die vergangene Nacht konnte Trace in seinem Körper die Leidenschaft spüren, die jetzt mit einem anderen Gefühl – einem stärkeren, aber auch ruhigeren Gefühl – um die Vorherrschaft kämpfte. Es war die wachsende Zuneigung, die er für seinen besten Freund empfand.

Was ihm im Moment zu schaffen machte, war das Begehren, das Davids Anblick in ihm auslöste. Langsam, um David nicht zu wecken, stand Trace auf. Er griff nach einer Unterhose und einem T-Shirt, dann verließ er das Schlafzimmer und zog die Tür hinter sich zu. Im Flur zog er sich an und ging in die Küche, wo er sich eine Cola aus dem Kühlschrank holte. Er setzte sich an den Küchentisch und zog einen Fuß auf den Stuhl. Dann legte er nachdenklich sein Kinn aufs Knie.

Ihre Beziehung hatte sich verändert, und Trace stellte fest, dass es ihn ängstigte. Es ängstigte und verwirrte ihn so sehr, dass er jetzt mitten in der Nacht in der Küche saß, anstatt tief und fest zu schlafen, wie er sonst immer tat. Er trank einen Schluck Cola und presste sich die kalte Dose an die Stirn. Die letzte Nacht war so unglaublich gewesen. Die leidenschaftlichen Berührungen, die Küsse und Zärtlichkeiten, der wunderbare Orgasmus – Trace konnte sich nicht erinnern, wann ihn Sex das letzte Mal so befriedigt und erfüllt hatte. Aber jetzt wollte er mehr davon. Und zwar mit David. Was würde das für ihre Beziehung bedeuten?

Um die Meinung der anderen Leute kümmerte Trace sich nicht. Sollten sie doch denken, was sie wollten. Er hatte damit keine Probleme. Weder mit seinem Selbstwertgefühl noch mit Sex im Allgemeinen. Was ihm aber wirkliche Sorgen bereitete, war seine Beziehung zu David. Was würde passieren, wenn diese Flamme zwischen ihnen nur ein Strohfeuer war und wieder verlöschte? Würde das ihre Freundschaft gefährden, vielleicht sogar beenden? Das durfte einfach nicht passieren. Der Gedanke verursachte eine Enge in seiner Brust, so dass er nicht mehr still sitzen konnte. Er stand auf und ging in der Küche auf und ab, um das Beklommenheitsgefühl wieder loszuwerden. Bevor er das Ende ihrer Freundschaft riskierte, wollte er lieber auf die neu entdeckte Leidenschaft verzichten.

Nach einigen Minuten blieb er am Spülbecken stehen und sah aus dem Fenster. Die Sonne ging langsam auf und tauchte den Garten in ein rosafarbenes Licht. Was sollte er nur tun? Seufzend stellte er die Coladose ab und ging zurück ins Schlafzimmer. Dort zog er sich wieder aus, weil es keinen Sinn machte, sich bekleidet ins Bett zu legen. Außerdem wollte er David an seiner Haut spüren und sich von seiner beruhigenden Nähe trösten lassen. Er schlüpfte unter die Decke und rutschte vorsichtig an Davids Seite, um den Arm um ihn zu legen. Nach wenigen Minuten fühlte er sich wieder entspannter, warm und zufrieden. Davids Nähe war alles, was er brauchte, um sich besser zu fühlen. *Das muss doch was bedeuten*, dachte er noch. Dann schlief er wieder ein.

DAVID WACHTE nur langsam auf. Er vermisste Trace' warmen Körper und rutschte deshalb mit einem schläfrig geflüsterten „Guten Morgen" wieder näher zu ihm hin, ohne dabei die Augen zu öffnen. David hätte gerne noch länger geschlafen, aber er war ein typischer Frühaufsteher. Sobald er aufgewacht war, fing sein Verstand zu arbeiten an, und er konnte nicht wieder einschlafen. An diesem Morgen waren es die Gedanken an Trace, die ihn wach hielten. Er erinnerte sich daran, wie sein Freund heute Nacht ins Bett zurückkam, und was er selbst dabei empfunden hatte. Langsam drehte David sich um und legte sich mit dem Kopf auf Trace' Arm. „Wo bist du so früh schon gewesen?", fragte er.

Trace öffnete verschlafen die Augen und rutschte etwas zur Seite, um David mehr Platz zu geben. Dann sah er ihn an. „Ich war in der Küche, um mir etwas zu trinken zu holen", antwortete er wahrheitsgemäß. Dann hob er die Hand und strich Davids Haare glatt, die in alle Richtungen abstanden.

„Hmm", brummte David und schloss genießerisch die Augen. „Hast du den Kaffee schon aufgesetzt?", fragte er hoffnungsvoll.

Trace musste lächeln. „Nein, tut mir leid. Ich wollte dich noch schlafen lassen. Wir sind gestern Abend erst spät eingeschlafen." Er gab David einen Kuss auf die Stirn und verbesserte sich: "Heute Früh meine ich."

„Stimmt. Aber das war es wert." David drehte sich wieder zu ihm und streichelte ihm über den Kopf. „Ist alles in Ordnung?", fragte er unsicher. Es war ein wunderbarer Abend gewesen. Aber ihm war seine Freundschaft mit Trace wichtiger als der Sex, egal, wie leidenschaftlich und unvergleichlich er auch gewesen sein mochte.

„Ich denke schon", murmelte Trace. „Es ist nur … ich mache mir einfach Sorgen deswegen, glaube ich." Er strich mit den Fingern über Davids Kinn. „Ich will dich und unsere neue Beziehung nicht verlieren. Aber ich bin mir nicht sicher, wie es jetzt weitergehen soll."

„Ich hätte da ein paar sehr lehrreiche Videos", sagte David grinsend und stieß Trace mit den Hüften an. „Und Trace? Du wirst mich nicht verlieren, egal, was passiert. Aber wir sollten wirklich darüber reden, wie es weitergehen soll. Allerdings brauche ich erst eine Tasse Kaffee, bevor ich zu einem ernsthaften Gespräch in der Lage bin."

„In Ordnung", erwiderte Trace erleichtert. „Du bist mir nämlich sehr wichtig, ja? Du bist mein bester Freund. Aber ich hätte nie erwartet, dass du auch mein Geliebter sein könntest."

„Erst." David setzte sich auf und drückte Trace einen Kuss auf die Nasenspitze. „Kaffee." Dann verließ er das Bett, zog sich eine Unterhose an und machte sich auf den Weg in die Küche. „Und mir geht es genauso!", rief er über die Schulter zurück.

Trace konnte sich ein Lächeln nicht verkneifen. Verdammt, er war wirklich ein Glückspilz. Kopfschüttelnd stand er auf, zog sich ebenfalls eine Unterhose und ein T-Shirt an, und folgte David in die Küche. Der stand an der Kaffeemaschine und maß gewissenhaft frisch gemahlenen Kaffee und Wasser ab.

Trace trat an seine Seite und küsste ihn auf die Schulter, während er geduldig wartete, bis David die Maschine anschaltete. „Mich musst du nicht überzeugen", flüsterte er dann und streichelte David zärtlich über den Hintern. „Ich weiß genau, was ich will." Mit diesen Worten drehte er sich um und holte zwei Kaffeetassen aus dem Schrank.

Davids Haut fing an zu kribbeln, als er Trace' Hand auf seinem Hintern spürte. Sein Schwanz fing an zu zucken und richtete sich langsam auf. *Verdammt, der Mann ist einfach überwältigend*, dachte er. Sein Blick folgte Trace. Fasziniert beobachtete er das Spiel der Muskeln, als Trace sich streckte und nach den Tassen griff. „Wenn ich dich nicht mehr überzeugen muss, worüber müssen wir dann noch reden?"

Trace stellte bedächtig die Tassen ab, drehte sich langsam zu David um und sah ihn mit ernster Miene an. „Es geht mir um das, was passieren könnte, wenn es zwischen uns nicht klappt. Ich will unsere Freundschaft nicht verlieren, auch wenn wir uns wieder trennen sollten. Ich könnte das nicht ertragen."

Der Duft nach frischem Kaffee erfüllte die Küche. David atmete tief ein, um seine belebende Wirkung auszukosten. Dann trat er auf Trace zu und legte ihm eine Hand auf die Brust. „Dann müssen wir eben alles tun, um es gar nicht so weit kommen zu lassen. Was erwartest du von unserer Beziehung?"

Trace legte seine Hand auf Davids und sah ihn lange an. „Alles", sagte er schließlich und blickte ihm tief in die Augen. „Es mag sich unwahrscheinlich anhören, aber du passt besser zu mir als jeder andere Mensch. Und ich meine damit nicht nur den Sex."

David drehte seine Hand um und verschränkte ihre Finger. „Ja, wir passen wirklich gut zusammen", meinte er nachdenklich und betrachtete ihre Hände, die fest vereint auf Trace' Brust lagen. „Ich habe noch nie jemanden gehabt, bei dem ich mich so wohl gefühlt habe. Aber …" Er verstummte und suchte nach den richtigen Worten. So weit er wusste, war er der erste Mann in Trace' Leben. Und er wollte kein Experiment sein, dafür waren seine Gefühle für Trace jetzt schon zu tief. „Bist du dir wirklich sicher, dass du es so willst? Wir können es auch bei unserer Freundschaft belassen. Und sie kann auch ohne den Sex noch enger werden. Bei einem anderen Mann hätte ich kein Problem damit, wenn er mit mir nur experimentieren will. Aber wenn ich mit dir so weiter mache, wenn wir uns küssen und berühren, dann … dann verliebe ich mich in dich." David strich Trace mit den Fingern über die Wange. Er wollte nicht darüber nachdenken, dass er sich wahrscheinlich schon längst in seinen Freund verliebt hatte und dass es ihm das Herz brechen würde, wenn Trace es sich jetzt anders überlegte.

Trace' Augenlider senkten sich und er rieb seine Wange sinnlich an Davids Hand. „Ich will es so", sagte er nachdrücklich. „Wirklich."

Der Knoten in Davids Brust löste sich. Erleichtert stieß er die Luft wieder aus, die er angespannt angehalten hatte, während er auf Trace' Antwort wartete. Er ließ die Hände über Trace' Körper gleiten und krallte die Finger in das T-Shirt, um ihn näher an sich heranzuziehen. „Willst du nur das?", fragte er und schmiegte sich mit dem Gesicht an seinen Hals. „Oder willst du mich? Ich möchte von dir hören, dass ich der einzige Mann bin, bei dem du so fühlst." David konnte spüren, wie Trace' Schwanz hart wurde.

Trace legte David die Arme um die Taille und drückte sich fest an ihn. „Ich will *dich*", sagte er mit ernster Stimme. „David, ich habe noch nie einen Menschen so begehrt wie dich. Keine Frau und schon gar nicht einen Mann. Diese Gefühle hast nur du in mir ausgelöst. Ich kann deine Frage verstehen. Ich habe es noch nie länger als einige Tage oder Wochen mit jemandem ausgehalten. Sie waren alle nicht interessant genug. Aber für dich habe ich mich schon interessiert, bevor wir mit dem Sex angefangen haben."

„Das macht es ja so unglaublich", erwiderte David und stupste ihm ans Kinn. Dann rieb er sein Gesicht an Trace' Wange. „Dann versuchen wir es zusammen, ja?" Trace nickte lächelnd und drehte den Kopf, um David einen Kuss zu geben. „Wir werden es nicht nur versuchen, wir *tun* es. Zusammen", sagte er zärtlich.

Die Wärme breitete sich in Davids Innerem aus wie nach einem guten Whisky. „Ja", flüsterte er Trace ins Ohr. Dann legte er ihm die Hand um den Kopf, drückte ihm den Mund auf die Lippen und liebkoste sie sanft mit seiner Zunge.

Mit einem zufriedenen Schnurren schmiegte Trace sich in Davids Arme und öffnete den Mund, um seinen Kuss zärtlich zu erwidern. Er liebte Davids Küsse und konnte sich nicht vorstellen, auch nur einen Tag zu überstehen, ohne nicht mindesten drei oder vier – oder besser: ein Dutzend! – davon zu bekommen. Er war verrückt nach Davids Küssen, dagegen konnte er nichts tun. Und er wollte es auch nicht. Er legte beide Arme um David und zog ihn näher an sich heran. Dann presste er sich leise stöhnend mit den Hüften an Davids Bein.

Trace begehrte David mit einer nie erlebten, fast schmerzhaften Intensität. Alles in ihm sehnte sich nach diesem einen Mann. Wahrscheinlich war das der Grund für sein anfängliches Zögern, seine Furcht, gewesen. Trace hatte noch nie Wert auf eine feste Beziehung gelegt, aber mit David konnte er sich nichts anderes mehr vorstellen. Und er wollte, dass diese Beziehung funktionierte und von Dauer war.

„Warum sind wir eigentlich nicht gleich im Bett geblieben?", fragte David und bedeckte Trace' Hals mit kleinen Küssen.

„Weil du reden wolltest", murmelte Trace und ließ den Kopf in den Nacken fallen, um David mehr Platz für seine Küsse zu lassen.

David nahm die Einladung dankbar an. „Wollte ich das?", flüsterte er mit einem leisen Stöhnen. „Wie idiotisch von mir. Reden wird sowieso überschätzt."

„So früh sollte man eh' nicht aufstehen", stimmte Trace ihm mit schwacher Stimme zu und presste sich noch fester an David.

David knurrte warnend und legte Trace die Hände auf die Hüften, um ihn etwas auf Abstand zu halten. „Wenn du damit nicht aufhörst, schaffen wir es nie bis ins Bett."

Trace seufzte bedauernd. „Aber ich bin noch so müde! Komm schon, du musst mich warm halten. Nur so lange, bis ich wieder eingeschlafen bin, ja? Bitte, bitte!", bettelte er, obwohl er genau wusste, dass David es hasste, den Vormittag im Bett zu verbringen.

David ließ Trace' Hüften los und legte ihm die Hände um den Kopf. Dann sah er ihm tief in die Augen. „Das ist eine hervorragende Idee."

„Wirklich? Das ist wunderbar." Trace' braune Augen strahlten erfreut. „Ich habe schon ganz kalte Füße", fügte er grinsend hinzu.

„Ja, wirklich." David schaltete die Kaffeemaschine ab, nahm Trace an der Hand und machte sich mit ihm auf den Weg zurück ins Schlafzimmer. Er kroch ins Bett, machte es sich gemütlich und zog Trace an seine Seite. „Vielleicht sollte ich öfter mal ausschlafen. Es fühlt sich eigentlich ziemlich gut an", murmelte er und schloss die Augen. Dann genoss er die Wärme von Trace' Körper, der an seiner Brust ruhte.

„Mmm", brummte Trace, der offensichtlich schon fast wieder eingeschlafen war. Er lag halb auf David und hatte seine kalten Füße unter dessen Beine geschoben. „Schlaf jetzt. Das kannst du später noch entscheiden", murmelte er und rieb sich mit der Wange an Davids Schulter, der immer noch auf der linken Seite schlief. Jetzt, da er wusste, dass alles zwischen ihnen in Ordnung war, konnte er unbesorgt wieder einschlafen.

12

„MEIN GOTT, bin ich froh, wenn ich diese fürchterlichen Sitzungen endlich hinter mir habe", grummelte David, als sie nach Hause kamen. Sie waren nach seinem Termin bei dem Physiotherapeuten noch zum Stöbern in einem Buchladen gewesen. Danach hatten sie in einem Steakhaus gemütlich zu Abend gegessen.

„Aber die Termine tun dir gut. Außerdem hast du heute nur höchstens zehn Minuten lang über seine Foltermethoden gejammert, und das ist definitiv ein Fortschritt." Trace warf ihm nur einen kurzen Blick zu, weil er sich aufs Einparken konzentrieren musste.

David seufzte und stieg aus dem Auto. Sicher, die regelmäßige Krankengymnastik hatte ihm geholfen. Er trug die Schlinge nur noch nach seinen Übungen oder wenn er abends müde war. Und heute war er sich nicht sicher, ob er sie überhaupt brauchen würde. „Stimmt", gab er zu, während Trace ihm die Tür aufhielt und sie das Haus betraten.

Trace schlurfte müde in die Küche und legte seufzend sein Jackett und den Laptop auf dem Tisch ab. Dann löste er seine Krawatte und sah an sich herab. Sein Anzug war zerknittert und schmutzig. „Ich glaube, jetzt kann ich eine lange, heiße Dusche vertragen. Ich bin von oben bis unten mit Staub bedeckt, seit ich auf der Baustelle für das neue Stadion war." Er warf David einen fragenden Blick zu. „Oder willst du erst noch einen Film ansehen oder so?"

David hörte ihm nur halb zu. In der letzten Woche war die sexuelle Spannung zwischen ihnen ständig gewachsen, weil sie sich immer ungezwungener berührt und erkundet hatten. Jetzt steuerte sie langsam auf einen Höhepunkt zu, und David war schon erregt, wenn er Trace auch nur ansah. Er hatte oft davon geträumt, Trace' warmen, samtenen Schwanz in der Hand zu spüren oder auf der Zunge zu schmecken. Eine gemeinsame Dusche mit einem nackten Trace war da genau das Richtige, um das Feuer, das in ihm brannte, zu löschen.

„Warum nicht", meinte er mit schleppender Stimme. „Aber noch besser wäre erst eine Dusche mit dir, und anschließend ein warmes, gemütliches Bett. Ich könnte mich sogar dazu überreden lassen, dich zu waschen."

Trace lachte. „Du suchst doch nur eine Ausrede, um meinen nackten Arsch zu begrapschen. Nicht, dass ich etwas dagegen hätte …", sagte er mit sichtlichem Vergnügen. Trace wusste, dass David sich bisher sehr zurückgehalten hatte. Sie waren noch nie zusammen nackt gewesen. Er legte den Kopf auf die Seite und sah David abschätzend von oben bis unten an. Ja, Davids nackter, durchtrainierter Körper unter der Dusche war mit Sicherheit ein Anblick, der nicht zu verachten war. Die Idee hörte sich immer besser an.

David sah, wie Trace sich gedankenverloren die Lippen leckte, und musste tief schlucken. Er wusste genau, dass ihm seine Gefühle für Trace deutlich anzusehen waren. Sogar Matt waren sie aufgefallen, und er hatte mehr als eine Bemerkung darüber gemacht. Trotzdem hatte David versucht, sie zumindest Trace gegenüber nicht all zu offen zu zeigen, weil er ihn damit nicht erschrecken wollte. Aber in der Intimität des Augenblicks war Davids Schutzschild zusammengebrochen. Mit offenem Begehren sah er Trace in die Augen.

Und Trace erwiderte seinen Blick, ohne auch nur mit der Wimper zu zucken.

Schweigend nahm David ihn an der Hand und führte ihn durch den Flur zu Badezimmer. Dann stellte er die Dusche an, damit das Wasser sich aufheizen konnte, und drehte sich zu Trace um. David fuhr ihm mit der Hand über das zerknitterte Hemd und schob die Finger unter den Kragen, um einige Knöpfe zu öffnen. Dann zog er ihm das Hemd über den Kopf. Kurz darauf folgte das Unterhemd. Davids Hand streichelte Trace sanft über die nackte Brust, erkundete jeden einzelnen Muskel. Er senkte den Kopf und seine Lippen legten sich auf eine der dunklen Brustwarzen.

Trace stöhnte leise und legte ihm vorsichtig die Hand auf die linke Schulter, um seine verletzte Seite zu schonen. Sie war schon gut verheilt, aber er wollte nichts riskieren, was David möglicherweise Schmerzen bereitete. Wie von selbst schob sich seine Brust Davids Lippen entgegen und seine Augen schlossen sich. Ermutigt von dieser Reaktion öffnete David den Mund und legte die Lippen um den kleinen Nippel. Sanft fing er an, daran zu saugen und ihn zwischen die Zähne zu nehmen. Mit einem befriedigten Knurren legte Trace ihm die Hand auf den Kopf und seine Finger krallten sich in Davids Haare. Mit der anderen Hand fasste er nach Davids Hüfte. „Verstehst du das unter Waschen?", fragte er leise, erhob aber keinen Widerspruch.

„Das ist erst der Anfang", erwiderte David mit belegter Stimme. Dann fiel er vor Trace auf die Knie und zog an seiner Hose. Trace versuchte, ihm zu helfen, aber David stieß seine Hand zur Seite. „Ich habe dir doch gesagt, dass ich mich um dich kümmern will. Hast du das schon vergessen? Du hast mir mehr als einmal helfen müssen, die Hose auszuziehen, und gleich darfst du es wieder tun. Aber jetzt bin ich erst dran." Davids Zunge folgte der Spur der Haare, die sich von Trace' Brust in den

121

Bauchnabel zog. Dort verharrte sie für einen kurzen Moment, dann glitt sie weiter nach unten. Trace griff haltsuchend nach Davids linker Schulter und er spürte, wie sein Schwanz in der engen Hose immer härter wurde und wild zu pochen begann.

David brummte zufrieden, als er Trace Reaktion sah, und fuhr mit den Zähnen über die Ausbuchtung hinter dem Stoff. Er hatte nur noch einen Gedanken – er wollte Trace ausziehen, von oben bis unten ablecken und saugen und … Gott, was wollte er alles mit ihm tun. Und Trace schien dazu bereit zu sein. David stand auf, schob ihm die Hose über die Hüften und drehte ihn zur Dusche. Dann regulierte er schnell die Temperatur, während Trace sich aus seiner Hose und den Boxershorts schälte.

Kurz darauf stand er David nackt gegenüber. Trace hatte sich noch nie für seinen Körper geschämt, und selbst wenn … vor Davids anerkennendem Blick verschwanden alle Unsicherheiten.

David schluckte schwer. Dann griff er nach Trace' Hand und legte sie sich auf die Brust. „Zieh mich aus", flüsterte er.

Trace fühlte immer noch Davids Lippen auf seiner Haut, fasste sich aber wieder, als er ihn bewegungslos vor sich stehen sah. Er sehnte sich nach Davids Mund um seinen Schwanz, war sich aber über seine eigene Reaktion darauf nicht sicher. Vielleicht hätte er sich nicht revanchieren können, und das wäre ihm sicher peinlich gewesen. Er griff nach Davids Hosenbund und öffnete den Knopf. Dann zog er vorsichtig den Reißverschluss auf. Das kannte er bereits. Es waren unkomplizierte Berührungen, an die er sich schon lange gewöhnt hatte. Bei einer Frau hätte er in diesem Moment seine Zurückhaltung aufgegeben, aber jetzt ließ er nur seine Knöchel leicht über Davids Erektion gleiten.

David konnte bei der Berührung ein Stöhnen nicht unterdrücken. Mit zitternden Knien lehnte er sich an die Wand. Jeder noch so kleine Kontakt mit Trace war erregender, als die raffiniertesten Techniken, die seine früheren Partner sich jemals ausgedacht hatten. Er fuhr mit den Fingern in Trace' lange Haare und zog seinen Kopf an sich heran, um ihn zu küssen. Mit einem Seufzer legte Trace die Hände auf Davids Hüften und schob die Hose nach unten. Dann folgte die Unterhose. Trace fühlte die Nervosität in sich aufsteigen. Bisher waren sie immer bekleidet gewesen, wenn sie zusammengelegen hatten. Wie würde es sich anfühlen, wenn sich ihre nackte Haut berührte? Trace war nicht schüchtern, aber …

Wieder und wieder küssten und streichelten sie sich, ihre Berührungen mittlerweile so vertraut, dass sie sich ganz dem sinnlichen Genuss hingeben konnten. David stieg aus seiner Hose und legte die Hand auf Trace' Hüfte, ließ seinen Daumen langsam über eine besonders sensible Stelle kreisen. Ihre Küsse waren zärtlich und liebevoll, ganz im Gegensatz zu dem Blut, das wild in Davids Ohren rauschte und auch andere Körperteile zum Pochen brachte. Trace entspannte sich langsam und sein kehliges Schnurren räumte Davids letzte Zweifel aus.

„Lass uns jetzt duschen gehen", forderte er Trace auf. Sonst schlage ich gleich vor, dass wir die Dusche ausfallen lassen und gleich ins Bett gehen, fuhr er in Gedanken fort.

Trace nickte und öffnete die Augen. Dann trat er durch die Glastür unter den warmen Strahl der Dusche. Er konnte Davids Augen auf sich gerichtet fühlen, die von seinem breiten, braungebrannten Rücken langsam nach unten wanderten, über seine schmalen Hüften und bis zu der blasseren Haut seines Hinterns. Als David ihm in die Dusche folgte, legte er Trace eine Hand auf die helle Haut, griff nach einer Pobacke und drückte sanft zu. Trace musste grinsen, als David seinen Hintern begrapschte. Dann griff er nach dem Knopf, um die Stärke des Wasserstrahls abzumildern, der über ihre Körper prasselte.

David trat einen Schritt auf Trace zu, der unter dem Strahl stehen geblieben war. Er drückte sich mit dem Oberkörper an Trace' Rücken und griff mit beiden Armen an ihm vorbei, um sich die Seife und einen Waschlappen zu holen. Er seifte den Waschlappen ein und rieb ihn über Trace' Brust, während er ihm mit dem Mund zärtlich über Schultern und Nacken glitt. Trace verlagerte sein Gewicht nach hinten und lehnte sich in Davids Umarmung. Es war so unglaublich sexy, Davids starken Körper hinter sich zu spüren, zu fühlen, wie sich Davids Schwanz an ihm rieb und seine warmen Lippen ihm die nackte Haut liebkosten. Trotz des warmen Wassers überlief ihn ein Schauer, und er musste sich an der Wand der Duschkabine abstützen.

„Dreh dich um", forderte David ihn auf und legte die ihm Hand an die Seite, um seine Bewegung zu lenken. Trace kam der Aufforderung nach und lehnte sich mit dem Rücken an die Wand. Sorgfältig wusch ihm David die Arme, von den Schultern bis zu den Händen. Dann sah er Trace in die Augen, griff nach seinen Händen und steckte sich, einen nach dem anderen, Trace' Finger in den Mund, um das Wasser von ihnen abzusaugen.

Trace wurde klar, dass sein erster Eindruck während des Pokerabends vor drei Wochen richtig gewesen war: Er wurde von David verführt, und er liebte es. Er hob den Arm und strich David mit den Fingerspitzen sanft über die Lippen. Trace fühlte sich so in der Erotik des Augenblicks gefangen, dass er an nichts anderes mehr denken konnte. Er konnte spüren, wie auch sein Körper reagierte und zunehmendes Interesse an Davids Berührungen bekundete, die sich wie ein Feuer in Trace' Haut einbrannten. Eine Hitzewelle durchflutete ihn und er wollte mehr, war süchtig nach Davids Berührung. Trace drehte sich etwas zur Seite und rieb seinen Schwanz an Davids Oberschenkel.

David ließ seine Hände – in der einen hielt er noch den Waschlappen – von Trace' schaumbedeckten Schultern auf seine harte Brust gleiten, wo er zärtlich seine Nippel umkreiste. Dann sank er vor Trace auf die Knie und rieb ihm mit dem Waschlappen über den Bauch. Trace' harter Schwanz hatte mittlerweile seine volle Größe erreicht, und stand stolz und steif von seinem Körper ab. Mit ihm ließ sich David besonders viel Zeit, bevor er den Waschlappen zwischen Trace' Beine schob und ihm mit sanften, massierenden Bewegungen die Hoden wusch. Das warme Wasser prasselte auf Trace und spülte den Schaum von ihm ab. Davids Zunge und Lippen glitten über ihm über den steifen Schwanz, saugten das Wasser ab, so wie sie es zuvor von seinen Fingern gesaugt hatten. Als David zu ihm aufsah, glänzten seine blauen Augen vor Verlangen.

Trace lehnte stöhnend den Kopf an die Wand und verfolgte jede Bewegung von Davids Händen, die ihm verführerisch über den Körper glitten. Er versuchte, langsamer zu atmen und seine Erregung zu kontrollieren. Aber damit war es schnell vorbei, als David den Kopf nach vorne beugte und ihm mit der Zunge über den steifen Schwanz leckte. Er krallte die Finger in Davids Haare rief keuchend seinen Namen. Er hätte noch mehr sagen wollen, aber er wollte diesen wunderbaren Augenblick nicht durch Vulgaritäten zerstören. Mit leidenschaftlichem Blick sah er David an und flüsterte nur ein Wort: „Bitte!"

Als Davids Lippen die samtweiche Spitze von Trace' Schwanz berührten, schnurrte er zufrieden. Er leckte und saugte ihn zärtlich, ließ seine feuchte Zunge von unten nach oben und um die Eichel gleiten. Als er den Mund öffnete, schob Trace sich nach vorne und David saugte ihn tief in sich ein. Seine schaumbedeckten Hände setzten ihre Entdeckungsreise fort, spielten mit Trace' schweren Eiern und jedem Zentimeter Haut, den sie erreichen konnten.

„Oh, Baby! So gut ...", keuchte Trace. Vorsichtig drückte er sich weiter in Davids Mund und zog sich wieder zurück. Er wollte nicht zuviel verlangen. Zum einen war es das erste Mal mit David, und zum anderen reichte allein das schon aus, um Trace fast zum Höhepunkt zu bringen.

Davids Grinsen sagte Trace, dass sein Zustand ihm nicht verborgen geblieben war. Aber Trace war kein Unschuldslamm, auch wenn sich seine bisherigen Erfahrungen auf Frauen beschränkten. Er griff nach Davids Kopf und zog ihn leicht an sich heran. David legte ihm die Hände auf den Hintern und unterstütze seine Bewegungen, bis sie einen harten, schnellen Rhythmus fanden. Mit jedem Stoß schluckte David, und Trace' Schwanz glitt ihm über die Zunge bis tief in die Kehle.

„Oh, verdammt!" Fluchend krallte Trace die Finger in Davids Haare. Seine Hüften schnellten vor und zurück, und Trace konnte sich kaum noch beherrschen, das Gefühl war einfach zu unbeschreiblich. Mit einer Frau hatte er sich noch nie so gehen lassen können. Die wenigen Male, die er es versucht hatte, waren nicht gut ausgegangen. Aber dieses Mal ging es nicht nur gut aus, David ermutigte ihn sogar noch dazu.

Trace hielt sich nicht zurück, im Gegenteil. Seine Reaktion wirkte unglaublich erregend auf David. Er griff nach seinem eigenen, steinharten Schwanz und stieß mit harten, schnellen Bewegungen in seine Faust.

„David, oh ...", keuchte Trace. Seine Eier zogen sich zusammen und es prickelte ihn am ganzen Körper. „David!" Er warf denn Kopf zurück und ließ das Wasser über sein Gesicht laufen. Trace konnte sich beim besten Willen nicht mehr daran erinnern, warum er sich jemals vor diesem Erlebnis gefürchtet hatte.

David zog den Kopf zurück und ersetzte seinen Mund durch die Hand, die eben noch auf Trace' Hintern gelegen hatte. „Komm für mich, Trace", keuchte er. Seine Lippen waren rot und geschwollen. „Ich will dich schmecken." Dann griff er wieder nach Trace' Arschbacke und ließ die Finger in seine Spalte gleiten. *Ganz langsam, Carmichael,* ermahnte er sich. Irgendwann – bald! – würde er Trace zeigen, wie eine Prostatamassage wirkte. Was nicht hieß, dass er nicht selbst … David ließ die andere Hand an seinem eigenen Schwanz nach unten und über die zum Bersten gefüllten Eier nach hinten gleiten, wo er sich wimmernd einen Finger an sein Loch presste. Er war schon so lange nicht mehr gefickt worden.

Trace zitterte am ganzen Leib. Er war so kurz davor, zu explodieren, dass er Davids Hand auf seinem Arsch kaum noch wahrnahm. Mit weit aufgerissen Augen starrte er David an, und der Anblick ließ ihn nicht mehr los. Es war atemberaubend, und er wollte keinen Augenblick versäumen. David hatte sich eine Hand zwischen die Beine geschoben, seine Lippen lagen um Trace' harten Schwanz und murmelten dabei unverständlich vor sich hin. Er hatte die Augen geschlossen, und in seinem Gesicht lag ein Ausdruck ungetrübter Ekstase, während er sich auf seiner Hand auf und ab bewegte. Trace konnte sich gut vorstellen, was da unten vor sich ging. In diesem Moment schlug die Welle über ihm zusammen und er schrie, den Blick fest auf David gerichtet, laut auf, als ein überwältigender Orgasmus über ihn hereinbrach.

David hörte nicht auf, um den pochenden Schwanz in seinem Mund zu schlucken und ihn sanft zu saugen. Er war nur noch Bruchteile von Sekunden von seinem eigenen Höhepunkt entfernt und der beständige Druck, den er mit dem Finger auf seine Prostata ausübte, brachte ihn fast zum Wahnsinn. Er ließ Trace' Schwanz aus dem Mund gleiten und sah ihn an. Dann griff er wieder nach seinem eigenen Schwanz.

„Verdammt", keuchte Trace, als Davids Mund ihn losließ.

„Jetzt bist du entspannt", brummte David fing und mit der Zunge die Wassertropfen auf, die über Trace' Schwanz liefen.

„Entspannt …", stöhnte Trace, der sich langsam wieder beruhigte und die Augen geschlossen hatte.

„Schau mir zu!", verlangte David. „Schau genau hin, was du mit mir machst."

Trace sah ihn an. Davids Blick war fest auf ihn gerichtet. Mit einer Hand hielte er seinen Schwanz umklammert, die andere hatte er sich zwischen die Beine geschoben. Trace fühlte sich schwindlig und ließ sich befriedigt gegen die Wand fallen, um das Gleichgewicht nicht zu verlieren, während er David weiter beobachtete. Mit zitternder Hand wischte er sich das Wasser aus dem Gesicht und wünschte sich, einige Jahre jünger zu sein. Dann wäre er bei dem Anblick, der sich ihm bot, wahrscheinlich wieder steif geworden. David kniet vor ihm und leckte ihm genüsslich das Sperma vom Schwanz. Trace zuckte zusammen. „Mach schon", murmelte er heiser. „Ich will es jetzt sehen."

David drehte die Hand zwischen seinen Beinen leicht zur Seite. Dann senkte sich sein Körper auf die ausgestreckten Finger herab und verschluckte sie. Mit der anderen Hand hielt er immer noch seinen Schwanz umklammert. Sie bewegte sich jetzt rasend schnell auf und ab. „Trace!" schrie er, und dann passierte es. Davids Körper erstarrte und zog sich um die Finger in seinem Arsch zusammen, ließ seinen Orgasmus noch an Stärke zunehmen, bis er nicht mehr konnte. Erschöpft kippte er schließlich nach vorne und sein Kopf fiel an Trace' Oberschenkel. „Mein Gott, Trace!"

Davids Körper, der unter der Macht seines Höhepunkts erbebte und sich aufbäumte, war mit Abstand der erotischste Anblick, den Trace jemals erlebt hatte. Ihm stockte fast der Atem. Davids Ekstase schien auf ihn überzugreifen und verlängerte sein eigenes Hochgefühl.

David rang laut nach Luft und versuchte, seine Atmung wieder unter Kontrolle zu bekommen. „Oh, verdammt", keuchte er und tastete suchend nach der Seife, während das Wasser die letzten Spuren seines Höhepunkts davonspülte.

Trace streichelte ihm zärtlich über die Haare, die Schultern und das Gesicht. Er konnte Davids heißen Atem an seinem Bein spüren und fühlte sich immer noch wie vor den Kopf geschlagen, weil er selbst es gewesen war, der diese überwältigende Reaktion in seinem Freund ausgelöst hatte. Dann drehte er das Wasser ab und lehnte sich stöhnend wieder an die Wand. „Ich glaube, meine Beine versagen mir gleich den Dienst", murmelte er und streichelte David dabei über den Kopf.

„Das ist einer der Vorteile, wenn man sowieso schon kniet", scherzte David und versuchte vergeblich, auf die Beine zu kommen.

Trace sah ihn lachend an. „Und wie willst du jetzt von dort unten wieder hochkommen?", fragte er mit blitzenden Augen. Aus seiner Perspektive war David ein wirklich schöner Anblick. Nein, er war aus *jeder* Perspektive ein schöner Anblick.

„Mein Freund mit dem Pudding in den Knien hilft mir bestimmt", meinte David und streckte hilfesuchend den Arm aus.

Grinsend beugte sich Trace zu David herab und griff ihm unter die Arme, um ihn hochzuziehen. Bei dem Versuch, ihr Gleichgewicht wiederzufinden, fielen sie aneinander. Trace dachte nicht lange nach und nutzte die Situation, um David zu küssen.

David grinste zurück und leckte ihm das Wasser von den Lippen. „Du schmeckst überall gleich gut, oben wie unten. Wir sollten öfter zusammen duschen." Er öffnete die Schiebtür und verließ die Duschkabine. Dann holte er ein Handtuch aus dem Regal und warf es Trace zu. „Ich bin dafür, dass wir uns erst abtrocknen und dann etwas hinlegen. Mir wird langsam kalt und das Bett ruft nach mir. Zumal du es so schön frisch bezogen hast."

Trace hatte sich immer noch nicht ganz an die neue Intimität gewöhnt, die sich in Davids Worten ausdrückte. Aber er liebte sie und hatte ein wunderbares Gefühl dabei. Er fing das Handtuch auf und trocknete sich ab. Heute Abend war er wirklich müde. „Das war so unglaublich", flüsterte er und beugte sich vor, um David noch einen zarten Kuss auf den Mund zu drücken. Er fühlte sich immer noch etwas unsicher über Davids Reaktion darauf. Aber das war lächerlich, und deshalb beschloss er, seine Zweifel zu verdrängen. Und wie zur Bestätigung gab er David noch einen Kuss auf die Wange, hängte das Handtuch auf und verließ das Badezimmer.

David biss sich auf die Lippen und sah Trace nach. Er hätte ihm so viel sagen wollen, aber er war sich nicht sicher, ob jetzt dazu schon der rechte Zeitpunkt war. Oder ob dieser Zeitpunkt überhaupt jemals kommen würde. Ohne einen Gedanken an seinen Pyjama zu verschwenden, ging er zum Bett und schlüpfte nackt unter die kühle, frischbezogene Decke. „Mmm", brummte er schläfrig und rückte näher zu Trace. Das Kuscheln würde er am meisten vermissen, wenn Trace demnächst wieder in seine eigene Wohnung zurückkehrte.

Trace lag gewöhnlich auf der Seite, wenn er einschlief. Erst im Laufe der Nacht drehte er sich auf den Bauch und landete schließlich halb auf David. Jetzt zog er den Arm zur Seite, damit David näher zu ihm heranrücken konnte. Dann umarmte er ihn gähnend.

„Nacht", nuschelte David und schmiegte sich mit dem Gesicht an seine Brust.

„Nacht", erwiderte Trace. Es war behaglich warm im Bett, und er fühlte sich rundum wohl, schläfrig und in jeder Hinsicht befriedigt. Dass sie das erste Mal nackt zusammen im Bett lagen, schien nur dazu zu passen. Ziellos streichelte er mit den Fingern über Davids Schulter und schlief mit einem zufriedenen Lächeln auf den Lippen ein.

13

„Los jetzt, David. Du musst dich bald umziehen für den Pokerabend", rief Trace aus dem Schlafzimmer. „Die Jungs haben zwar gesagt, dass normale Klamotten angesagt sind, aber bei dem, was du darunter verstehst, halten sie dich noch für einen Obdachlosen. Hast du nicht wenigsten *eine* Jeans, die keine Löcher hat? Oder Khakis?"

„Oh ja? Und was willst *du* anziehen, du Geck? Wenn du deine einzige Jeans anziehst, wirst du das Schlafzimmer nicht verlassen", rief David aus dem Wohnzimmer zurück. *Oh nein!* Die Jeans zeigten definitiv zu viel von Trace' unwiderstehlichem Hintern, damit konnte David ihn nicht an die Öffentlichkeit lassen.

„Khakis und ein T-Shirt", erwiderte Trace abwesend und wühlte dabei in der Schublade mit Davids Unterwäsche.

„Und ich ziehe Jeans an", gab David ungerührt zurück und bewegte sich keinen Zentimeter von seinem gemütlichen Platz auf dem Sofa. Auf seinem Schoß hatte es sich Mabel bequem gemacht.

„Die sind aber alle nicht gewaschen, und einige werden wahrscheinlich nur noch durch den Dreck zusammengehalten. Sie fallen bestimmt auseinander, wenn sie nur in die Nähe der Waschmaschine kommen."

„Kannst du nicht mit dem Schreien aufhören und ins Wohnzimmer kommen?", rief David über den Flur. „Und warum wühlst du überhaupt in meinen Klamotten rum?"

Trace kam über den Flur und blieb in der Wohnzimmertür stehen. „Weil ich die Wäsche wegräumen will, die ich gestern gewaschen habe. Und ich kann dir sagen – für einen Mann, der nur zu Hause sitzt und wieder gesund werden soll, hast du einen erstaunlichen Verschleiß." Sein Zeigefinger war anklagend auf David gerichtet. „Außerdem hättest du sie ruhig in den Wäschekorb werfen können, dann hätte ich sie schon vor Tagen mit den anderen Sachen gewaschen und sie wären jetzt sauber. Aber jetzt hast du nur noch die Anzüge im Schrank und die Sportsachen in der Kommode. Was ich in den Schubladen gefunden habe, nimmt dir teilweise nicht mal mehr die Wohlfahrt ab. Du hast absolut nichts Normales zum anziehen, und deine Jeans sind alle schmutzig."

David rümpfte die Nase. „Versuch es in der anderen Kommode. Die dritte Schublade von oben."

„Da sind die Bettlaken drin", meinte Trace und zog die Stirn in Falten. Wieso sollte er dort etwas finden?

„Ja, schon. Aber zwischen den Laken." David musste über seine eigenen Worte lachen.

Kopfschüttelnd verschränkte Trace die Arme vor der Brust und seufzte betrübt. Aber er würde es schon schaffen, dass David etwas Nettes anzog. Und zwar keinen dieser fürchterlichen Anzüge von der Stange, die er normalerweise im Büro trug. Trace strich sich über die Haare und verschwand mit entschlossener Miene wieder im Flur.

David sah ihm nach und grinste so breit, dass er davon wahrscheinlich morgen Muskelkater in den Wangen haben würde. Sie hörten sich mit ihren Kabbeleien an wie ein altes Ehepaar. Der Gedanke gefiel David, und er biss sich nachdenklich auf die Unterlippe. *Ja, genau das will ich.* Es war erst eine Woche her, seit David in der Dusche vor Trace gekniet und das erste Mal herausgefunden hatte, wie sehr Trace ihn begehrte. Seit diesem Tag war ihre Intimität täglich gewachsen.

„Das kann doch nicht dein Ernst sein!"

David wandte den Kopf zur Tür. Dort stand Trace und schwenkte eine Jeans, die er sich mit der Gürtelschlaufe über den Zeigefinger gehängt hatte. „Das sind meine Lieblingsjeans", erklärte ihm David.

„Und sie sind noch schlimmer als meine", erwiderte Trace. Mit dieser Hose würde David entweder wegen unzüchtiger Bekleidung festgenommen werden, oder er könnte sich vor Anträgen nicht mehr retten.

„Sind sie nicht. Es ist eine absolut anständige Hose", erwiderte David beharrlich.

„Ah ja. Dann zieh sie doch an und zeige mir, wie anständig sie ist", schlug Trace ihm vor und schwenkte die Jeans wieder hin und her.

David sah Trace an und musste sich ein Lachen verkneifen. Die ursprünglich blauen Jeans waren im Laufe der Jahre wieder und wieder gewaschen worden – echte Wranglers waren wirklich unverwüstlich. Diese hatte er schon seit seiner Studienzeit. Aber das würde er vor Trace niemals zugeben. Außerdem war David verdammt stolz darauf, dass die Hose ihm nach so vielen Jahren immer noch passte. Auf keinen Fall würde er sie weggeben oder ausmisten.

„David?"

Blinzelnd kam David wieder in die Gegenwart zurück und schob die protestierende Mabel von seinem Schoß. Dann stand er auf und zog sich nackt aus. Trace riss überrascht die Augen auf, aber David ignorierte ihn. Unter der bequemsten Jeans aller Zeiten trug er nie eine Unterhose. Er ging auf Trace zu, nahm ihm die Hose aus der Hand und zog sie an. Vorsichtig bewegte er seinen rechten Arm, um sie selbst zuzuknöpfen.

Trace räusperte sich und sah, die Augen immer noch weit aufgerissen, zu, wie David sich die enge, ausgewaschene Jeans anzog. Sie saß wie eine zweite Haut und betonte Davids Körper genau an den richtigen Stellen. Bei dem Anblick wurde auch Trace' Jeans plötzlich zu eng.

Fragend zog David eine Augenbraue in die Höhe. „Was ist?" Gebannt sah er zu, wie Trace sich mit der Zunge über die trockenen Lippen fuhr und ihn von allen Seiten begutachtete.

„Diese Jeans willst du also in der Öffentlichkeit tragen?", wollte Trace wissen. Die Vorstellung behagte ihm gar nicht. Er wusste zwar, dass Matt keine Konkurrenz war, aber bei Patrick war er sich da nicht so sicher.

„Aber sicher", meinte David achselzuckend. „Es ist doch nicht das erste Mal." *Matt war sogar dabei, als ich sie gekauft habe.*

Trace legte ihm die Hand auf den Hintern und ließ sie über die knackigen, muskulösen Arschbacken gleiten, die von dem ausgewaschenen Stoff nur unzureichend bedeckt wurden. Dann legte er zwei Finger auf eine besonders dünne Stelle und streichelte die nackte Haut, die er durch das ausgelaugte Gewebe spüren konnte. „Es ist ja nicht so, dass ich etwas dagegen hätte, wenn *ich* deinen Hintern so sehe", meinte er und kniff zur Bestätigung in besagtes Hinterteil. „Aber ich bin mit nicht sicher, ob ich den anderen diesen Anblick gönne."

„So ist das also …", meinte David und ein Lächeln breitete sich auf seinem Gesicht aus. Wer hätte gedacht, dass Trace so besitzergreifend sein konnte?

Trace legte seine Hand auf die deutlich sichtbare Ausbuchtung auf der Vorderseite der Jeans. „Ich glaube, der Gedanke gefällt dir", flüsterte er. „Es gefällt dir wirklich, dass ich dich nicht teilen will."

„Oh ja", gab David mit rauer Stimme zu. „Es gefällt mir wirklich."

Trace trat vor ihn, ohne die Hand von seinem Hintern zu nehmen, und gab ihm einen zärtlichen Kuss auf den Mund. „Mir gefällt es auch."

David musste tief schlucken. Die Luft schien vor Spannung zu knistern und ihre Körper bewegten sich, wie von einem unsichtbaren Magnet angezogen, aufeinander zu. Trace Hand auf seinem Hintern drückte noch einmal sanft zu, dann trat er einen Schritt zurück.

„Dann sind wir uns ja einig", verkündete er.

„Einig? Worüber sind wir uns einig?", fragte David mit einem Anflug von Panik in der Stimme. Nein, er würde diese Jeans niemals wegwerfen.

„Du brauchst mehr Alltagskleidung. Neue Jeans, eine praktische Khakihose, und vielleicht einige kurze Hosen zum Laufen", antwortete Trace und nickte dabei mit dem Kopf. „Wir gehen einkaufen."

David blieb vor Schreck die Luft weg. „Kurze Hosen? Aber … Trace!", protestierte er. „Einkaufen? An einem Samstag? Heute sind sämtliche Teenager der Stadt im Einkaufszentrum unterwegs, um ihre Paarungsrituale zu zelebrieren!"

„Keine Angst, wir werden es schon überleben." Trace nahm Davids Gesicht zwischen beide Hände. „Und diese Jeans sind *nicht* anständig, deshalb wirst du sie auf keinen Fall anziehen. Ist das klar?"

„Ich zeige dir gleich, was nicht anständig ist", erwiderte David und griff nach Trace, der sich ihm aber entzog.

„Los jetzt! Je eher wir losfahren, um so eher sind wir wieder zurück. Dann werde ich dich vielleicht …"

„… dafür belohnen, dass ich die Tortur überlebt habe", beendete David den Satz und seine Augen blitzten erwartungsvoll.

Trace lächelte nur. Er hatte schon seine Pläne mit David und diesen Jeans.

„PASS AUF, dass du die Salsa nicht verschüttest!", warnte David, der gerade eine Schüssel mit Snacks auffüllte, als Matt ihn von hinten anrempelte. Er hatte Matt zwar nicht kommen sehen, aber Trace unterhielt sich im Esszimmer mit Davids anderen Freunden, und die beiden waren die einzigen, die keine Probleme mit Ganzkörperkontakt hatten. David fiel auf, dass er seit einiger Zeit unbewusst immer darauf achtete, wo Trace sich gerade aufhielt. Wahrscheinlich hatte das mit den sexuellen Spannungen zu tun, die seit ihrem Einkaufstrip in der Luft lagen, und die immer noch nicht abgebaut waren.

Es war nicht annähernd so schlimm gewesen, wie David es erwartet hatte. Aber das lag wahrscheinlich auch an Trace, der ihn jedes Mal in die Umkleidekabine begleitet hatte und die Finger nicht von ihm lassen konnte. Unglücklicherweise war es dabei geblieben, denn sie hatten mehr Zeit zum Einkaufen gebraucht als erwartet. Deshalb hatten sie es danach gerade noch geschafft, das Esszimmer aufzuräumen und die Snacks aus den Tüten in Schüsseln zu füllen, um sie auf das Buffet zu stellen. Dann hatte es auch schon geklingelt, und Matt stand mit den anderen Jungs im Schlepptau vor der Tür.

„Wie ich sehe, hat Mabel sich hier mittlerweile gut eingelebt", meinte Matt lachend, als Patrick im Esszimmer zum zigsten Mal über das ‚verlauste Fellknäuel' fluchte und sie vom Tisch verjagte. Mabel war offensichtlich fest davon überzeugt, dass Pokerchips nur zu ihrer Unterhaltung erfunden worden waren.

David lachte, sah über die Schulter ins Nachbarzimmer und direkt Trace in die Augen.

„Und ihr Besitzer auch", fügte Matt anzüglich grinsend hinzu.

„Ja", meinte David und konzentrierte sich wieder auf den Käse, der auf dem Holzbrett lag und noch in Würfel geschnitten werden musste. Sie hatten vorhin keine Zeit mehr gefunden, ein Abendessen vorzubereiten. Deshalb gab es heute nur eine kalte Platte.

„Ja? Mehr hast du dazu nicht zu sagen? Komm schon, diese Sache zwischen euch ist doch längst über die reine Neugier hinaus."

Davids Magen zog sich zusammen. „Oh, er ist schon noch neugierig …"

„Und?"

Normalerweise nahm David Matt gegenüber kein Blatt vor den Mund, wenn es um sein Liebesleben ging. Aber in diesem Fall war das anders, und David zögerte, ihm die Details mitzuteilen. Er hatte das Gefühl, als würde er seine Beziehung zu Trace irgendwie gefährden, wenn er laut darüber sprach. „Habe ich mich eigentlich schon bei dir dafür bedankt, dass du mir in den Hintern getreten hast?", fragte er stattdessen.

Matt sah ihn einen Moment nachdenklich an. „Nein. Aber ich freue mich für dich, dass es funktioniert hat. Du bist schon viel zu lange allein gewesen. Wenn er jetzt noch für eine andere Zeitung arbeiten und ein anderes Baseballteam unterstützen würde – er wäre perfekt."

„Du bist auch schon lange ohne feste Beziehung", meinte David und sah seinen Freund an, dem diese Frage offensichtlich unangenehm war. Normalerweise überspielte Matt ernste Themen mit einer flapsigen Bemerkung, aber heute blieb jeder Kommentar aus.

„Stimmt. Und zwar länger, als mir lieb ist. Ich habe irgendwie den richtigen Moment verpasst. Vielleicht bin ich schon zu alt, um noch interessant zu sein." Matt sah ins Esszimmer hinüber, wo Mabel gerade ihre Pfote in Trace' Whiskyglas steckte, als ob sie einen Fisch fangen wollte. „Ich sollte mir auch eine Katze zulegen."

David schnaubte nur. „Das möchte ich erleben! Einen Hund vielleicht, ja. Aber du bist definitiv nicht der Typ für eine Katze."

„Hunde machen viel zu viel Arbeit."

„Und genau das ist der Grund, warum du keinen Freund hast." David legte das Messer zur Seite und zog Matt am Hemdkragen zu sich heran. „Menschen machen nämlich auch Arbeit. Sie sitzen nicht einfach nur anspruchslos zu Hause und warten darauf, dass du abends zurückkommst und sie mit deine Liebe überhäufst."

„Stimmt, und das ist mein Problem", sagte Matt mit einem schiefen Grinsen. David sah ihn zurechtweisend an und wackelte mit dem Zeigefinger.

„Spielt ihr die nächste Runde wieder mit?", rief Patrick aus dem Esszimmer.

„Ich bin dabei", antwortete Matt und machte sich schnell auf den Rückweg, bevor David das Thema vertiefen konnte.

Mit einem frustrierten Seufzer schob David die Käsewürfel von dem Brett auf den leeren Teller, und kippte dann noch einige Cracker dazu. Er dachte kurz darüber nach, ob Matt und Patrick nicht ein gutes Paar abgeben würden. Aber nein, die beiden würden sich wahrscheinlich innerhalb einer Woche an die Gurgel springen. *Woher kommt es nur, dass man immer alle Leute verkuppeln will, bloß weil man sich selbst verliebt hat?*

David stand vor der Küchentheke und starrte auf den Käseteller. Verliebt. Ja, er liebte Trace. Er liebte ihn sogar sehr. Die Frage war nur, ob er ihm das sagen sollte oder ob ein solches Bekenntnis ihre aufkeimende Beziehung wieder zerstören würde, bevor sie richtig begonnen hatte. Was war, wenn Trace ihre Beziehung wirklich nur als eine Chance sah, ohne weitere Verpflichtungen zu experimentieren und seine Neugier zu befriedigen? David stöhnte. Trace hatte ihm keinen Grund für solche Zweifel gegeben. Es war Davids eigene Nervosität, die ihn so unsicher machte.

Er nahm das Tablett mit den Snacks, machte sich auf den Rückweg ins Esszimmer und sah Trace an, während er an seinen Platz zurückging. Ihre Blicke trafen sich und David konnte das nackte Verlangen in Trace' Augen sehen. David fühlte sich wie berauscht und seine Sorgen lösten sich in Luft auf. *Jetzt muss ich nur noch so lange durchhalten, bis wir die anderen rausschmeißen können, ohne dass es auffällt ...*

14

DAVID SUMMTE gutgelaunt vor sich hin, als er den Auflauf abstellte, um die Herdklappe zu öffnen und ihn aufzuwärmen. Er hatte etwas gemogelt und die Cannelloni in seinem Lieblingsrestaurant bestellt. Aber wenn es ums Kochen ging, heiligte der Zweck die Mittel. Matt hatte ihm die Bestellung heute Mittag vorbeigebracht und sich sogar seine üblichen Scherze darüber verkniffen, dass er jetzt als Lieferant für Davids ‚Verabredungsessen' herhalten musste. Aber Davids Gedanken waren bei Trace, der bald nach Hause kommen würde. Er musste über sich selbst lachen, als ihm die Häuslichkeit der Situation bewusst wurde. Sein Physiotherapeut hatte ihm erlaubt, ab Montag wieder an drei Tagen wöchentlich arbeiten zu gehen – wenn auch nur halbtags. David konnte es kaum erwarten, Trace die gute Nachricht mitzuteilen.

„Ich bin in der Küche!", rief er, als hörte, wie sich die Hintertür öffnete.

„Okay!", antwortete Trace.

David hörte Trace Schritte, die im Büro verschwanden. Plastik raschelte und die Anzüge aus der Reinigung wurden aufgehängt. Als Trace nach einigen Minuten immer noch nicht in die Küche kam, ging David in den Flur, um nachzusehen. Trace stand im Büro und besah sich die Regale und Schränke, in denen sich im Laufe der letzten Monate ein Teil seiner Kleidung angesammelt hatte. Er knabberte nachdenklich am Daumen.

„Hast du dich verlaufen?", fragte David, der Trace von der Tür aus beobachtete. Dann ging er zu ihm, legte ihm von hinten die Arme um die schlanke Taille und stützte das Kinn auf seine Schulter. „Ich habe meine Sachen aus der Reinigung heute zu Hause abliefern lassen. Wenn ich gewusst hätte, dass du auch noch Anzüge dort hast, hätte ich sie mitliefern lassen und dir den Weg erspart."

„Das ist nicht das Problem", erwiderte Trace und griff nach Davids Händen. Dann drehte er den Kopf und gab ihm einen Kuss an die Schläfe.

„Ich habe heute eine erfreuliche Mitteilung bekommen. Sie geben mich endlich frei und ich kann wieder arbeiten gehen."

Trace runzelte die Stirn. Jetzt schon? So plötzlich sollte David wieder gesund sein und arbeiten gehen? „Es ist noch viel zu früh, schon wieder jeden Tag …"

David legte ihm die Hand auf die Brust. „Nicht jeden Tag und auch nicht ganztags. Und ich darf auch noch nicht selbst fahren. Aber Attila der Hunnenkönig hat mit drei halbe Tage genehmigt."

„Attila der Therapeut oder Attila die Krankenschwester?"

„Ich muss mir offensichtlich mehr Mühe geben und fantasievollere Namen finden, wenn du die beiden verwechselst", lachte David. „Der Physiotherapeut."

„Weiß er denn, wie viel du tippen musst?", fragte Trace und warf einen zweifelnden Blick auf Davids rechte Schulter.

„Wieso? Macht das einen Unterschied? Ich schreibe sowieso im Zwei-Finger-Suchsystem. Ob eine Hand oder zwei – ich bin so lahm wie eine Schnecke."

Trace zog ihn seufzend in die Arme und gab ihm einen zärtlichen Kuss. „Ich bin trotzdem stolz auf dich! Jetzt wirst du endlich dafür belohnt, dass du deine Übungen so konsequent durchgezogen hast. Außerdem warst du kurz vorm Lagerkoller. Ich mache mir nur Sorgen, dass deine Schulter vielleicht noch nicht ganz verheilt ist und du sie dir wieder verletzen könntest."

„Mir passiert schon nichts." David legte den Kopf auf Trace' Schulter. „Und ohne dich hätte ich es sowieso nicht so schnell geschafft. Du hast mich davor bewahrt, endgültig durchzudrehen." Er verschränkte ihre Finger und zog Trace zur Tür.

Als sie das Büro verlassen hatten, zog Trace hinter sich die Tür ins Schloss. „Es hat sich eine ganze Menge von mir hier angesammelt. Ich muss bestimmt mehrmals fahren, um es alles wieder nach Hause zu bringen. Du bist wahrscheinlich froh, wenn du die Regale, die du für mich freigeräumt hast, wieder mit deinem gesammelten Krimskrams füllen kannst", meinte er scherzend.

David stolperte vor Schreck und wäre fast gestürzt, aber glücklicherweise reagierte Trace schnell und verhinderte es noch rechtzeitig. David war so glücklich darüber gewesen, mit Trace zusammen zu sein, dass er über dessen bevorstehende Rückkehr in die eigene Wohnung nicht mehr nachgedacht hatte. Sie hatten nie über die Zukunft gesprochen. „Ja, richtig." Er hatte ein flaues Gefühl in der Magengrube. „Das Abendessen ist fertig, falls du jetzt Hunger hast", sagte er mit belegter Stimme. Ihm war der Appetit vergangen. Wieso hatte er vergessen, dass Trace wieder ausziehen würde?

Trace hörte die Anspannung in Davids Stimme und drehte sich zu ihm um. Er sah die Sorgenfalten in Davids Gesicht. „Was ist los mit dir?", fragte er mitfühlend und fuhr ihm mit dem Finger über die Stirn. Ging es David genauso wie ihm? Hatte er sich auch an ihr Zusammenleben gewöhnt? „Freust du dich nicht, dein Haus endlich wieder für dich alleine zu haben?", fragte Trace ihn gespannt. „Es heißt ja noch lange nicht, dass ich nicht mehr für dich da bin. Das wird niemals passieren", fügte er hinzu und zog David sanft in seine Arme.

David seufzte und entspannte sich spürbar, als er seinem Freund in die Augen sah und erkannte, dass Trace seine Worte ernst gemeint hatte. Er verstand, dass Trace sich nach seinen alltäglichen Routinen sehnte, und deshalb wieder in seine eigene Wohnung zurückkehren wollte. Es gab für David nur zwei Möglichkeiten: Entweder er fand sich damit ab oder er versuchte, Trace zum Bleiben zu überreden. „Es wird einsam werden, wenn du nicht mehr hier bist. Übrigens habe ich Cannelloni von *Angelo* besorgt."

„Ich liebe Angelos Cannelloni", erwiderte Trace und rieb zärtlich ihre Nasen aneinander, während er David einen Kuss gab. „Komm jetzt. Wir duschen noch schnell, und dann darfst du mich füttern." Er nahm Davids Hand und zog ihn mit sich. „Und für die Zeit danach habe ich schon Pläne gemacht."

Als sie eine dreiviertel Stunde später in der Küche standen, nahm David das Thema wieder auf. „Ich hoffe doch, dass es zu deinen Plänen gehört, uns gehörig zum Schwitzen zu bringen", flüsterte er verführerisch und drückte Trace gegen den Schrank.

Trace brummte zufrieden, als David sich an ihn presste. „Oh ja", antwortete er heiser und liebkoste Davids Hals. Sein Inneres zog sich vor Verlangen zusammen. „Deshalb sollten wir uns mit dem Essen besser beeilen. Sonst kommen wir nicht mehr dazu, weil ich kurz davor bin, vor die auf die Knie zu fallen."

Gott, wie Trace sich danach sehnte, genau das zu tun. Es wurde Zeit, dass er es versuchte. Er hatte Davids Schwanz in den Händen gehalten und seinen Samen von den Fingern geleckt, aber jetzt wollte er mehr. Er wollte erleben, wie David die Kontrolle verlor und vor Ekstase in tausend Stücke zersprang – so, wie es Trace selbst ergangen war. Und Trace wollte sein Bestes geben, damit es dazu kam.

David lief bei Trace' Worten ein Schauer über den Rücken, seine Brustwarzen zogen sich zusammen und sein Schwanz wurde hart. Er fasste Trace an den Hintern und zog ihn zu sich heran, um sich fest an seinen Oberschenkel zu drücken. „Meinst du das ernst? Willst du wirklich …", David konnte den Satz nicht beenden. Er schluckte tief, überwältigt von den Bildern, die ihm durch den Kopf jagten.

Trace ging es nicht viel anders. Er rieb sein Gesicht an Davids Wange und streichelte ihm über die Arme. „Ja", flüsterte er mit rauer Stimme und nickte dazu. „Ich möchte dir so gerne zeigen, wie ich mich fühle, wenn du es mit mir machst."

David erbebte am ganzen Körper. Abendessen wurde seiner Meinung nach ziemlich überwertet. Und eigentlich schmeckte Pasta aufgewärmt sowieso besser.

Trace Hand legte sich zwischen Davids Beine und streichelte ihn durch den Stoff seiner Jeans. David stöhnte, weil er sich dabei an die Szene in der Umkleidekabine des Kaufhauses erinnerte. Sein Herz pochte wie wild und er drückte sich mit den Hüften fester gegen die Hand, konnte sich kaum noch zügeln.

Trace' Herz schlug wie rasend, und er gab den letzten Rest an Zurückhaltung auf. Stöhnend rieb er seinen steifen Schwanz an Davids Bein. „Also gut, zuerst das Dessert." Dann sank er auf ein Knie und ließ seine Hände über Davids Körper nach unten wandern. Als er mit beiden Beinen kniete, schob er David gegen den Schrank und öffnete ihm die Hose.

David hätte sich fast verschluckt. „Trace? Trace!", rief er und zog ihn am Hemd.

Trace braune Augen funkelten leidenschaftlich, als er David ansah. Die Überraschung in Davids Stimme ließ ihn wieder ruhiger werden, und er lächelte sanft, als er sein Gesicht an Davids hartem Schwanz rieb, der nur noch von der Unterhose bedeckt wurde. „Ja?"

David stockte der Atem und ihm zitterten die Knie. Seine Beine wollten ihn kaum noch tragen, als er Trace' Mund nur Zentimeter von seinem Schwanz entfernt spürte. „Könnten wir vielleicht … nicht in der Küche." Er sah zur Tür, nicht mehr in der Lage, auch nur einen zusammenhängenden Satz zu formulieren.

Trace legte den Kopf in den Nacken. „Sicher." Er stand vom Boden auf. „Was willst du?", fragte er, beugte sich über David und drückte ihm einen Kuss aufs Kinn.

„Dich", seufzte David. „Nur dich! Im Bett oder auf dem Sofa, es ist mir vollkommen egal. Aber ich muss sitzen oder liegen, weil ich sonst umkippe."

Grinsend nahm Trace ihn an der Hand und führte ihn durch den Flur ins Schlafzimmer. „Kommt mir bekannt vor", meinte er trocken. Als sie vor dem Bett standen, zog er David an seine Brust und fing an, ihn leidenschaftlich zu küssen. Seine Zunge ergriff Besitz von Davids Mund, ganz so, als wolle sie ihn für alle Zeiten markieren. Gott, Trace hatte noch nie einen Menschen so sehr begehrt.

David presste sich wimmernd an ihn. Er vibrierte am ganzen Leib. Trace hatte noch nie die Kontrolle übernommen, und David war so erregt wie nie zuvor. Die Welt schien sich um ihn zu drehen und er wollte Eins sein mit Trace, wollte mit ihm verschmelzen und ihn nie wieder loslassen.

Davids Hingabe löste eine neue Welle des Begehrens in Trace aus. Bisher hatte David in ihrer Beziehung die Führung übernommen, einfach deshalb, weil Trace es so wollte. Er war schließlich ein Anfänger, was Sex mit Männern betraf, und hatte deshalb noch viel zu lernen gehabt. Aber jetzt fühlte er sich dazu bereit, das zu ändern. Trace riss David an sich und küsste ihn hungrig, während sich ihre Hüften wie wild aneinander rieben. „Ich blase dir das Hirn weg", knurrte er und biss David in die Halsbeuge.

David Kopf fiel nach hinten und er wimmerte leise. *Das hast du doch schon getan*, dachte er und war froh, dass die Matratze hinter ihm seinen wackeligen Knien etwas Halt gab. Wenn sie ihren Dienst aufgaben, würde er zumindest weich fallen. „Ich zerfließe unter deinen Händen", flüsterte er und schob mit dem Kinn Trace' Hemd zur Seite, um ihm über die Brust zu lecken.

Trace legte stöhnend den Kopf in den Nacken, um David mehr Platz zu geben. „Mir geht es genauso", keuchte er. Dann nahm er die Hände von Davids Hüften und zog ihm den Gürtel aus der Schlaufe.

Zu viel Kleidung. Sie war im Weg. Der Gedanke bahnte sich mühsam seinen Weg durch Davids umnebelten Verstand, aber er schaffte es doch, Trace das Hemd aus der Hose zu ziehen. „Im Haus sollte Kleidung verboten werden", murmelte er und versuchte fluchend, die kleinen Knöpfe an Trace' Hemd zu öffnen.

Mit einem atemlosen Lachen schob Trace ihm die Jeans über die Hüften nach unten und riss ihm das Hemd auf. Ein Knopf flog durch die Luft und kullerte auf den Boden. „Dein Haus, deine Regeln", sagte er und saugte Davids Ohrläppchen in den Mund.

„Oh, das ist eine gute Idee", schnurrte David und zog zischend die Luft ein, als Trace ihm ins Ohrläppchen biss. „Wenn du das mit meinen Nippeln machst, bin ich dein Sklave auf Lebenszeit."

„Wer könnte diesem Angebot schon widerstehen?", flüsterte Trace und riss das Hemd weiter auf. Die restlichen Knöpfe fielen klackernd auf den Boden. Dann legte er die Lippen um Davids Brustwarze und fing an, sie mit der Zunge und den Zähnen zu bearbeiten.

„Oh, verdammt!", schrie David und zog Trace mit sich aufs Bett. Trace klammerte sich an ihm fest, um den Kontakt zu Davids Nippel nicht zu verlieren, an dem er hungrig saugte. Er landete auf Davids Knien und zwickte ihn leicht in den anderen Nippel, um ihm einen kleinen Vorgeschmack zu geben.

Ein ersticktes Ächzen entfuhr Davids Kehle. Sein Körper bäumte sich auf und presste sich Trace entgegen. Wellen der Erregung durchfuhren ihn und er blinzelte hektisch, um wieder etwas klarer denken zu können. „Ich will dich heute nacht in mir spüren, Trace", keuchte er und versuchte, Trace in die Augen zu sehen. „Wenn dir das zuviel ist, musst du es mir jetzt sagen."

Trace erwiderte Davids Blick und spürte, wie sein Verlangen wuchs und eine neue Ebene erreichte. Er wollte David in Besitz nehmen. Das Gefühl war so unerwartet in ihm aufgeflammt, war so neu und fragil, dass ihm davon schwindlig wurde. Aber er wollte, dass David ihm gehörte, nur noch ihm und keinem anderen. David hatte Empfindungen in ihm geweckt, die Trace nie in sich vermutet hätte. Das war noch niemandem zuvor gelungen. Trace dachte nicht lange über seine Antwort nach. „Oh ja, ich will es auch", flüsterte er und in seiner Stimme schwang ein ehrfürchtiges Erstaunen mit. Dann stürzte er sich wieder auf Davids Mund und küsste ihn mit aller Leidenschaft.

David hatte das Gefühl, in dem Kuss zu ertrinken. Er zog Trace zwischen seine Beine und bewegte die Hüften, um sich an ihm zu reiben. Es war überwältigend. Er wollte Trace anflehen, sich zu beeilen, aber gleichzeitig wollte er auch jede Sekunde dieses Gefühls auskosten. David verlor sich in dem Kuss und gab sich damit zufrieden, Trace über den Rücken zu streicheln und ihm die Hände auf den Hintern zu legen, um ihn fester an sich zu drücken, in der Hoffnung, das Trace seine Aufforderung verstehen würde.

Aus Trace Kehle kam ein tiefes Grollen und er küsste David noch tiefer, bevor er langsam denn Kopf hob und ihn ansah. Seine Lippen waren rot und geschwollen.

„Ich will dich schmecken", knurrte er und rieb seinen harten Schwanz an Davids Hüften. „Ich will dich küssen und von oben bis unten ablecken. Und ich will dich unter mir zittern sehen, weil ich es bin, der dich so erregt."

David wurde schwindlig und der Raum schien sich um ihn zu drehen, als er wie auf Kommando von einem mächtigen Zittern erfasst wurde. „Trace!", rief er und klammerte sich an ihm fest.

Trace erhob sich langsam und kniete vor David, um ihm die Schuhe und die Hose auszuziehen. Dann rutschte er zwischen Davids Beine und drückte sein Gesicht an den harten Schwanz, der jetzt nur noch von der Unterhose bedeckt wurde. Tief atmete er Davids Geruch ein und bemerkte, dass sich seine anfängliche Nervosität in Luft aufgelöst hatte und er nur noch von seinem Verlangen nach David beherrscht wurde. Er öffnete den Mund und legte ihn durch den dünnen Stoff auf Davids Schwanz.

David ließ die Knie weiter zur Seite fallen und verdrehte die Augen. „Trace", keuchte er und seine Hüften hoben sich von der Matratze. „Ich kann nicht mehr … bitte!"

Trace nickte und lachte leise. Seine Lippen glitten über Davids Schwanz. „So soll es ja sein, Geliebter", flüsterte er heiser und beobachtete Davids Reaktionen. Er fing an, ihm den harten Schwanz durch die Unterhose zu lecken und daran zu saugen, bis der Stoff vollkommen durchnässt war. Dann legte er seine Lippen um die geschwollene Spitze und saugte fester.

David schrie überrascht auf. Sein Ausbruch machte ihn verlegen und ihm stieg die Röte ins Gesicht. Er hatte kontrolliert bleiben wollen, aber Trace machte alle seine guten Vorsätze zunichte, und stahl ihm auch noch den letzten Rest seiner Selbstbeherrschung. David hatte es sich oft gewünscht, aber nie damit gerechnet, dass er Trace' Mund jemals auf seinem Schwanz fühlen würde. Wie gebannt waren seine Augen auf die Zunge und die Lippen gerichtet, die ihn liebkosten. Der Anblick verstärkte die Erregung, die Trace' Berührungen auslösten, um ein Vielfaches. Sie waren unerfahren, aber voller Begeisterung und Hingabe, und sie waren das Erotischste, was David jemals erlebt hatte. „Oh, verdammt", rief er und seine Hüften hoben und senkten sich im Takt mit Trace' Mund. „Weg damit … weg …" Er unterbrach sich und holte tief Luft. „Ich will dich auf der Haut spüren", keuchte er schließlich.

Trace schloss die Augen und ihn durchfuhr ein Schauer. Er konnte es kaum glauben, wie enthusiastisch David reagierte. Es war ein verdammt gutes Gefühl. Er nahm den Mund von der feuchten Unterhose und sah David an, in dessen Gesicht ein Ausdruck der ungezügelten Leidenschaft und des Erstaunens lag. Es war ein wunderbarer Anblick, der Trace' Herz höher schlagen ließ. Vorsichtig strich er die Unterhose glatt und fuhr mit den Fingern unter den Bund, um sie über Davids steifen Schwanz nach unten zu ziehen. Dann sah er David noch einmal kurz in die Augen und senkte den Kopf, um seine Zunge von unten nach oben über die zarte Haut gleiten zu lassen.

Trace Mund hinterließ ein Prickeln auf der Haut, das sich ausdehnte und David bald komplett einhüllte. „Oh ja", stöhnte er und krallte die Finger in die seidigen Locken von Trace' langen, dunklen Haaren. Schlaff fiel er mit dem Oberkörper zur Seite und an das Kopfende des Bettes. Dann lehnte er sich auf ein Kissen und versuchte mit einem Ächzen, die Beine aufs Bett zu ziehen.

Trace folgte ihm aufs Bett und hockte sich zwischen Davids Beine, um – jetzt ohne die störende Unterhose – da weiter zu machen, wo er vor kurzem aufgehört hatte. Er rieb mit den Bartstoppeln auf seiner Wange an Davids Schwanz entlang und fuhr mit der Zunge sanft daran auf und ab. Dann legte er die Lippen um die Spitze und fing mit einem tiefen Brummen an, sanft an ihr zu saugen.

David wand sich hin und her. Er hatte noch nie erlebt, dass so einfache, unkomplizierte Zärtlichkeiten eine solche Wirkung auf ihn ausübten. Es schien ihm fast, als sei Trace' Zunge wie durch ein unsichtbares Band direkt mit seinem Lustzentrum verknüpft, um ihn mit aller Macht zum Höhepunkt zu treiben. Mit jeder Aufwärtsbewegung von Trace' Lippen zog sich Davids Körper zusammen und er drohte, sich in Trace' Mund zu ergießen. Als Trace' Zunge seine Eichel umkreiste, konnte David, obwohl er sich alle Mühe gab, einen Schrei nicht mehr unterdrücken. Er stöhnte laut und konnte nicht mehr still liegen, als sich Trace' Lippen wieder um seinen Schwanz schlossen. Vorsichtig hob er die Hüften, um sich tiefer in der berauschenden Hitze von Trace' Mund zu versenken.

Trace wurde nur noch von einem Gedanken beherrscht – er wollte David glücklich machen. Die Situation ließ Trace alles andere als kalt, und sein eigener Schwanz schmerzte fast vor Erregung, aber darauf nahm er im Moment keine Rücksicht. Er hatte etwas Angst, David durch seine Unerfahrenheit vielleicht zu verletzen. Vorsichtig hob er die Hand und legte sie um Davids Schwanz. Dann drückte er leicht zu und fing an zu saugen. Er wollte noch mehr dieser wunderbaren Schreie von David hören. Der Geschmack war jetzt stärker als damals unter der Dusche, als er Davids Finger abgeleckt hatte. Aber Trace stellte fest, dass es ihm gefiel, so wie ihm alles an David gefiel. Sein Herz schlug schneller. Er wollte Davids rastlose, von Lust und Begehren angefeuerte Bewegungen unter sich spüren, wollte selbst der Grund dafür sein. Er dachte an Davids Wunsch, Trace in sich zu spüren. Die Erinnerung daran ließ ihn laut stöhnen, und er spürte, wie sich sein Inneres zusammenzog. Dann fühlte er, wie Davids Schwanz in seinem Mund härter wurde und sich noch tiefer in seine Kehle schob. Trace konnte das leichte Pochen auf seiner Zunge spüren.

David lief ein Schauer über den Rücken, als er Trace stöhnen hörte. Sein Schwanz pochte und seine Brustwarzen zogen sich schmerzhaft zusammen, so dass er mit der Hand darüber rieb, um das stechende Gefühl etwas abzumildern. Er stieß sich mit den Füssen vom Bett ab und drückte sich fest in Trace' Hand. Als er die Augen öffnete und die feuchten, roten Lippen seines Geliebten sah, die sich um seinen steifen Schwanz pressten, war es um David geschehen. „Oh Gott! Trace!", schrie er atemlos und legte Trace die Hände um den Kopf, um ihn vorzuwarnen. Seine Hüften zuckten unkoordiniert, und er versuchte, sich aus Trace' Mund zurückzuziehen, ohne den Kontakt mit dessen Hand zu verlieren. „Verdammt, ich komme!"

Trace wurde von Davids heftiger Reaktion überrascht und hob den Kopf, aber er war nicht schnell genug. Der Samen schoss ihm aus Davids Schwanz direkt ins Gesicht, verschmierte seinen Mund und tropfte ihm von den Lippen. Davids Anblick ließ ihn vor Erregung laut stöhnen. Er schloss die Hand fester um Davids Schwanz, drückte leicht zu und bewegte sie langsam auf und ab. Dann öffnete er den Mund und versuchte, mit der Zunge mehr von dem köstlichen Saft aufzufangen, der ihm ins Gesicht spritzte. Als der nächste Strahl ihn am Kinn traf, lachte er leise und wischte ihn mit dem Handrücken ab. Das war seinetwegen. *Er* hatte David so um den Verstand gebracht. *Oh, mein Gott!* Das Bedürfnis, David zu besitzen, bisher nur ein vager Gedanke, schwoll ins Unermessliche an. Trace wusste nicht, was er davon halten sollte.

Der Orgasmus war mit einer solchen Macht über David hereingebrochen, dass er ihm hilflos ausgeliefert war. Sein Körper zuckte unkontrolliert und bäumte sich auf, seine Hände verkrampften sich in Trace' langen Haaren. „Trace!", schrie er wieder und wieder, die Augenlider fest zusammengepresst. Nachdem die Intensität der ersten Welle etwas abgeebbt war, gelang es David schließlich, die Augen zu öffnen und nach Trace zu sehen. Er wollte sich versichern, dass mit ihm alles in Ordnung war. Trace starrte ihn mit glänzenden Augen an. Ungetrübte Zufriedenheit, Glück und Begehren lagen in seinem Blick. Sein Gesicht war gerötet und von Sperma bedeckt. Davids Erleichterung bei diesem Anblick wurde nur von seiner erneut aufkeimenden Erregung übertroffen, die ihn fast in einen zweiten Höhepunkt katapultiert hätte. Mit einem kehligen Knurren zog er Trace zu sich herab. „Mein Mann!"

Trace gab nur ein schwaches Wimmern von sich. Er zitterte vor Leidenschaft am ganzen Körper, als sich ihre Lippen zu einem feuchten Kuss trafen. David erging es offensichtlich genauso wie ihm, also musste mit seinen Gefühlen alles in Ordnung sein. „Ja", flüsterte Trace erleichtert. „Ja." Er nahm die Hand von Davids Schwanz und legte sie ihm zärtlich an die Wange. Dann küsste er ihn und kroch seinem besitzergreifenden Geliebten auf den Schoß. Er wollte David so nahe wie möglich sein.

David setzte sich auf und zog Trace an sich, bis der ihm rittlings auf den Beinen hockte. Er streichelte ihm über den Rücken und drückte ihn an sich. Sie küssten sich, bis ihnen fast die Luft ausging. Es war David, der ihren Kuss schließlich unterbrach. „So geht das nicht", klagte er und versuchte vergeblich, Trace in eine bessere Position zu bringen. „Du musst dich aufs Bett legen."

Trace atmete tief durch und ließ sich von David auf der Matratze zurechtrücken. Er stöhnte leise. „Du bist so verdammt sexy", sagte er mit heiserer Stimme, schob sich eine Hand unters Hemd und streichelte sich über die Brust. „Du machst mich so unglaublich geil." Er strich sich mit der anderen Hand die

Haare von der Schulter und sah David in die Augen. Trace erkannte darin das gleiche Verlangen, das ihn selbst zu verzehren drohte. „Was willst du dagegen unternehmen?"

David beugte sich zu Trace herab und küsste ihn zärtlich auf die Schulter. Dann ließ er seine Lippen und seine Zunge über Trace' Hals gleiten, bis er sein Ohr erreichte. „Ich werde jeden Zentimeter von dir mit den Händen und dem Mund erkunden, bis mir nichts mehr verborgen ist. Ich vergleichen den Geschmack hier …" Er leckte über die empfindliche Stelle hinter Trace' Ohr. „… mit dem Geschmack hier." Davids Daumen strich Trace über die Lenden und dehnte den Stoff seiner Unterhose, bis er sich fest über seinen harten Schwanz spannte. „Ich werde dich überall schmecken, bis du vor Erregung bebst und zitterst. Und dann zeige ich dir, wie es sich anfühlt, in mir zu sein."

„Ahh … verdammt!" Trace riss stöhnend die Augen auf. Er bebte jetzt schon, und hatte Angst, jeden Augenblick zu kommen. Um sich wieder unter Kontrolle zu bekommen und den Druck etwas abzumildern, legte er sich die Hand auf den Schwanz und presste leicht dagegen. „Du hältst dich besser etwas zurück, sonst kommt es nicht mehr dazu", keuchte er mit zittriger Stimme. „Mann, David. Willst du wirklich, dass … soll ich dich …?"

David entfuhr ein kehliges Lachen und er presste sein grinsendes Gesicht an Trace' Schulter. Aber er konnte die Freude, die er bei diesen Worten empfand, nicht mehr zügeln. Er griff nach Trace' Hintern und zog ihn näher an sich heran. „Ja, ich will wirklich, dass du mich …" Er verstummte, als er Trace' Blick wie gebannt auf sich gerichtet sah. ‚Ficken' war das falsche Wort. Es hörte sich so grob und lüstern an. Aber wie sollte er es sonst ausdrücken? „Fick mich. Liebe mich. Komm so tief in mir, dass ich dich schmecken kann." David betonte seine Worte durch rhythmische Stöße seiner Hüften. Er konnte spüren, wie sich sein schlaffes Glied wieder erholte und leicht zu zucken anfing, als es sich an Trace hartem Schwanz rieb.

Davids Worte trafen Trace bis tief in sein Innerstes. Ihn lieben. *Ja, oh ja. Das will ich.* Ihm wurde fast schwindlig, als er über den Rest nachdachte. „Aber du musst mir helfen. Ich weiß zwar theoretisch, wie es geht, aber mit der Praxis hapert es noch", krächzte er.

Als David daran erinnert wurde, Trace' erster Mann zu sein, wurde sein Schwanz endgültig wieder hart. So schnell hatte er sich schon seit Jahren nicht mehr erholt. „Du schaffst das schon. Und außerdem bin ich ja auch noch da." David rollte sich vom Bett und ging zum Fenster, um die Vorhänge aufzuziehen. Mondlicht erhellte das Zimmer. „Zieh dich jetzt aus und leg dich auf den Rücken." Er holte Gleitmittel und Kondome aus der Nachttischschublade und legte sie griffbereit aufs Bett.

Trace schluckte, zog sein Hemd aus und ließ es auf den Boden fallen. Er sah David im Mondlichtlicht stehen und der Anblick raubte ihm die Worte. Wie konnte er ausdrücken, was er für diesen wunderbaren Mann empfand? Gleich würden sie sich lieben – nicht ficken, nein. Trace wollte mehr als das, viel mehr. Er schob die Hose über die Hüften und kickte sie in eine Ecke. Seine Unterhose und die Socken folgten. Zum Schluss zog er die Haare aus dem Band und ließ sie sich offen auf die Schultern fallen, weil er wusste, dass David sie so am liebsten sah. Dann kroch Trace wieder aufs Bett, legte sich auf die Seite und sah David erwartungsvoll an. Er krallte die Hände ins Laken, weil er sie nicht mehr stillhalten konnte.

David rollte Trace auf den Rücken und kroch über ihn. „Jetzt bin ich an der Reihe", murmelte er und senkte den Kopf. Seine Lippen schlossen sich um einen Nippel und fingen an zu saugen, bis er so hart wurde, dass David ihn mit den Zähnen greifen konnte. David stützte sich mit den Armen aufs Bett, drückte seinen Oberschenkel an Trace' harten Schwanz und ließ ihn langsam daran entlang gleiten.

Schwer atmend presste Trace sich David entgegen, erst die Brust, dann die Hüften. Sein ganzer Körper sehnte sich nach David, wollte ihn spüren und berühren. Stöhnend griff er nach Davids Schultern und zog ihn tiefer zu sich herab. „David", flüsterte er heiser und ein Schauer lief ihm über den Rücken. Er wollte David nie wieder hergeben. Ob es seinem Freund genauso ging? Davids Hände strichen ihm über den Körper, griffen nach seinen Armen und zogen sie ihm über den Kopf, wo sie ihn um die Knöchel fassten und sie auf die Matratze drückten. Dann ließ David von Trace' Nippel ab, glitt über seinen Körper und widmete sich dort mit der gleichen Zärtlichkeit seiner anderen Brustwarze. Die ganze Zeit hörte David nicht damit auf, sich an Trace zu reiben und ihm gerade soviel Kontakt zu geben, dass er ständig kurz vorm Höhepunkt stand, ohne diese Schwelle tatsächlich überschreiten zu können.

Ein Wimmern erstickte Trace in der Kehle, als er seine Hände bewegte — gerade so viel, um sich von Davids festem Griff gefesselt zu fühlen, aber nicht genug, um sich daraus zu befreien. Das Gefühl, David ausgeliefert zu sein, schoss ihm wie eine mächtige Hitzewelle durch den Körper und gab dem Feuer, das in ihm brannte, neue Nahrung. „David", keuchte er verzweifelt. „Wenn du nicht damit aufhörst, ist es gleich zu spät für mehr."

„Schlappschwanz!", neckte David ihn. „Du willst mir doch nicht ernsthaft weismachen, dass du ihn nur einmal hochkriegst? Da habe ich aber anderes über dich gehört." Er schob Trace' Schenkel mit den Knien auseinander. Seine Erektion glitt an Trace' Schwanz entlang und strich ihm über die Eier.

„Gott, David!" fluchte Trace und entwand sich Davids Griff, um ihn an den Schultern zu packen und sich an ihn zu pressen. „Wir werden ja sehen", versprach er. Die Spannung in seinen Lenden war nicht mehr auszuhalten. „Außerdem will ich wissen, wer das gesagt hat", fügte er keuchend hinzu.

„Jede, mein Liebster. Jede einzelne von ihnen", schnurrte David und ließ sich über Trace' Körper nach unten gleiten. „Wenn sie dich jetzt so sehen könnten, sie ..." David schüttelte mit den Kopf und verstummte. Er wollte nicht daran denken, wer Trace vor ihm berührt hatte. „Ich bin so erregt, dass ich selbst schon wieder kommen könnte. Aber dieses Mal will ich erst dich sehen." Er nahm Trace'

Schwanz in die Hand und leckte ihm genüsslich über die Eichel. Dann nahm er ihn in den Mund und ließ ihn bis zum Anstoß in seiner Kehle verschwinden.

Es waren weder Davids Stimme, noch seine Worte, die Trace den Rest gaben. Es war der Kosename – David hatte ihn ‚Liebster' genannt. Als Trace dann Davids Mund spürte, der ihn bis zum Anschlag mit seiner feuchten Wärme umschloss, war es mit seiner Kontrolle vorbei und wurde in einen Höhepunkt katapultiert, wie er ihn noch nie erlebt hatte. Erstickte Aufschreie begleiteten jede seiner Zuckungen, bis er erschöpft und atemlos nach Luft schnappend auf die Matratze zurückfiel.

David ließ sich keinen Tropfen entgehen. Auch als Trace schon längst wieder gelandet war, hörte David nicht auf, sanft zu saugen. Er drückte Trace die Beine weiter auseinander und schob ihm die Knie auf die Brust. Erst dann ließ er den immer noch halb harten Schwanz aus seinem Mund gleiten und sah Trace durch dessen Beine hindurch an. „Kannst du dich noch erinnern, wie ich dich in der Dusche sauber abgeleckt und dir gesagt habe, dass ich jeden Zentimeter an dir probieren will?", fragte er mit einem verschmitzten Grinsen. „Eine Stelle fehlt mir noch." Er senkte den Kopf und fuhr Trace mit der Zunge über die Eier nach unten.

Trace war immer noch etwas benommen, aber er starrte mit weit aufgerissenen Augen auf David, dessen Zunge langsam immer tiefer wanderte, bis sie aus seinem Blickfeld verschwand. Wimmernd krallte er die Hände ins Laken. *Mein Gott, mehr geht wirklich nicht.* Dann fing er wieder an zu zittern und zu stöhnen.

David saugte und leckte jeden Zentimeter Haut, den er erreichen konnte. Seine Zunge kreiste wirbelnd um die kleine Rosette, und er knabberte zärtlich an Trace' Hintern. Er konnte sehen, wie Trace' Schwanz anfing zu zucken und sich wieder aufrichtete. David legte den Mund auf die kleine Öffnung und begann, daran zu saugen. Als er fühlte, wie Trace' Muskeln sich unter seinen Händen anspannten, stöhnte er laut und stieß mit der Zunge zu, gerade so weit, bis Trace schön feucht wurde und er das Zucken seines Schließmuskels um die Zunge spüren konnte. „Vertraust du mir?", fragte er ihn leise. „Ich will meinen Finger nehmen und dir zeigen, wie gut ich mich gleich fühlen werde, wenn du in mir bist."

Trace rutschte unsicher hin und her. Aber als er die Augen öffnete und Davids Blick voller Verlangen auf sich gerichtet sah, holte er tief Luft und beruhigte sich wieder. „Natürlich vertraue ich dir", sagte er und strich David zärtlich mit den Fingern über die Wange. „Du bist immer für mich da."

„Dann pass jetzt gut auf, damit du weißt, was du gleich mit mir machen musst", erwiderte David und griff nach der Flasche mit dem Gleitmittel. Er rieb sich die Finger großzügig damit ein und ließ auch einige Tropfen auf Trace fallen, während er ihm gleichzeitig über den Schwanz leckte und ihn wieder in den Mund nahm. Dann schob er vorsichtig eine Fingerspitze in Trace' Loch. Er hatte so viel Gel benutzt, dass der Finger reibungslos durch den engen Muskel glitt.

Trace schloss seufzend die Augen, als er das sanfte Eindringen von Davids Finger spürte. Trace wunderte sich nicht darüber, dass er keinerlei Schmerz verspürte, als der Finger vorsichtig in seinen Körper glitt, sich sanft reibend in ihm bewegte und wieder verschwand. David wusste genau, was er tat. Seine Finger glitten zärtlich durch Trace' Arschritze und sein feuchter Mund umhüllte Trace' pochenden Schwanz, kühlte die Hitze, die ihn zu verzehren schien, und saugte sie in sich auf.

Dann spürte Trace Davids Zunge, die sich in seinen Schlitz presste, und er schrie erstickt auf, als sich der Finger in seinem Arsch bewegte und über seine Prostata glitt. Es war ein unvergleichliches Gefühl, und es war so unerwartet, dass Trace seinen Aufschrei nicht verhindern konnte, selbst wenn er das gewollt hätte. „Verdammt, David! Wie soll ich aufpassen und lernen, wenn du mich so um den Verstand bringst?", fragte er ungläubig.

„Gott, bist du empfindsam", stöhnte David und kniete sich zwischen Trace' Beine. Dann schob er seinen Finger wieder in Trace' Loch und bewegte ihn hin und her, bis Trace von einer neuen Hitzewelle überrollt wurde. Sein Schwanz vibrierte, als David mit einem leisen Lachen den Mund zurückzog. „Das ist mir im Moment ziemlich egal. Ich will nur, dass du dich gut fühlst, Baby!" Davids tiefe Stimme klang heiser und er leckte ab und zu über Trace' Schwanz, während sich sein Finger unermüdlich in ihm bewegte und ihn fast zum Wahnsinn trieb. „Wenn ich deinen Schwanz in mir habe, wird sich das zehnmal so gut anfühlen, wie ein Finger. Und der Orgasmus …", David stöhnte. „Wenn du in mir bist und ich komme, wenn meine Muskeln sich um deinen Schwanz zusammenziehen und ihn nicht mehr loslassen …" Jetzt waren es Trace' Muskeln, die sich um Davids Finger klammerten. „Oh Gott, Trace!"

„Oh ja", keuchte Trace und zog die Knie hoch. Die unterschiedlichsten Gefühle schossen durch seinen Körper, verwirrend und gleichzeitig erregend. Er kannte das Gefühl, mit einer Frau zu schlafen, hatte auch schon oft mit zierlichen Frauen Sex gehabt. Mit einigen hatte er auch Analsex gehabt und es war sehr geil gewesen. Aber er konnte sich nicht vorstellen, dass seine Erfahrungen auch nur annähernd vergleichbar wären mit dem Gefühl, David zu lieben. Trace konnte spüren, wie sich sein Schließmuskel um Davids Finger zusammenzog. War das ein Vorgeschmack auf Davids Schwanz? Er zuckte vor Erregung zusammen und sein Schwanz fing an zu pochen. „David", stöhnte er. „David … ich brauche dich."

David kroch küssend über seinen Körper nach oben bis zu seinem Mund. „Dann nimm mich, Liebster!"

Trace legte die Arme um David und rollte ihn auf den Rücken. Nach einem langen, tiefen Kuss erhob er sich und kniete sich zwischen Davids Beine. Er ließ den Blick genüsslich über Davids erregten Körper wandern, dann gab er ihm einen Kuss auf den Bauch und griff nach der Flasche mit dem Gleitmittel. Für einen kurzen Augenblick verspürte er eine gewisse Nervosität, aber dann erinnerte er sich daran, dass er wusste, was er tat. Theoretisch zumindest. Er rieb seine Finger großzügig mit dem Gel ein, dann ließ er sie über Davids Eier langsam nach hinten gleiten, bis er die kleine Öffnung erreichte. Sanft massierte er den Muskel, um ihn auf sein Eindringen vorzubereiten. „Ich bin so wahnsinnig geil auf dich", flüsterte er und sah David tief in die Augen.

Das Prickeln auf seiner Haut ließ David erschauern. Er stützte sich mit den Füßen auf den Matratze ab und presste sich Trace' Hand entgegen. „Ich will dich spüren … in mir", flüsterte er heiser, die Augen wie gebannt auf Trace gerichtet, in dessen feurigem Blick er zu ertrinken schien. Trace schluckte tief und drückte sanft mit einem Finger an Davids Loch, bis er darin versank. Als sein Finger bis zum zweiten Knöchel verschwunden war, hielt er unsicher inne.

„Oh Mann, mehr!", rief David und seine Augenlider flatterten. Er hatte dieses Gefühl schon so lange vermisst, und der Gedanke, es jetzt mit Trace zu erleben, brachte ihn fast um den Verstand. Trace biss sich auf die Lippe, und David konnte die Unsicherheit in seinem Blick erkennen. „Es tut nicht weh. Erinnerst du dich, wie sich mein Finger in dir angefühlt hat? Ich zeige es dir", beruhigte David ihn. Er legte sich eine Hand zwischen die Beine und schob einen Finger direkt neben Trace' in sich hinein. Dann führte er die beiden Finger tiefer, bis sie die Stelle erreichten, die ihn Sterne sehen ließ.

Trace beobachtete fasziniert, wie ihre beiden Finger sich tiefer und tiefer in Davids Körper versenkten, bis er eine kleine Erhebung unter der Fingerspitze spürte. Als er leicht dagegen drückte, zuckte David stöhnend zusammen. Einige Versuche später konnte er fühlen, wie Davids Körper sich um seinen Finger verkrampfte. „Alles in Ordnung?", fragte er und sah David gespannt an.

David nickte. „Bist du jetzt soweit?", fragte er Trace mit zitternder Stimme. „Weil ich gleich komme, und ich will dich in mir spüren, wenn das passiert."

Trace holte tief Luft und legte den Kopf in den Nacken, um sich zu sammeln. „Ja", murmelte er dann. Er rollte sich ein Kondom über den Schwanz und rieb sich mit dem Gel ein. Dann rutschte er zwischen Davids Beinen nach oben und brachte sich mit zitternden Händen in Position. Als er Davids Loch an der Spitze seines Schwanzes spürte, drückte er stöhnend zu, um sich hineinzuschieben. Es dauerte einige Sekunden, bis der Muskel sich öffnete und ihn einließ. Trace stoppte und biss sich auf die Zunge. Dann griff er mit der freien Hand nach Davids Oberschenkel und klammerte sich an ihm fest.

„Oh Gott, nicht aufhören!", rief David. Er hob die Hüften und drückte Trace tiefer in sich hinein. Keuchend folgte Trace seinen Bewegungen und versenkte sich langsam in Davids Körper. Diese Routine war ihm vertraut, auch wenn das auf den Mann unter ihm noch nicht zutraf. Trace ließ seinen Schwanz los und griff nach Davids Oberschenkeln, um sie noch weiter zu spreizen. David bog den Rücken durch, wollte Trace noch tiefer in sich spüren. Er griff Trace am Arm und zog ihn zu sich herab, um ihm noch näher zu sein. „Küss mich", bettelte er.

Trace ließ sich vorsichtig auf Davids Körper sinken und stützte sich mit den Unterarmen auf dem Bett ab. Er fuhr David mit der Zunge über die Lippen und gab ihm einen tiefen Kuss. Sein Schwanz war wie in einem feuchten, weichen – und oh, so heißen! – Schraubstock gefangen. Trace wollte ihn nie wieder verlassen. Dann konnte er nicht mehr stillhalten, musste sich endlich bewegen. Sie konnten nicht mehr atmen und mussten ihren Kuss unterbrechen, um Luft zu holen. „Das ist so gut!", flüsterte Trace und seine Stimme klang sanft, fast ehrfurchtsvoll. Er konnte es kaum glauben, wie sehr er ein Teil von David geworden war. Es übertraf alle seine Erwartungen, alle seine Hoffnungen, von denen er bis zu diesem Augenblick gar nicht geahnt hatte, dass er sie überhaupt hegte.

David stöhnte. „Du … in mir. So einmalig gut." Er streichelte Trace über den Rücken und drückte ihn fester an sich.

Trace brummte zustimmend. Er stützte er sich ab, und ein kleiner Seufzer entfuhr ihm, als er mit den Hüften zu einem ersten, langen Stoß ansetzte. Trace ließ David nicht aus den Augen, während ihre Körper sich in einem harmonischen Rhythmus bewegten, der langsam an Geschwindigkeit zunahm. „Mein Gott, David. Das hätte ich mir nie so vorgestellt", murmelte Trace und leckte sich über die Lippen. Die Haare waren ihm über die Schultern nach vorne gefallen und schwangen mit jedem Stoß hin und her. Er versuchte, sich zurückzuhalten, weil er dieses wunderbare Gefühl ihrer Vereinigung so lange wie möglich genießen wollte.

David starrte den Mann über sich wie hypnotisiert an. „Ich auch nicht", krächzte er und schluckte tief. „Und für mich ist es alles andere als neu."

Trace entfuhr ein ersticktes Lachen. Die Zurückhaltung, mit der er sich zu ruhigen, gleichmäßigen Stößen zu zwingen versuchte, war fast noch schlimmer, als wenn er sich gehen gelassen hätte. Es machte ihn fast wahnsinnig. „Es ist, als wären wir eins, so nah fühle ich mich dir", seufzte er. Er senkte den Kopf und leckte David zärtlich über den Hals und hinterm Ohr.

„Noch näher geht gar nicht, und ich will dich nie wieder weglassen." Ein besonders gut gezielter Stoß von Trace ließ David zusammenzucken. Seine Beine fingen an zu zittern und er schob die Hand zwischen ihre Körper.

Trace verlagerte sein Gewicht etwas auf die Seite, um Davids Hand Platz zu schaffen. Seine Stöße wurden härter, und bei jedem Aufeinandertreffen ihrer Körper klang ihm Davids lautes Stöhnen in den Ohren. Das war *sein* Mann, *sein* Geliebter. Er spürte eine ungewohnte Beklemmung in der Brust, so sehr wollte er David besitzen. Trace musste die Zähne zusammenbeißen, um nicht die Kontrolle zu verlieren. Er schob die Arme unter Davids Beine und umklammerte seine Hüften. „Ja, David! Fass dich an, ich will dich kommen sehen … für mich", keuchte er mit einem letzten Rest an Selbstbeherrschung, seine Gier nur mühsam zügelnd.

Davids Hand schloss sich um seinen harten, tropfenden Schwanz. Er konnte es kaum noch aushalten. Er sah Trace in die Augen, hörte die Leidenschaft in dessen Stimme und fühlte, wie Trace' Körper über ihm erbebte. Laut stöhnend stieß David in seine fest geballte Faust. Die Liebe, die in Trace' Blick lag, drohte David zu überwältigen, aber er wollte Trace mitnehmen. „Mehr, härter, … bitte", presste er mit letzter Kraft heraus, dann zog sich alles in ihm zusammen und er spürte, wie die Welle über ihn hereinbrach und ihn zu verschlingen drohte. Seine

Bewegungen wurden unkoordiniert, und er nahm Trace' Stöhnen nur noch wie aus weiter Ferne wahr.

Trace hatte sich eigentlich vorgenommen, noch etwas länger durchzuhalten, als er plötzlich erstarrte und von einem mächtigen Orgasmus erschüttert wurde. Er zitterte am ganzen Leib und ein rauer, langanhaltender Schrei entrang sich seiner Kehle. Nie mehr wollte er dieses Gefühl aufgeben. Diese Erkenntnis jagte neue Energie durch seinen Körper und verschaffte ihm einen weiteren Höhepunkt, bis ihm fast das Herz stehen blieb. Kraftlos flüsterte er Davids Namen.

Als David die Ekstase in Trace' Augen sah, war es um ihn geschehen. „Oh Gott, Liebster", stöhnte er. Seine Hand fuhr ein letztes Mal über seinen Schwanz, und er schrie er laut auf, als die Welt um ihn herum unvermittelt in gleißendes Licht getaucht wurde. „Oh, Trace … ich … Trace!" Dann explodierte er und seine lauten Schreie markierten jede einzelne Zuckung seines Körpers, bis er von oben bis unten von seinem eigenen Samen bedeckt war.

Als es Trace schließlich gelang, wieder die Augen zu öffnen, sah er direkt in Davids entrücktes Gesicht. *Mein Gott, er ist einfach unglaublich.* „Unglaublich", wiederholte er murmelnd und streichelte David, dessen Körper immer noch von den Nachwirkungen seines Höhepunkts erschüttert wurde, über die Brust.

David zog Trace an sich und klammerte sich mit Armen und Beinen an ihm fest. Er schmiegte sich mit dem Gesicht an Trace' Hals, weil er noch zu sehr außer Atem war, um ihn zu küssen.

Sie blieben einige Minuten reglos so liegen. Dann spürte David, wie Trace' schlaffes Glied aus ihm rausrutschte. Trace seufzte. „Ich sollte mich abwaschen", sagte er träge und gab David einen Kuss auf die Stirn. Dann rollte er zur Bettkante und setzte sich auf. Nachdem er einige Male tief Luft geholt hatte, ging er ins Badezimmer, um das Kondom loszuwerden und sich zu abzuwaschen. Er wusch den Lappen aus und machte sich auf den Rückweg zum Schlafzimmer. Als er das Licht ausgeschaltet hatte, blieb er noch einen Augenblick in der Tür stehen und bewunderte Davids Silhouette, die in weiches Mondlicht getaucht wurde. Die Besitzgier, die ihn noch vor wenigen Minuten schier zu überwältigen drohte, war mittlerweile etwas abgeklungen. Trace fragte sich, ob sie nur der Hitze des Augenblicks entsprungen war. Was jedenfalls nicht nachgelassen hatte, war die starke Zuneigung, die er für David empfand.

Trace ging zum Bett zurück und schüttelte David sanft an der Schulter. „Hey, bist du nicht mehr hungrig?", fragte er leise und begann, David den Bauch abzuwischen.

David seufzte erschöpft und wirkte etwas überfordert durch die Tragweite dieser Frage. „Doch, schon", murmelte er dann. „Aber ich will mich nicht mehr von der Stelle rühren." Dann drehte er sich trotzdem um und lächelte Trace befriedigt an. Der setzte sich auf und legte ihm eine Hand auf die Hüfte. Seine langen Haare hingen ihm wirr und verstrubbelt über die Schultern und ins Gesicht.

„*Angelo*? Cannelloni? Wein? Kuscheln auf dem Sofa?"

„Mhmm. Das hört sich von Wort zu Wort besser an", erwiderte David. „Ich glaube, du hast mich überredet."

„Na dann, los jetzt", forderte Trace ihn auf und gab ihm einen Klaps auf den Hintern. Dann verließ er das Zimmer, um sich etwas Bequemes anzuziehen.

„Das solltest du besser sein lassen, Jackson!", rief David ihm grinsend nach. „Du könntest diesen Hintern nachher noch in seiner Bestform brauchen."

Eine halbe Stunde später saßen sie eng aneinander gekuschelt auf dem Sofa und aßen Cannelloni. Trace hatte dazu noch einen Salat improvisiert. David beobachtete seinen Geliebten und musste erkennen, dass er sich hoffnungslos in ihn verliebt hatte. Er wusste nicht mehr, warum er jemals Bedenken dagegen gehabt hatte, und er wollte auch nicht mehr gegen seine Gefühle ankämpfen. Trace stellte mit einem zufriedenen „Ahh!" den Teller auf den Tisch und lehnte sich zurück. „Ich liebe Angelos Pasta", seufzte er, schloss die Augen und rieb sich über den Magen.

David lachte. „Du hast auch ziemlich zugeschlagen", sagte er. Auf seinem eigenen Teller lag immer noch eine halbe Cannelloni. Er hatte irgendwann aufgehört zu essen, weil es viel interessanter war, Trace zu beobachten. „Willst du noch was von mir abhaben?"

„Ja. Aber ich bin zu faul, es mir zu holen", sagte Trace schwerfällig.

„Hier, nimm das", flüsterte David und hielt ihm die Gabel mit einem Stück Cannelloni vor den Mund. Trace blinzelte, öffnete erst die Augen und dann den Mund. Grinsend schob David ihm die Gabel zwischen die Lippen.

„Mmm. So möchte ich immer verwöhnt werden", schnurrte Trace, nachdem er genießerisch die Cannelloni von der Gabel gezogen und gegessen hatte.

„Du hast dir die Belohnung ja auch redlich verdient, so hart wie du heute Abend gearbeitet hast", meinte David und bot ihm einen zweiten Bissen an. Trace brummte zufrieden und öffnete wieder den Mund.

Bald darauf war auch der letzte Rest Cannelloni von Davids Teller verschwunden. Er stellte das Geschirr zusammen und brachte es in die Küche. Als er zurückkam, nahm er Trace an der Hand und zog ihn vom Sofa hoch.

„Was soll das?", fragte Trace lachend.

„Ich will schmusen", erklärte David und führte ihn durch den Flur zum Schlafzimmer. Trace folgte ihm widerspruchslos. Sie zogen sich aus, ließen ihre Kleidung auf den Boden fallen und krochen ins Bett. Trace legte sich auf den Rücken und streckte genüsslich alle Viere von sich. David setzte sich an seine Seite und beobachtete ihn. „Du bist wunderschön", sagte er, als sei es das Selbstverständlichste auf der Welt.

Trace hielt inne und sah ihn erstaunt an. „Du kannst dir nicht vorstellen, wie oft ich das schon gehört habe", sagte er leise. „Aber es hat mir noch nie so viel bedeutet."

Lächelnd legte David sich an seine Seite und zog ihn in die Arme. Trace rollte sich auf ihn und konnte kaum atmen, so eng wurde ihm die Brust. Ihre Oberkörper berührten sich, und sie versanken tiefer in der Matratze. Eine Welle der Zuneigung durchflutete Trace und er liebkoste zärtlich Davids Lippen. Davids Reaktion ließ nicht lange auf sich warten.

David zog Trace grinsend auf sich und hob den Kopf. Er fuhr ihm mit den Fingern in die Haare und öffnete den Mund, um an seiner Zunge zu saugen. „Du schmeckt so unwiderstehlich gut."

„Schön, dass es dir genauso geht", murmelte Trace, ohne ihre Küsse zu unterbrechen.

David genoss die Nähe und Wärme von Trace' Körper, und eine lethargische Schwere überfiel ihn. „Bleibst du bei mir, wenn wir einschlafen?"

Trace gab ihm noch einen langen Kuss und rollte dann an seine Seite. Er legte die Arme um David und zog ihn mit dem Rücken an seine Brust. Dann verschränkte er ihre Beine und presste seinen Kopf in Davids Nacken. „Gut so?", fragte er leise.

„Absolut perfekt."

Trace seufzte zufrieden und strich David mit den Fingern über die Wange. „Wir passen einfach zusammen", sagte er. Er meinte es ernst. Sie passten in jeder Beziehung zusammen – als Freunde, als Partner und als Geliebte. Trace schloss die Augen und ließ sich vom Schlaf übermannen.

Auch David war kurz davor, einzuschlafen. Aber es gab noch etwas, das ihm auf der Seele brannte, und er musste es erst loswerden. Er lauschte den sanften Atemzügen hinter seinem Rücken und fragte sich, ob Trace schon eingeschlafen war. Dann konnte er sich nicht mehr zurückhalten.

„Bleib bei mir. Ich will dich nie wieder verlieren", flüsterte er leise. Dann drückte er Trace noch einmal an sich und schlief zufrieden ein.

15

DAVID WURDE durch das sanfte Licht der Morgensonne geweckt, die durch die Vorhänge ins Zimmer schien. Normalerweise wäre er jetzt sofort aus dem Bett gesprungen, um den neuen Tag zu beginnen. Aber heute war alles anders. Er lag in Trace' Armen, ihre Körper waren so eng ineinander verschlungen, dass er nicht mehr wusste, wo er selbst aufhörte und Trace begann. David wollte sich keinen Zentimeter von der Stelle rühren. Sanft strich er Trace mit den Fingern die langen Haare aus dem Gesicht, ließ sie dann über dessen Wangen und Kinn gleiten, über die dunklen Augenbrauen und die vollen Lippen. Jedes Detail war kostbar und unersetzlich.

Trace wurde durch Davids sanfte Berührung geweckt. Blinzelnd öffnete er die Augen und sah David vor sich, der ihn zärtlich anblickte. „Morgen", murmelte er und sein Pulsschlag beschleunigte sich.

„Morgen", erwiderte David lächelnd und drückte ihm einen Kuss auf den Mund. „Hast du gut geschlafen?"

„Mhmm", brummte Trace und legte David die Hand in den Nacken. „Irgendjemand muss mich gestern ziemlich erschöpft haben."

David schmiegte sich an Trace' warmen Körper und küsste ihn hinters Ohr. „Ich habe das Gefühl, dich gerade noch rechtzeitig gefunden zu haben, bevor du wieder verschwinden konntest. Ich will dich nicht mehr gehen lassen."

„Dann war das also ernst gemeint", sagte Trace nachdenklich.

David erkannte, dass Trace ihn gestern Nacht vor dem Einschlafen offensichtlich noch gehört hatte.

„Du möchtest, dass ich hier bleibe." Sie schwiegen beide. „Das ist eine sehr weitreichende Entscheidung, nicht wahr?", fragte Trace dann ernst.

David schloss die Augen und versuchte, das Bedürfnis zu unterdrücken, sich an Trace festzuklammern. „Ja, ich habe es ernst gemeint. Du warst so lange hier, dass ich mir nicht mehr vorstellen kann, dich nicht jeden Tag sehen zu können. Andererseits waren es ziemlich außergewöhnliche Umstände ... so ähnlich, wie ein Urlaubsflirt oder so. Vielleicht sollten wir erst beide wieder in unser normales Leben zurückkehren, und dann sehen, ob wir immer noch zusammenpassen." Er rutschte ein Stück zurück und sah Trace in die Augen. „Aber ich würde es gerne versuchen. Ich will mehr, als nur dein Freund zu sein."

Trace lächelte ihn zärtlich an. „Ich auch. Meine Wohnung wird verdammt langweilig sein, wenn ich nur noch Mabel zur Gesellschaft habe." Er schnaubte. „Falls Mabel überhaupt mit mir zurückkommen will. Aber du hast recht. Ich will auch wissen, ob es mehr ist, als nur die Gunst der Stunde, die uns zusammengebracht hat."

„Ich bin mir nicht sicher, ob die räumliche Nähe allein solche Gefühle auslösen kann. Aber wenn, dann bin ich gerne bereit, mich dafür zu opfern, dass es für den Rest unseres Lebens so weitergeht." Grinsend drückte David sein Gesicht an Trace' Schulter. „Und außerdem hindert dich nichts daran, einige deiner Sachen hierzulassen, und ab und zu die Nacht hier zu verbringen."

„Was hältst du davon, wenn wir am Wochenende zusammen Essen gehen?", fragte Trace. „Dann kommen wir auch mal raus und sehen etwas anderes."

„Ich glaube fast, ich würde mich lieber zum Essen bei dir zu Hause einladen lassen", grinste David verschmitzt. „Wahrscheinlich sollte ich dich warnen. Ich bin nicht schwer zu haben."

Trace beugte sich lachend vor und drückte David einen Kuss auf den Mund. „Dann sind wir uns ja einig."

Ich hätte mich mit meiner Schulter rausreden sollen, dann hätte ich mir die Schlepperei erspart", beklagte sich David, als sie den Fahrstuhl verließen und sich auf den Weg zu Trace' Wohnung machten.

„Schlepperei?" Trace warf ihm über die Schulter einen duldsamen Blick zu. „Du trägst eine Sporttasche – auf deiner gesunden Schulter – und Mabel. Ich bin mir sicher, dass du es überleben wirst." Er sah auf die bis zum Überlaufen gefüllte Kiste, die er selbst in den Armen trug.

„Schon, aber Mabel ist Gefahrgut. Sie liebt es gar nicht, wenn sie durch die Gegend getragen wird", behauptete David unnachgiebig.

Trace verdrehte die Augen und stellte seine Kiste vor der Wohnungstür auf den Boden, um nach dem Schlüssel zu suchen. „Ich wundere mich sowieso darüber, wie du sie gefunden und ins Auto transportiert hast. Ich konnte sie nicht mal unter dem Bett hervorlocken. Weiber!"

David räusperte sich. „Na ja, vielleicht habe ich es mit Katzenminze versucht …"

Schnaubend öffnete Trace zum dritten und letzten Mal an diesem Abend die Tür. „Sage ich doch … Weiber! Oder sie hat sich nur gnädig dazu herabgelassen, ihrem Lieblingsmenschen einen Gefallen zu tun." Er hob die Kiste wieder auf und ging in die Wohnung.

„Mabel mag dich auch!", widersprach David ihm und schloss hinter sich die Tür. „Stimmt doch, meine Süße?" Er kraulte ihr den Hals und wurde mit einem liebevollen Schnurren belohnt.

„Sie erträgt mich, weil ich die Quelle für ihre Naschereien bin." Trace stellte die Kiste neben das Sofa und drehte sich zu den beiden um. Davids goldene Haare und Mabels dunkles Fell bildeten einen faszinierenden Gegensatz. Er schüttelte mit dem Kopf und fragte sich, wer wohl mehr in David verliebt war – Mabel oder er.

„Wie auch immer, jetzt ist sie wieder zu Hause in ihrem Reich. Sie kann sich also nicht beschweren", meinte David und setzte Mabel auf dem Boden ab. Sie schnüffelte kurz und ließ sich dann zwischen seinen Füßen nieder.

„Dann ist wenigsten Mabel zufrieden", murmelte Trace und nahm den Kleidersack vom Sofa, denn sie nach ihrer ersten Tour hier liegengelassen hatten. Je näher der heutige Tag gekommen war, umso unglücklicher hatte er sich gefühlt. Natürlich hatte David recht gehabt, und es war nur vernünftig, dass er in seine eigene Wohnung zurückkehrte, um ihre Beziehung auf die Probe zu stellen. „Verdammt", fluchte er leise und ging mit dem Kleidersack ins Schlafzimmer. „Aber es ist absolut überflüssig."

„Was hast du gesagt?", rief David ihm nach.

Trace räusperte sich und sah David an. Er wollte die Diskussion nicht von vorne beginnen, es war bereits alles gesagt worden. „Ich überlege, wo ich mit dem Einräumen anfangen soll."

David blieb in der Tür stehen und setzte die Sporttasche ab. Trace fiel auf, dass er auch nicht sonderlich glücklich wirkte. „Ich gehe kurz ins Badezimmer, dann können wir Essen gehen", meinte David, rührte sich aber nicht von der Stelle.

Trace nickte lächelnd. „Ich bin auch gleich fertig", erwiderte er und schob mit dem Fuß die Kiste über den Boden. David nickte zurück und verschwand im Bad.

Trace fuhr sich mit den Fingern durch die Haare und setzte sich aufs Bett, wo er spontan nach seiner Decke griff, um sie sich an die Nase zu halten. Enttäuscht ließ er sie wieder fallen. Er vermisste Davids Geruch. Aber wo sollte der auch herkommen? Trace fragte sich, ob David wohl ein oder zwei Nächte bei ihm bleiben würde.

Wie aus dem Nichts sprang in diesem Moment Mabel auf seinen Schoß und stieß ihm mit der Pfote ans Kinn.

„Hey!", rief Trace protestierend und lehnte sich zurück. „Womit habe ich das verdient?"

Er hätte geschworen, dass Mabel die Nase rümpfte. Dann schlug sie wieder nach ihm und sprang von seinem Schoß, um es sich auf dem Bett bequem zu machen und die Decke mit ihren Krallen in Einzelteile zu zerlegen.

Trace seufzte resigniert. „Mir scheint, du bist auch nicht viel glücklicher, wieder zu Hause zu sein."

Mabel ließ ein unzufriedenes Jammern hören und schlug mit den Krallen in die Decke. Dann sprang sie vom Bett und verschwand im Wohnzimmer.

„Ja", sagte Trace leise und sah ihr nach. „Mir geht es genauso."

TRACE RUTSCHTE auf dem Polstersessel im Wartezimmer hin und her. Davids Migräneanfall lag jetzt neun Wochen zurück, und Trace hatte die Zeit, die seitdem vergangen war, gedanklich in Blöcke geteilt. In den ersten beiden Wochen war sie gute Freunde gewesen, aber diese Freundschaft hatte sich langsam vertieft; die nächsten zwei Wochen hatten sie damit verbracht, sich zu beobachten und das Terrain zu sondieren; dann folgten einige Wochen, in denen sie sich küssten und miteinander schmusten. Und seitdem? Seitdem war es so weiter gegangen, war aber ständig heißer und berauschender geworden. David hatte ihn immer wieder fast um den Verstand gebracht. Allein die Erinnerung daran – sich in David zu versenken und ihn zu lieben, bis sie beide kaum noch atmen konnten – war so erregend, dass Trace sich vollkommen in seiner Fantasie verlor und eine Woge des Verlangens über ihn hereinbrach.

Trace schrak zusammen, als die Tür sich öffnete und David ins Wartezimmer zurückkam. Er stand aus dem Sessel auf und sah ihn fragend an.

„Ich bin so gut wie neu und kann mich wieder normal bewegen. Nur schwere Sachen darf ich in den nächsten Wochen noch nicht heben." David wackelte vielsagend mit den Augenbrauen.

Trace blinzelte und musste sich auf die Lippe beißen, um nicht laut zu lachen. David konnte ihn mit seinen Anspielungen immer noch überraschen. Das einzig Störende daran war, dass Trace immer noch rot wurde. Dabei sollte er wirklich erfahren genug sein, um nicht mehr so verlegen zu reagieren. „Keine schweren Sachen? Ich nehme an, dass ich auch unter diese Definition falle," konterte er und sie verließen das Gebäude.

„Ich denke schon. Du wirst deine Zeit als exklusiver Top noch einige Zeit genießen dürfen." David gab ihm einen Klaps auf den Hintern und ergriff die Flucht, um sich im Auto in Sicherheit zu bringen.

Trace prustete vor Lachen und nahm die Verfolgung auf. David drehte sich um, als er eingeholt wurde, und sie knallten beide gegen die Seite des Autos. „Komiker", japste er, legte die Hände auf Davids Hüften und drückte ihn an die Autotür.

„Noch lieber wäre ich unwiderstehlich", flüsterte David und schmiegte sein Gesicht an Trace' Wange.

Trace genoss für einige Sekunden ihre Nähe, dann trat er seufzend einen Schritt zurück. „Du machst dir ja keine Vorstellung", murmelte er. Er musste sich zurückhalten, um David nicht in aller Öffentlichkeit zu küssen. Die Versuchung war fast unwiderstehlich. Allein David zu fühlen und ihm nahe zu sein, war über alle Maßen erregend. „Komm jetzt, wir fahren nach Hause. Du musst dich wieder an einen geregelten Arbeitsalltag gewöhnen", scherzte er.

„Du bist wirklich der perfekte Stimmungskiller", beschwerte sich David und ging zur Beifahrertür. „Erst gibst du mir keinen Kuss, und dann erinnerst du mich auch noch an die Arbeit. Ich freue mich jetzt schon darauf, mich wieder mit den Trotteln in der Redaktion rumzuärgern", grummelte er, während er ins Auto stieg und sich anschnallte.

Trace setzte sich hinters Lenkrad und lächelte ihm liebevoll zu. Dann legte er David einen Finger unters Kinn, drehte ihm das Gesicht zu sich hin und gab ihm einen zärtlichen Kuss auf den Mund. „Besser so?", fragte er.

David schloss die Augen und lehnte sich Trace entgegen, um den Kuss richtig zu genießen. Er hob seinen geheilten Arm und fuhr Trace mit der Hand durch die langen, dunklen Haare. Dann küsste er ihn und knabberte an der Lippe, bis sie beiden aufstöhnten.

Trace wurde schwindlig und er brummte leise, als er sich Davids Kuss überließ. Gott, er wollte David noch mehr geben, als nur diesen Kuss. David konnte es mit einer einzigen Berührung schaffen, Trace so komplett aus der Fassung zu bringen, dass er nur noch hilflos nach Luft ringen konnte. Er legte die Hand auf Davids Schulter und klammerte sich haltsuchend daran fest.

Langsam und widerstrebend beendete David den Kuss und schmiegte sich an Trace' Wange. Er konnte den warmen Atem seines Freundes im Nacken spüren. „Das war für den Anfang schon recht gut, aber es reicht noch nicht. Wie schnell kannst du uns nach Hause bringen? Ich möchte meine Genesung feiern, und dazu gehören definitiv meine rechte Hand und ein nackter Trace."

Trace wimmerte. „Ich muss in einer halben Stunde im Büro sein", sagte er bedauernd.

„Dann werde ich uns eben während der Fahrt entschädigen müssen", meinte David, legte die Hand auf Trace' Erektion und drückte leicht zu.

„Gott", flüsterte Trace und ließ mit einem grimmigen Grinsen den Motor an. „Aber pass auf, dass ich uns nicht gegen den nächsten Baum fahre, ja?"

„Dann konzentriere dich aufs Fahren und überlasse den Rest mir", erwiderte David und fuhr Trace mit den Fingernägeln über die Hosennaht.

Trace biss die Zähne zusammen und legte den Rückwärtsgang ein, um den Parkplatz zu verlassen und sich in den Verkehr einzufädeln. Seine Hände klammerten sich krampfhaft ans Lenkrad. „Verdammt, David! Was stellst du nur mit mir an?", fragte er atemlos und presste sich in Davids Hand.

„Stell du dich nicht so an", feixte David. Seine Finger glitten in Trace' Hosenschlitz und griffen nach seinem Schwanz. Er beugte sich etwas zur Seite, um Trace besser erreichen zu können. Seine Finger gaben nicht eher Ruhe, bis Trace' Schwanz zu tropfen begann. „Du kannst mir nicht erzählen, dass du das im Auto noch nie gemacht hast."

„Doch, aber nicht während der Fahrt", keuchte Trace und hob die Hüften, um Davids Hand noch näher zu kommen.

„Dann achte einfach auf die Straße und fahr nicht zu schnell", wies David ihn an. Dann beugte er den Kopf in Trace' Schoß und fing an, mit der Zunge an seinem Schwanz zu spielen.

Trace nahm mit einem leisen Aufschrei den Fuß vom Gaspedal. Glücklicherweise war um diese Zeit nicht allzu viel Verkehr. Er legte eine Hand auf Davids Kopf und hielt ihn fest. „Oh, Baby", flüsterte er und starrte stur auf die Straße. Davids Mund war unvergleichlich gut, aber während der Fahrt? Das war definitiv zu gefährlich, um sich Zeit zu lassen.

David wusste natürlich auch, dass sie sich beeilen mussten, und griff deshalb tief in seine Trickkiste. Er saugte Trace' Schwanz in den Mund und ließ seine Zunge über die empfindlichsten Stellen gleiten. Dabei stöhnte er vor Genuss und knurrte tief in der Kehle. Dann fasste er sich mit der freien Hand zwischen die Beine.

Fluchend bog Trace in eine stärker befahrene Straße ein. Er biss sich auf die Lippen, um sich besser auf den Verkehr konzentrieren zu können. Noch fünf Kreuzungen, dann vier, drei ... „David! Verdammt", zischte er und lenkte den Wagen erleichtert in die kleine Seitenstraße, die zu Davids Haus führte.

David brummte kehlig und schob sich Trace' Schwanz tiefer in den Mund. Er vergrub seine Nase in den dunklen Schamhaaren und atmete ihren betörenden Geruch ein, während er die Hand in Trace' Hose schob und sie um seine Eier legte. Vorsichtig hob und senkte er den Kopf.

Knurrend fuhr Trace in die Einfahrt zu Davids Haus und parkte den Wagen. Dann griff er mit beiden Händen nach Davids Kopf. „Oh Gott", keuchte er. „Ich muss mich bewegen ..." Ohne den Mund von Trace' Schwanz zu nehmen, brummte David seine Zustimmung. Er hatte Trace schon oft gestanden, wie sehr ihn der Kontrollverlust seines Freundes erregte. Stöhnend ließ Trace den Kopf auf die Lehne fallen und hob die Hüften, drückte sich in Davids Mund und Kehle, bis er nichts anderes mehr spüren konnte. „Oh Mann, dein Mund macht mich wahnsinnig", japste er und rang nach Luft, während er sich mit den Händen an Davids Haaren festklammerte. Er verlor die Kontrolle, und zwar schnell. „David! David", stöhnte er und sah nach unten, wo sein Schwanz sich in Davids Mund versenkte. Sein Rücken bog sich durch und er erstarrte. „Oh ... ich ... ich ..."

Davids Finger glitten nach unten, fanden die kleine, empfindliche Stelle hinter Trace' Hoden, und drückten leicht zu. Trace riss aufkeuchend die Augen auf, als die zarte Berührung ihn kommen ließ, und er sich in Davids Mund ergoss. David schluckte jeden Tropfen, genoss ihn wie einen teuren Wein. Er hörte nicht auf, Trace mit der Zunge zu liebkosen, selbst als dessen Erektion schon lange wieder nachgelassen hatte. Nach einiger Zeit wurde die Stimulation zu viel für Trace, und er begann, sich unter David zu winden. David ließ ihn aus seinem Mund gleiten und legte den Kopf auf Trace' Oberschenkel.

Trace stützte sich mit dem Arm am Seitenfenster ab und bedeckte sich mit der Hand erschöpft die Augen. Er konnte kaum noch atmen. „Was, zum Teufel, hast du eben mit mir gemacht?", fragte er mit einem Hauch von Neugier in der Stimme.

„Nichts anderes, als du mit mir auch machst", erwiderte David, heiser vor Begehren.

Trace lachte ungläubig. „Du hast mir den Verstand weggeblasen", sagte er und entspannte sich wieder etwas. „Wir sollten jetzt eigentlich ins Haus gehen, damit ich mich bei dir revanchieren kann. Aber nein, ich muss zu diesem vermaledeiten Termin ins Büro."

„Aufgeschoben ist nicht aufgehoben", grinste David und setzte sich wieder aufrecht hin. Dann gab er Trace einen zärtlichen Kuss auf die Wange.

Trace drehte den Kopf und fuhr ihm mit der Zunge über die Lippen. Sie schmeckten etwas salzig, und er brummte zufrieden. „Ich kann mich an deinen Lippen schmecken. Mein Gott, ist das sexy ... Aber jetzt muss ich wirklich losfahren." Er seufzte entschuldigend und knöpfte sich die Hose zu.

Trace war nicht der einzige, der den Kuss sexy fand. David war schon durch den Blowjob bis an die Grenze erregt, jetzt konnte er es kaum noch aushalten. Er griff frustriert nach der Wagentür. „Bis später", sagte er und stieg aus. Er richtete sich die Kleidung und stellte erleichtert fest, dass sein rechter Arm wieder voll funktionstüchtig war. Glücklicherweise, denn er würde gleich angemessen gefordert werden.

TRACE ROLLTE sich mit einem zufriedenen Seufzer aus dem Bett und streckte sich. Als er aus dem Büro zurückgekommen war, hatte er David sofort mit sich ins Schlafzimmer gezogen, um seinen Feierabend gebührend einzuleiten. David hatte seine Bemühung anerkennend gewürdigt – hatte laut geschrieen, als Trace' Blowjob ihn zum Höhepunkt brachte, und dann befriedigt aufgestöhnt, als Trace sich selbst so lange an ihm gerieben hatte, bis sie beide über und über mit seinem Samen bedeckt waren.

Trace hätte nie erwartet, dass das Leben mit David so unglaublich lustvoll und befriedigend sein könnte. Mit einem zufriedenen Lächeln auf den Lippen zog er sich eine Unterhose und ein T-Shirt an. Dann holte er für David ebenfalls etwas zum Anziehen aus der Kommode, weil er sich nicht von dessen nacktem Körper ablenken lassen wollte.

Als er in die Küche kam, verteilte David gerade Käsekuchen auf zwei Tellern. „Das ist für dich, du Exhibitionist", scherzte Trace und warf ihm die Kleidungsstücke zu.

„Du liebst meinen exhibitionistischen Arsch", erwiderte David augenzwinkernd und stellte den Rest des Käsekuchens wieder in den Kühlschrank. „Außerdem wollte ich mit dem Kuchen wieder ins Bett zurückkommen, weil wir immer noch am Feiern sind."

„Feiern durch frühes Aufstehen, wie aufregend!", kommentierte Trace ironisch.

David machte sich mit dem Kuchen auf den Weg ins Schlafzimmer. „Und ich dachte, du stehst gerne mit mir etwas früher auf."

Trace ging David nach, die Augen auf dessen Hintern gerichtet. „Sicher", murmelte er abgelenkt.

Leise lachend kroch David wieder ins Bett. „Komm jetzt, Süßer, es gibt Käsekuchen!"

„Weißt du, du bist einfach lächerlich romantisch", meinte er und deutete auf die flackernden Kerzen, den Käsekuchen und die teure Bettwäsche. Na gut, *die* hatte er selbst gekauft.

David schob sich lasziv einen Bissen Käsekuchen in den Mund, und Trace sah mit gebannt aufgerissenen Augen zu, wie David den Kuchen von der Gabel leckte. Räuspernd strich er sich mit der Hand über die Unterhose, bevor er sie wieder auszog, um David im Bett Gesellschaft zu leisten und sich neben ihn zu hocken.

„Sesam, öffne dich!", befahl David und hielt Trace ein Stück des köstlichen Kuchens vor den Mund.

Trace leckte den Kuchen mit der Zunge von der Gabel und spürte, wie er ihm im Mund zerging. „Ich bekomme gleich einen Zuckerschock", jammerte er mitleiderregend.

„Das kann ich mir vorstellen", bedauerte ihn David. Trace griff nach der Gabel und begann damit, David mit dem Kuchen zu füttern. Sein Schwanz fing an sich zu regen, als er Davids genießerisches Stöhnen hörte. Sie mussten lachen. „Schon wieder?", fragte David neckisch. „Und ich dachte, du wärst für die nächste Zeit außer Betrieb."

Trace leckte nachdenklich einige Krümel Kuchen von der Gabel. „Mir geht es bestens", widersprach er, und dann verfolgte er einen Gedanken, den er in den letzten Wochen schon tausendmal gewälzt hatte. „Aber du bist jetzt auch wieder ganz gesund und wirst deine Kraft noch brauchen."

„Meinst du?", fragte David mit glänzenden Augen.

„Ja." Trace schob die Gabel zur Seite und gab David einen langen Kuss. „Ich möchte, dass du mich liebst", murmelte er leise.

„Das tue ich doch immer."

Richtig. Aber das war es nicht, was Trace meinte. Er griff nach unten und strich David mit den Fingern sanft über den halbharten Schwanz. „Ich will, dass du mich liebst", wiederholte er. „Ich meine, dass ich dich in mir spüren möchte, dass du in mir kommst und ich fühlen kann, wie es mir feucht und warm über die Beine läuft. Und dass es von dir kommt."

David lief ein Schauer über den Rücken, und er sah Trace mit offenem Mund an. Kein Wort kam ihm über die Lippen.

„Wirklich, ich meine es ernst", sagte Trace beruhigend und gab ihm einen Kuss. „Ich vertraue dir."

„Oh, Baby!", flüsterte David mit belegter Stimme und streichelte Trace über die Wange. „Ich liebe dich so sehr."

„Das weiß ich doch", erwiderte Trace und drückte ihm einen Kuss in die Handfläche. „Ich liebe dich auch."

16

„BITTE, DAVID. Ich will nicht da hoch auf die Bühne", bettelte Trace und wandte sich David zu, der neben ihm an der festlich gedeckten Tafel saß. „Du kennst doch Katherine." Matt, der ihnen gegenüber saß, schnaubte nur.

„Es geht aber nicht um Katherine, Liebster. Es geht um die Kinder in St. Vincent." David streichelte ihm unter dem Tisch übers Bein und drückte beruhigend zu. „Außerdem will ich dich da oben stehen sehen und mich darüber freuen, dass du nur mir gehörst", fügte er mit einem leisen Flüstern, das nur für Trace' Ohren bestimmt war, hinzu.

Trace schloss für einen Moment die Augen, dann sah er David leidend, aber liebevoll, an. „Wehe, wenn du nicht gewinnst", warnte er. Sein Name war inzwischen schon zum zweiten Mal aufgerufen worden. Als er sich schließlich von seinem Stuhl erhob, klatschte das Publikum Beifall. Es war der jährliche Wohltätigkeitsball zugunsten des Kinderkrankenhauses, zu dem alle erschienen, die in der Stadt Rang und Namen hatten – oder gerne hätten –, um sich mit den Stars und Sternchen ablichten zu lassen, die als Ehrengäste eingeladen waren.

„Ich kann einfach nicht glauben, dass du den armen Mann so den Wölfen zum Fraß vorwirfst", tadelte Matt und trank einen Schluck von seinem Scotch.

David grinste nur und beobachtete, wie die Hände in die Höhe schossen, als die Versteigerung begann und Trace vorgestellt wurde. „Es kann ihm nur gut tun, da oben richtig ins Schwitzen zu kommen. Und dann komme ich im letzten Augenblick zu seiner Rettung herangeflogen wie ein edler Ritter."

„Du verwechselst da was. Superhelden fliegen; edle Ritter stürmen auf ihren hohen Rössern heran."

David sah Matt böse an und versetzte ihm unterm Tisch einen Tritt ans Schienbein. „Du weißt ganz genau, wie ich es gemeint habe."

Trace, der es gewohnt war, im Rampenlicht zu stehen, tat auf der Bühne alles, um den Preis in die Höhe zu treiben. In den letzten Jahren hatte er bei der Versteigerung immer einen der höchsten Erlöse erzielt, und in diesem Jahr sollte es nicht anders sein. Einige Frauen kamen an die Bühne, um mit ihm zu reden. Mit einem freundlichen Lächeln ging Trace in die Hocke und beantwortete ihre Fragen.

David legte seelenruhig den Kopf auf die Seite und genoss den Blick auf Trace, der sich gerade mit einer hübschen Brünetten unterhielt, und über dessen Hintern sich die Hose spannte. In den ersten Monaten ihrer Beziehung war David oft von Verlassensängsten geplagt worden, weil er befürchtete, dass er für Trace nur ein Experiment war, und dass Trace sich schließlich wieder den Frauen zuwenden würde. Aber im Laufe der Zeit hatte sich ihre Beziehung immer mehr vertieft, und alle Zweifel daran hatten sich langsam aber sicher in Luft aufgelöst. David hatte noch nie einen Mann so geliebt wie Trace, und er war sich sicher, dass diese Gefühle erwidert wurden.

„Sie geht zum Angriff über", unterbrach Matt Davids Gedanken und stupste ihn an. Er folgte Matts Blick, der auf die elegante, blonde Kolumnistin gerichtet war, die sich resolut ihren Weg durch die Menge bahnte.

An der Bühne hatte sich bereits eine Gruppe weiblicher Fans versammelt, die sich mit Trace unterhielten und ihre Gebote abgaben. Trace flirtete schamlos mit ihnen, um den Erlös weiter in die Höhe zu treiben. Zwischendurch warf er David immer wieder amüsierte Blicke zu und lachte leise über die Frauen, die ihn hingebungsvoll anschmachteten.

„Mann, der hält sich wirklich nicht zurück. Wie hältst du dieses dauernde Flirten eigentlich aus?", fragte Patrick, der neben Matt an ihrem Tisch saß.

„In dem ich weiß, wo er seine Nächte verbringt. Und zwar in meinem Bett", sagte David mit einem gutmütigen Lächeln. Seine Freunde lachten. Sie wussten nur zu gut, wie recht David damit hatte.

Auf der Bühne richtete Trace sich in diesem Moment wieder auf und warf ihnen einen bedeutsamen Blick zu. Die Gebote waren plötzlich in die Höhe geschossen, und einige der Frauen reagierten darauf nicht sehr erfreut. Dann trat Katherine auf die Bühne zu. „Dieses Mal entkommst du mir nicht, Jackson", kündigte sie an.

Trace schob eine Hand in die Hosentasche und fuhr sich abschätzend mit der Zunge über die Unterlippe. „Wir werden ja sehen, Süße", feixte er. Ein Raunen ging durch die Gruppe der Frauen, dann hoben sich zwei Hände, um Katherine zu überbieten.

Katherine sah den Auktionator an. „Ich biete tausend Dollar."

Trace blinzelte überrascht und konnte sich ein Lachen nicht verkneifen.

„Das wird teuer für dich", meinte Matt zu David, während er Trace auf der Bühne zusah. Der Mann konnte gar nicht anders, als verführerisch auszusehen.

„Royal Flush mit Herz", flüsterte David. „Ein besseres Blatt gibt es nicht. Damit bekomme ich jeden Einsatz zurück." Dann hob er die Hand. „Zwölfhundert."

Katherine warf ihm über die Schulter einen bitterbösen Blick zu. Sie dachte wohl, dass David und seine Freunde sie wieder austricksen wollten. „Zweitausend!", erhöhte sie mit einem siegesgewissen Lächeln. Das sollte wohl reichen.

„Zweitausendfünfhundert!", konterte David.

Katherine sah ihn mit zusammengekniffenen Augen anschuldigend an. David grinste sie nur amüsiert an und zuckte mit den Schultern. Seine Augen strahlten vor Vergnügen.

Trotzig verschränkte die Blondine die Arme vor der Brust. Sie wirkte jetzt noch verdrießlicher als üblich. „Dreitausend", überbot sie David gereizt. Das Publikum im Saal brach in grölenden Applaus aus. Es war das höchste Gebot seit vielen Jahren.

„Du könntest sie natürlich auch gewinnen lassen", schlug Matt vor. „Er wird mit Sicherheit nicht mit ihr ins Bett springen."

David schüttelte sich demonstrativ. „Mit mir aber auch nicht mehr, wenn ich ihn so hängen lasse. Und du weißt ganz genau, wie unbequem mein Sofa ist." Er stand auf und lehnte sich, in einer exakten Kopie von Trace' Haltung auf der Bühne, an eine der Säulen. „Fünftausend."

Im Saal wurde es für einen Augenblick still, dann ertönten schrille Pfiffe und alle Augen richteten sich auf Katherine, die vor Wut rot angelaufen war. Sie sah Trace an und ihr Blick versprach Höllenqualen. Aber der lachte nur leise, was den Lärmpegel im Saal um einige weitere Dezibel steigen ließ.

„Fünftausend zum Ersten, ...", rief der Auktionator und machte eine kurze Pause. „... zum Zweiten, ..." Alle Blicke richteten sich erwartungsvoll auf Katherine, die wütend mit dem Fuß stampfte, sich umdrehte und zu ihrem Tisch zurückstolzierte. Die anderen Frauen sahen lachend erst David, dann Trace an, der mit einem dümmlichen Grinsen auf der Bühne stand. „... und zum Dritten. Verkauft!"

David schlenderte gemächlich nach vorne und streckte Trace galant die Hand entgegen, um ihm beim Verlassen der Bühne zu helfen. Als Trace wieder unten im Saal angekommen war, verschränkte er ihre Finger ineinander und ließ David nicht mehr los. Von donnerndem Applaus und lautem Gelächter umgeben, lächelte er David an und gab ihm vor den Augen des Publikums einen Kuss auf den Mund.

David küsste ihn lächelnd zurück. „Das werden sie nicht vergessen", flüsterte er und drückte Trace die Hand.

Trace warf mit einem lauten Lachen den Kopf in den Nacken, während der Lärm im Saal weiter zunahm. „Das will ich doch hoffen", erwiderte er. „Aber für so viel Geld ist ein Kuss das Mindeste, was du verdient hast."

„Ich denke doch, dass ich etwas mehr verdient habe, Liebster", schmollte David. „Lass uns jetzt nach Hause fahren!"

Auf ihrem Weg zum Ausgang kamen sie an Katherine vorbei. Ihre makellose Fassade bekam einen Sprung, als sie die beiden ungläubig anstarrte. David beugte sich zu ihr herab und flüsterte ihr ins Ohr: „Du glaubst doch nicht wirklich, dass ich dich auch nur in die Nähe meines Mannes gelassen hätte."

„Was? Wieso …? Seit wann …?", stammelte Katherine. Grinsend schlenderte Matt auf sie zu und sah seinen Freunden hinterher, die händehaltend den Saal verließen.

„Seit Monaten. Und letzte Woche sind sie zusammengezogen. Trace ist dir endgültig entwischt, den kannst du von deiner Liste streichen."

RHIANNE AILE hat eine fatale Beziehung zu ihrem Computer, zu Eistee und zu Schokolade. Sie ist in Oklahoma und Chicago aufgewachsen, deshalb liebt sie Pferde genauso wie Hochhäuser, Cowboys genauso wie Männer in Maßanzügen. Sie organisiert Freizeiten und Klausurtagungen für Frauen und Autoren, daher kann sie viel und oft genug verreisen, um sich glücklich zu fühlen.

Besuchen Sie Rhianne auf ihrer Homepage http://www.rhianneaile.com oder ihrem Blog http://rhianne-aile.livejournal.com.

MADELEINE URBAN schrieb und veröffentlichte von 2007 bis 2011 im M/M Romance-Genre. Seit 2011 ist sie nicht mehr als Autorin tätig.

Großstadtfalke

FELIZ FABER

New York, 1994

Was in aller Welt macht ein lebendiger Falke mitten im JFK-Flughafen? Auf der Suche nach der Antwort sieht sich PAPD-Officer Mark Bowman mit dem Falkner Hunter Devereaux konfrontiert und gerät mitten in einen faszinierenden Feldversuch, bei dem Falken benutzt werden, um die Rollbahnen frei von störenden Vögeln zu halten. Die Falken sind faszinierend, doch es ist der arrogante, offen schwule Hunter selbst, von dem sich Mark am meisten angezogen fühlt. Zu schade, dass Mark dieser Anziehung nicht nachgeben kann. Er verbirgt seine Homosexualität vehement, und da er seinen Job behalten möchte, muss er das auch weiterhin tun.

Doch jedes Mal, wenn sich ihre Wege kreuzen, geht Hunter Mark noch ein wenig mehr unter die Haut, bis Mark seine Gefühle nicht mehr leugnen kann. Diesem Verlangen nachzugeben macht Mark so glücklich wie nichts anderes je zuvor. Doch Hunter ist nicht bereit, ihre Beziehung für immer zu verbergen. Falls sie wirklich eine gemeinsame Zukunft haben wollen, muss sich etwas ändern. Mark wird sich bald entscheiden müssen, oder das Leben wird die Entscheidung für ihn treffen, ehe er bereit dafür ist.

Anna Martin

Andere Wege

Ein Titel der Neue Wege Serie

Nach außen hin führt Jesse Ross ein ganz normales Leben und eine ganz normale Beziehung mit seiner Studienliebe Adele. Aber was seine Freundin nicht weiß: Jesse hat eine Affäre mit einem Mann und erkundet seine Sexualität auf Wegen, die sie sich nicht einmal vorstellen kann. Jesse fühlt sich ausgesprochen wohl in seinem Doppelleben und hat keineswegs vor, sich zu outen – weder als bisexuell noch als devot veranlagt.

Als jedoch Jesses Master Will ihm eingesteht, dass er mehr will, dass er ihn nicht nur als Sub, sondern als Partner haben will, gerät Jesse ins Schleudern. Plötzlich ist sein so zweckmäßig zweigeteiltes Leben gar nicht mehr so bequem. Am Ende kann Jesse die Wahrheit nicht länger verleugnen – weder vor seiner Freundin, noch vor seinem Geliebten. Und schon gar nicht vor sich selbst.

ZAHRA OWENS

Clouds
and Rain

Ein Lichtblick für Gable

Ein Titel der Clouds and Rain Serie

Flynn Tomlinson hat sich mehrere Jahre herumgetrieben, hat irgendwelche Jobs angenommen, wenn er das Geld brauchte und ist weitergezogen, wenn er es nicht brauchte. Er ist zufrieden mit seinem ungebundenen Leben, wo er für niemanden verantwortlich ist außer sich selbst. Dann sieht er eine Kleinanzeige „Aushilfe gesucht" in einem Postamt in Idaho und trifft Gable Sutton. Gable kann Flynn nicht bezahlen, bis er seine Pferde verkauft hat, aber nach einem schweren Unfall kann er seine Ranch nicht mehr alleine bewirtschaften.

Mit Pferden zu arbeiten ist um Längen besser als Regale im Supermarkt einzuräumen, daher erklärt sich Flynn mit Gables Bedingungen einverstanden. Womit Flynn nicht gerechnet hat, ist die Anziehung des sanften, einsamen Mannes, der sein Herz erobert und Flynn dazu bringt, eine große Aufgabe anzunehmen: Gables Ranch zu retten.